琼 瑶

作 品 大 全 集

梅花英雄梦

2

英雄有泪

琼瑶 著

作家出版社

琼瑶，本名陈喆，作家、编剧、作词人、影视制作人。原籍湖南衡阳，1938年生于四川成都，1949年随父母由大陆赴台生活。16岁时以笔名心如发表小说《云影》，25岁时出版首部长篇小说《窗外》。多年来笔耕不辍，代表作包括《烟雨蒙蒙》《几度夕阳红》《彩云飞》《海鸥飞处》《心有千千结》《一帘幽梦》《在水一方》《我是一片云》《庭院深深》等。

多部作品先后改编成为电影及电视剧，琼瑶也因此步入影视产业。《六个梦》系列、《梅花三弄》系列、《还珠格格》系列等，影响至深，成为几代读者与观众共同的记忆。

琼瑶以流畅优美的文笔，编织了众多曲折动人的故事。其作品以对于梦的憧憬和爱的执着，与大众流行文化紧密结合，风靡半个多世纪，成为华文世界中极重要的文学经典。

我为爱而生，我为爱而写

文字里度过多少春夏秋冬

文字里留下多少青春浪漫

人世间既然没有天长地久

故事里火花燃烧爱也依旧

琼瑶

琼瑶 著

梅花英雄梦

2 英雄有泪

作家出版社

前言

　　这部《梅花英雄梦》，是小说，而不是历史。它更不是历史小说。

　　我的父亲是一位历史学家，他采众家之言，博览群书，写出了一部《中华通史》。把中国的二十四史，用现代的白话文再诠释了一遍。父亲告诉我，即使是历史，在其中，也有一些不真实的部分，更有一些隐讳而杜撰出来的东西。写历史，有曲笔，有隐笔，有伏笔……如果秉笔直书，那就是"在齐太史简，在晋董狐笔"了。古往今来，像齐太史、晋董狐、司马迁的史官史家，能有几人？

　　父亲是一位真正做学问的人。而我，是一个写小说的人。我过去写小说，总觉得我受到很多拘束。这些拘束，常常是我的障碍，让我无法尽情、尽兴、尽力去发挥。写小说，需要很大的想象力。我的想象力，却常常被抑制着。写现代小说，要忌讳政治、道德、法律、地点和各种思想上的问题。写古代小说，那就更加困难了！我多羡慕吴承恩，他的《西游记》，充满了各种作者的幻想，孙悟空大闹天宫、女儿国、牛魔王、火焰山、红孩儿……真是应有尽有。尽管没有任何历史依据，却好看得让人着迷！

那么，写一部以古代为背景的小说，是否一定要忠于历史呢？小说里的人物、情节是否一定要在历史中有所依据呢？所以，我去研究中外的小说，希望能够找到答案。

中国的古代小说中，最著名、最脍炙人口的《三国演义》，其中的"借东风""草船借箭""三气周瑜"……在历史中都找不到依据。貂蝉这位女子，在历史中也找不到。

《水浒传》，源自《大宋宣和遗事》。宣和遗事本身，在历史中，也找不到依据。宋江之名，不在《大宋宣和遗事》中。七十二地煞星之名，也不载于《大宋宣和遗事》中。

《红楼梦》家喻户晓，尽管众多"红学家"研究它的背景，研究人物是否影射前人，但是都没有定案。至于那位进宫的娘娘"元春"，到底是哪个皇帝的妃子？没人知道。

抛开中国的著名小说，谈谈西方的小说。法国大仲马的《三剑客》《基督山恩仇记》，雨果的《钟楼怪人》《孤星泪》，俄国托尔斯泰的《战争与和平》，鲍里斯·帕斯捷尔纳克的《日瓦戈医生》，美国马克·吐温的《乞丐王子》，玛格丽特·米切尔的《飘》……不胜枚举。它们有的有时代背景，有的根本没有。至于其中的人物、情节、故事发展……都是作者杜撰的，在历史中，也找不到依据。

但是，这些中外小说，实在"好看得要命"！虽然没有依据，不能"考据"，却完全不影响它们成为好小说，成为很多读者一看再看的名著！

经过这番研究，我觉得我终于可以放下"历史依据"了！我要在有生之年，写一部"好看"的小说！除了"好看"以外，是小说的"主题"，是我要表达的"思想"！

所以，这部《梅花英雄梦》，我抛开了一切细节拘束，放开我的思想，让我可以天马行空地杜撰它。请我的读者们，不要研究其中的历史依据。故事是我杜撰的，连年代朝代，我都刻意模糊了。故事里的人物，也是我创造的，不用去找寻我有没有依据。至于小说里的官制、称谓、地名、礼仪、传奇、武术……都有真有假有我的混合搭配。我曾说过，小说是写给现代人看的，只要这部小说能打动你，我就没有浪费我的时间（虽然，我还是在考据和逻辑上，下了很多功夫，相信你们看了就会明白）。

这部长达八十万字、经过七年才完成的小说，我绞尽脑汁的，是情节的布局、人物的刻画、爱情的深度和英雄的境界！至于其中的各种发展，喜怒哀乐、悲欢离合、生死相许、忠孝仁义、沙场征战……都发挥到我的极致。或者，它和我其他的小说不太相似，可是，我认为这是一部很好看的小说。因为，在陆续写它的时候，它曾感动过我，曾安慰过我千疮百孔的心。我希望，我的读者，它也能感动你，也能疗愈你曾经受创的心！

琼瑶

写于可园

2019 年 9 月 7 日

二十一

太子拿着一个卷轴，跑出太子府，东张西望。邓勇牵着马，带着几个骑马的卫士在等待着。太子等得不耐烦，正要上马，只见皓祯、寄南带着鲁超骑马奔来。太子一见二人，就举着卷轴，对两人指指点点，大声责备：

"你们两个干什么去了？找我帮忙的时候十万火急，我找你们就常常找不到人，看样子，我得弄个飞鸽传书才行！"

皓祯和寄南赶紧翻身下马，给太子行礼。

"皓祯、寄南见过太子殿下！"两人说道。

"太子这是要去哪儿？手里拿的是什么？"寄南问。

太子气呼呼地挥了挥手里的卷轴，说道：

"终于把刘照阳的案子完全查明白了！简直气死人！我从刘照阳开始查，像滚雪球一样，案子牵连的人越来越多！几乎全国的地方官，从县令县丞开始，一半都是买来的！你们说要不要气死人？"

"一半？"皓祯又惊又怒，"怪不得民间官府腐败到这个地步！买官就是做生意，为的就是从老百姓身上大大赚一笔！还是长期赚下去！民不聊生想当然耳！"

"这是买官卖官的名单吗？"寄南看看那卷轴问。

"不错！"太子说，"我那詹事府查了一个月，动用了主簿、录事、司直、令史……所有的人，整理出这卷名单！卖官的主谋，都指向了皇亲国戚！我现在立刻要进宫去面见父皇，你们跟我一起去！"

皓祯、寄南脸色一凛，全部上马。鲁超、邓勇和卫士队也上马。皓祯问道：

"除了一个刘照阳，你还有其他证据吗？我觉得只有刘照阳不够！"

"这些地方官就是证据！还要什么证据？"太子气呼呼地说，"让大理寺、刑部、御史台，把他们通通抓来一问就明白了！现在要点醒的是父皇，看了这个，他就会知道伍震荣他们都在干些什么勾当！这是铁证！"

"既有铁证，还等什么！快走！"

太子、皓祯、寄南三匹马在前，鲁超等人马队随后，立即向前疾驰而去。

到了长安大街，太子放慢了速度，怕马队惊扰路人。整个队伍也跟着放慢了速度，缓缓前进。就在速度减缓的时候，突然间，几个黑衣蒙面人从屋顶飞跃而下，直奔太子，拿着武器，就向太子攻击，另外几个，就去抢那卷轴。

太子跳下马背，护着卷轴，就和刺客交手。皓祯大喝：

"大胆！光天化日，胆敢行刺太子！"跳下马背，喊道："鲁超！邓勇！保护太子！"又对太子嚷道："赶快把卷轴给我！"

"居然有埋伏！"太子大喊，就把手里的卷轴对皓祯抛去，喊着，"接着！"

皓祯接到卷轴，就飞身跳上屋脊，开始在屋脊上飞奔。

寄南早已和众黑衣人打成一团，看到皓祯上了屋顶，也飞上屋顶。两人中间隔着一条巷道，黑衣人全部跃上了皓祯那屋顶，全部追向皓祯。寄南大喊：

"皓祯，卷轴传给我！"

皓祯在屋顶，一面应战，一面把手里的卷轴，隔着巷子，抛给寄南。寄南身手矫捷地抄到卷轴，看到太子也上了另一面的屋顶。众黑衣人开始追逐寄南。太子喊道：

"给我给我！"

寄南一面应战，一面把卷轴抛给太子。

鲁超、邓勇和众卫士也纷纷上了屋顶和黑衣人展开大战。奈何黑衣人武功高强，大家打得难解难分。太子手握卷轴，对寄南、皓祯喊道：

"这些屋瓦太脆弱了，我们别把老百姓的屋顶给踩穿了，再摔到老百姓家里去！我们去城外！"

太子拿着卷轴，在屋顶上飞奔，一路跳过各种障碍，飞过各条巷道。皓祯、寄南紧紧跟随，却分别在不同的屋顶上飞奔。黑衣人狂追不舍，眼看要追到太子。太子手里的卷轴又抛向皓祯。皓祯要从一个屋顶，跳到对面的屋顶去，中间巷道很宽。皓祯立刻把卷轴抛向另外一个屋脊上的寄南，再飞身跃过巷道。黑衣人跟着跃过，摔下去好几个。

寄南大笑，把卷轴又抛给太子。

三人就像传球一般，分别在不同的屋顶，传送着卷轴，黑衣人几度掠夺，奈何三人默契太高，即使惊险将要抢到，却又被另一人从空中抄走。

双方就一面交手，一面抢着卷轴，往城外方向飞奔而去。

到了郊外，太子手握卷轴，不住往前狂奔。皓祯、寄南追随在后。邓勇、鲁超及卫队和黑衣人缠斗着也追了过来。

跑着跑着，忽然眼前一条大河挡住去路。河中有巨石散落竖立，水势湍急。太子回头一看，黑衣人越来越多，围剿过来，鲁超、邓勇和卫士们已打得很吃力。

前面是河，后面是追兵。皓祯一跃就跃到河中一块巨石上，对太子喊道：

"太子！赶快扔给我！"

太子把卷轴对着皓祯抛去。皓祯跳起身子，却没接住卷轴。眼睁睁看着卷轴落水。

寄南追来，跳脚大骂：

"皓祯你本领退步了！八岁时都不会犯这种错误！"

太子在河边跺脚大叹：

"哎呀呀，我那些主簿、录事、司直、令史、舍人……这段日子都白忙了！"

众黑衣人追到河边，看到河水迅速地卷走了卷轴。黑衣人的首领一声呼啸，众黑衣人立刻散去。寄南眼看卷轴没了，气不打一处来，飞跃过去，就迅速地抓了一个黑衣人，抛进河里，气愤地说道：

"我拿你来祭我们的卷轴！你去河里喝水！"

寄南还要去抓其他的，众黑衣人早就跑得一个都不见了。

太子在河边一块石头上坐下，跑得太辛苦，用手扇着风，喊道：

"皓祯、寄南，过来坐下，这样打一架，活动活动筋骨，也是不错的！"转头喊："邓勇，把大家都带到下游去，看看还能不能把卷轴给捞起来！"

"是！"邓勇应着，带着鲁超、卫士等人向下游奔去，转眼不见踪影。

皓祯跃上岸，歉然地看着太子，沮丧地说：

"启望哥，是我的错，居然失手了！"

太子抬眼对两人一笑，说道：

"不是你的错，是我丢歪了！你们想，我会大张旗鼓地把这么重要的证据握在手里，吆喝着出门吗？"

寄南瞪眼，大叫：

"什么？我们'出生入死'抢了大半天，居然是个假证据？"

太子点头说道：

"我那太子府有奸细！你们看，我才出府，就有人来抢证据！这件事，就是证实了我那府里有奸细！"

皓祯松了口气，摇头说道：

"殿下，你好歹给我们两个一点暗示呀！那卷轴落水，你知道我有多懊恼吗？你这样要我们，还算兄弟吗？"

"是呀是呀！"寄南跟着喊，"我在屋顶上，差点摔下去，只为了……"好奇地问，"你那卷轴里是什么？"

"白纸！只是一张白纸！"太子说，"真的证据藏得好好的！"

三人互看，不禁大笑。

这天，在皇宫的阙楼上，皇后又召见了伍震荣和伍项魁父子。皇后拍着胸口说：

"还好还好，总算把那证据给毁了！这项麒办事还是比项魁强！"

项魁有点不服气，想说什么，见伍震荣对他一瞪眼，赶紧忍住。

"那证据虽然现在毁了，太子要再做一份也不难！只是又要费番工夫，我们暂时可以放心！我有个计划，皇后你等着瞧！"伍震荣说。

"你看太子和寄南、皓祯，根本就是个'太子党'！处处跟本宫作对，现在，连皇上都不听本宫的话，还把兰馨赐给皓祯，真气死本宫了！"看着伍震荣问道，"这个婚事，现在还有办法扭转吗？"

"下官觉得现在只能用一不做二不休的手段了，趁兰馨还没有成婚之前必须动手！"震荣冷静地、阴险地说道，眼中有一股杀气。

皇后默契地点头，霸气地说：

"你是知道的，只要谁胆敢挡了本宫的路，本宫就要他消失！你放胆子去干吧，需要多少高手，本宫全力支持你！"

项魁再也忍不住了，挺身而出，说道：

"爹的意思，是要把寄南和皓祯他们干掉？这个非要让项魁亲自动手不可！"恶狠狠地说，"我和这两个人的账，还没有算清楚呢！"

"这次的行动你要给我利落点，要快狠准，还要保密！"震荣警告着项魁，决定再给项魁一个立功的机会，"本王一定要把他们一干人等通通消除！"看着项魁说道，"你看你哥做事多干脆，你行吗？"

"皇后殿下请放心，爹也放心，项魁一定带着好消息回报殿下！"项魁高傲地、自信满满地说道。

皇后和伍震荣又在密谋陷害皓祯，但是，皓祯还沉浸在新婚的喜悦里，一点防范之心都没有。这天，在山野树林中，吟霜和灵儿身背着竹篓，两人在草丛里寻找药材。皓祯和寄南、鲁超也在一旁帮忙寻找，主要是护卫她们的安全。皓祯喊着：

"吟霜，你现在还是新娘子，不要工作得太辛苦！"

"什么新娘子？"吟霜脸红，"就是中了灵儿和寄南的计！说不定皓祯也有份！"

"你不感谢我吗？现在生米煮成熟饭，你的地位谁也抢不走了！"灵儿说。

"好了好了！赶快采药草要紧！"吟霜打断。

灵儿边找药草边唠叨：

"这些药草到市场的药铺去买就好，为什么我们还要自己来采？"低头看看自己的竹篓，"这么多了，够用了吧？"

"不够不够！皓祯他们有那么大的志业要完成，我们必须为兄弟们准备一个急救药囊，随时带在身上，所以需要大量的药草，如果贸然去药铺采买，肯定会引起注意，这对皓祯他们的行动有影响！"吟霜说。

"果然吟霜是学医之人，顾虑周详，'急救药囊'，太好的点子！让吟霜加入我们的工作真是意外之喜，今后，我们男人负责行动，吟霜就负责后勤的医疗！"皓祯说。

"想不到吟霜还有充分的保密意识！好！我们有你这位女神医，对我们的大业来讲真是如虎添翼！"寄南就积极地说，"找药草！赶快工作！"

就在此时，突然一个金钱镖向皓祯与寄南的方向发射而来。寄南身子一闪，皓祯伸手用手指夹住金钱镖。皓祯快速打开纸条，上面写着：

"休养生息，蓄势待发——木鸢。"

"休养生息是让我们暂停行动？"寄南问。

"想不到咱身边的铜板钱也能当飞镖！"灵儿好奇地研究着金钱镖。

"你不要小看这铜板，木鸢是我们的首领，和弟兄们联络的方式就是金钱镖！暗号是'天元通宝'，看到金钱镖就知道上面有指示！金钱镖的事，不能跟任何人说！"皓祯警告也解释着。

"现在情况危急，我们要立刻下山，通知所有弟兄暂停长安城的行动，撤退到安全的地方。"寄南紧张起来，"米仓地窖里还有受伤的兄弟，快走！"

大家神情一凛，快速上马。

等到把米仓地窖里的兄弟疏散了，把各处该通知的地方通知了，该撤退的撤退了，该安排的事安排了……这样一忙，就忙到黄昏时分。皓祯骑马载着吟霜，寄南骑马载着灵儿，鲁超去办事，不能随行。四人走在荒野，要把吟霜安全送回乡间小屋去。本来寄南要带着灵儿回靖威王府的，但是，四人在一起，就有说不完的话，舍不得分开。

两匹马并骑慢慢走着。寄南对皓祯说道：

"现在休养生息也好，让我们可以重新部署计划。不过，我们最近真是不顺，联络点一个个被破获。这个木鸢，又从来不露面，只有他单方面指示我们，我们有事，也不能跟他商量！"

"木鸢只是一个代号，大概不是一个人，而是很多充满智慧的高人！总之，作为我们的首领，还是隐秘一点好！"皓祯边骑马边说道，"死伤几个弟兄，我们都会受到打击，万一伤到木鸢怎么办？"

"木鸢这名字真好听，我猜会取这么一个特别的名字，应该是女的！"灵儿笑看寄南，"说不定你们的首领是个女人哟！"

"人家都说，真人不露相，如果她是女的，说不定她是宫里哪一个女官或妃子，才什么内幕都知道！"吟霜笑着说。

四人从容不迫地骑着马，这条要回到吟霜小屋的路，必须经过一段岩石林。这儿的地形比较特别，没有正规的路，岩石高矮不齐地散落着，马儿要曲曲折折地穿越许多岩石。走着走着，突然马儿一惊，扬蹄而起，皓祯和寄南分别紧急控制着马匹，一面警觉地四顾。只见四周涌出了大批的蒙面杀手，手持各种锋利的刀剑、大斧、大锤等武器，团团围住了应变不及的四人。

皓祯护着吟霜，扬声大喊：

"来者何人，为何挡住本公子的去路？"

"也挡住了本王，识相的话，快闪开，别当一条挡路狗！"寄南助阵大喊。

紧张气氛中，吟霜抓紧了皓祯的腰带，皓祯摸着她的手安抚着，对她低语：

"等一下无论如何都要跟紧我，不要怕！"

吟霜点头。

"看你们这架势，是想打劫吗？"灵儿用男声说话，"光天化日竟敢拦路行抢，小心把你们通通抓去官府！"

皓祯对寄南使了个眼色，立刻拉起缰绳准备冲出。谁知还来不及行动，突然四周高岩处冒出许多蒙面弓箭手，瞬间弓箭齐发，射向四人。皓祯反应灵敏，立刻拔剑飞跃而起，一招"如封似闭"，左右双剑同时发招，以旋转方式，舞出一片屏幕，将射来的飞箭一一打落，又趁剑雨射来的间隙，飞快地把吟霜抱下马儿，左剑入鞘，只凭右剑，护着吟霜迎敌。

与此同时，灵儿和寄南一见飞箭射来，两人立刻跳下马闪避射击，并拔剑与杀手对决。彼此对战中，皓祯四人被杀手围成一圈，四人背靠着背迎战。

皓祯对着杀手，霸气地喊道：

"见你们招招狠毒，又布置了弓箭手，说，是谁派来的杀手？"

躲在岩石后的项魁虽然蒙面，却大摇大摆地现身，得意地大笑：

"哈哈哈！看你们今日天罗地网，插翅也难飞了！"

"又是你这个混蛋！蒙面干吗？"寄南怒喊，"在皇上面前诬告不成，现在想暗杀吗？"“都怪你们不长眼，竟敢多次与本官作对，今日就让你们死得痛快！"项魁喊着。

"这位少将军是未来的驸马，难道你们就不怕公主未嫁先守寡？"灵儿男声急喊。

"你这个小瘪三，有什么资格和本官说话！"项魁忽然看到吟霜，惊喜地嚷道："咦！这不是东市的银针西施吗？总算又找到你了！"大叫："来人啊！把那位漂亮的西施小娘子，给我带过来，其他人通通不留活口！杀！"

"谁敢动吟霜，我就先让他人头落地！"皓祯气势不凡地大吼。

吟霜瞪着伍项魁，知道他就是杀父仇人，不禁咬牙切齿，悲愤地说道：

"皓祯，这个人，就算他蒙面，我也知道他是杀了我爹的凶手！"

"我知道！让我帮你报仇！"皓祯坚定地说。

皓祯、寄南、灵儿三人便联手出击，一边护着吟霜，一边与杀手对打。但是，一波波袭来的杀手，个个武功高强，皓祯等人寡不敌众，越打越吃力。即使面对强敌，皓祯仍然一手御敌，一手拉紧吟霜未曾放手。寄南和灵儿也和杀手打得如火如荼。

突然一个杀手袭击，利刃扫破了皓祯的衣袖，皓祯危急中仍紧抓吟霜的手。吟霜担心皓祯，哀求地喊：

"皓祯，你放手，我在你身边反而会害了你，你快放手！"

皓祯一边单手应付敌人一边说：

"我不能让你落入虎口，抓紧我就是！"

皓祯才说完，另一个尖锐的刀斧，对着皓祯那只紧抓住吟霜的手砍来。皓祯赶紧放开吟霜躲过刀斧，再立刻抓回了吟霜的手。吟霜感觉危机重重，自己会阻碍皓祯的武术，于是狂甩了皓祯的手，好让皓祯全力应付杀手。

项魁见机不可失，一步上前，趁机抓住了吟霜。皓祯跳过来想再救回吟霜，但两个杀手奔来，一个挥舞狼牙棒，一个持银锤，棒棒凶狠袭击皓祯，皓祯倒地轮番闪躲两杀手的猛力攻击。

项魁用手腕箍着吟霜的脖子，拉下蒙面巾，大笑道：

"哈哈哈哈！这银针西施总算到手了！我死了一个夫人小辣椒，你就继位吧！"

皓祯在地上应付着不断拥来的杀手，已经应接不暇，闻言又急又怒，喊道：

"伍项魁！你敢碰她一根毫毛，我要你的命！"

"要我的命？看你怎么要？"项魁怪叫，"大家把这个袁皓祯给宰了！来呀！"

更多杀手袭击倒地的皓祯。寄南和灵儿气得要命，却被团团包围的杀手围住，打得天翻地覆，无法帮皓祯也无法救吟霜。吟霜拼命挣扎着喊：

"放手！你这个魔鬼！放手……"

"银针西施，乖乖别叫，我再也不会放手！你从此就是……"项魁轻薄地说着，话未说完，忽然间，一个英俊少年，皮肤白皙，面无表情，眼珠森冷，不知从何处冒了出来。面对项魁，一招"流星赶月"，手一扬，一排如意珠激射而出。这如意珠分别打向项魁左手、右手、左膝、右膝。项魁大惊大痛：

"哎呀……我的手……我的膝盖……"顿时跪地，放开了吟霜。

"贼子手脚只会作恶，必须教训！"白面少年冷冷地说道。再转身，依旧面无表情，再一式"梅花五出"，五指一扬，一排如意珠劲射而出，打向攻击皓祯的杀手，嘴里依旧森冷地说道："倒倒倒倒倒！"

五个杀手应声倒下。

皓祯见机，一招"穿云破月"，一个后空翻，跟跄地站立而起，但身后一柄尖锐的单刀正向皓祯袭击而来。刚刚脱身的吟霜，一见皓祯危急，也不知道哪儿来的力气，直扑向皓祯。少年再发出两颗如意珠救急，虽然打在杀手的手上，却晚了一步，袭击皓祯的大刀，砍上了吟霜的右手臂，立刻鲜血直流。皓祯狂喊：

"吟霜！"

眼见四人全部要落入敌手，忽然间，一片杀声传来，马蹄骤然响起。

只见一群头戴斗笠、身穿农装的布衣大队，用布巾蒙住脸，势不可当地杀了过来。为首的正是被皓祯称为"斗笠怪客"的勇士。布衣大队喊着：

"杀……杀……杀！把这个狗官给毙了！冲啊……"

皓祯眼见救兵来到，就一把抱起受伤的吟霜，对寄南喊道：

"吟霜受伤严重，我们先退！"就抱着吟霜飞奔而去。

项魁挨了四颗如意珠，痛得满地打滚，看到布衣大队又到，吓得屁滚尿流，乱喊：

"把那个放暗器的小白脸给本王抓起来……"

一颗如意珠笔直飞来，打在项魁的嘴唇上，鲜血直冒。接着，少年就一招"大鹏展翅"，身形凌空拔起；如同大鹏般飞身而去，转眼消失无踪。

布衣大队锐不可当，杀入众杀手中，杀手不敌，纷纷倒地。斗笠怪客身手不凡地杀到寄南、灵儿身边，苍老沙哑的声音急促说道：

"这儿交给咱们！快退！天元通宝！"

寄南急忙拉着灵儿，追着皓祯和吟霜而去。

项魁的队伍被打得七零八落，受伤的项魁，被一个亲信背着，仓皇逃命。

杀手们七嘴八舌地喊着：

"大家赶快逃命啊！这是什么妖怪队伍……还有一个用暗器的冷面小妖！这不是人，妖怪妖怪！大家逃啊！"

杀手们各自逃命，四处狂奔。

二十二

皓祯抱着血流不止的吟霜和寄南、灵儿奔到安全处。皓祯看着怀里脸色惨白的吟霜，着急地一声呼啸，两匹马儿奔了过来。皓祯痛喊：

"吟霜，你不会武功呀！还来救我？灵儿，快看看她伤势怎样？"

"好多血！现在没办法细看！先止血，我来！"灵儿快速从身上掏出一条布巾，绑在吟霜的手臂上，边动作边说，"吟霜教过我这个方法，可以先控制流血！"

寄南四面戒备地张望：

"幸亏斗笠怪客带着那批农民勇士及时出现，看他们那身手，伍项魁不是敌手！咱们现在赶快回去给吟霜疗伤要紧！"

吟霜勉强振作着，想安慰大家，说道：

"一点小伤，不要紧张！"

皓祯抱着吟霜上马，让吟霜靠在自己的怀里，说道：

"什么不要紧张，绑了布条，血也没有止住！我不是紧张，我是……"一咬牙，咽住了，"快走！"

寄南和灵儿也赶紧上马。两匹马如箭离弦般冲了出去。

回到了乡间小屋，常妈、香绮看到流血不止的吟霜都吓坏了。皓祯顾不得解释，抱着吟霜进入卧室，把她放在床榻上。吟霜虚弱地躺着，皓祯和灵儿手忙脚乱剪开了吟霜受伤的衣袖。但见刀伤深长，流血不止。皓祯见伤口大震：

"想不到伤得这么严重？"恐惧地喊："你这个女神医，快告诉我们，如何帮你治伤？如何帮你减轻疼痛？如何止血？如何救你……"

吟霜看了看伤口，吸着气，衰弱地说：

"这伤口要消毒，让香绮拿瓶酒来，先用酒倒在伤口上，然后……然后……"声音微弱，快要昏倒了。皓祯急喊：

"别昏倒！然后怎样？"

"缝起来……缝起来……像我做过的……"

灵儿急坏了，嚷着：

"你的药瓶瓶罐罐一大堆，你是不是该先吃几颗你爹的神药，把你的元气保住，你这样流血会不会死掉呀？你得清醒地指导我们呀！"喊着："香绮！药箱在哪儿？干净的布条呢？酒呢？水呢？快拿来呀！"

寄南对灵儿急道：

"你别喊这么大声，你弄得我们更紧张了！什么死掉不死掉，你说点吉利话行不行？上次十几个弟兄受伤，吟霜都救回来了！不会有事的，不会的！"

香绮抱来药箱和酒瓶，喊着："来了，来了！刀伤药都在这儿了！针线蜡烛也有了！"拿出一颗药丸，"这个止痛止血的药要先吃，再处理伤口！"说完就帮吟霜喂药，把酒瓶交给皓祯。

皓祯打开酒瓶，看着那流血不止的伤口，手发抖地问：

"用酒倒在伤口上？你会痛死！你现在能不能用治病气功先止痛？"

"皓祯，动手吧！"吟霜衰弱地苦笑，"我现在什么运功的力气都没有，你再不动手治疗，我会失血过多……万一我有危险……"

皓祯一听，大急，急忙把酒倒在伤口上。吟霜大痛，忍不住惨叫一声：

"哎哟……痛死了！只要倒一点点，你……你……"

皓祯一惊，酒瓶落地打碎了。皓祯立刻去拥住吟霜，满头冷汗，紧紧地盯着她。

"消过毒了，消过毒了！现在，要缝伤口吗？"

"你让开，让香绮来缝！"吟霜呻吟着说。

"啊？缝伤口？"香绮惶恐地喊，"不不不！我不行！我吓都吓死了，我不敢！上药、拿针过火我还可以！"将针拿给灵儿，推托地说："灵儿姑娘！你来缝吧！"

"什么？要我缝？"灵儿张大眼睛，"我虽然什么事都干过，这缝人肉的事，绝对绝对不行！"就望向寄南。

"别指望我！我这大爷从来没干过针线活，连针都没拿过！"寄南拼命摇手。

皓祯深深吸口气，把众人全部推开，在水盆里洗手，说：

"你们都让开，我来，吟霜为我受伤，她爹说过，'心存善念，百病不容'！我现在是'精诚所至，天地动容'！有天地帮着我，有她爹在天之灵帮着我！我来！我仔细看过吟霜缝伤口！香绮快拿针去火，寄南去打水，吩咐常妈炖鱼汤、鸡汤，再准备人参汤！灵儿快裁干净棉布条准备吸血！"

皓祯吩咐完，就坐在床前，香绮将烤过的针，递给皓祯。皓祯额头盗汗，拿着针线有些迟疑，但眼神坚定。吟霜看着皓祯，眼中也十分坚定。于是，皓祯心一横，开始工作。他用左手指捏住伤口，右手拿针，从伤口刺了进去。吟霜衰弱地低语：

"如果我晕倒了，你继续缝，不要害怕，晕倒是身体的自我保护，晕倒就不痛了！"说完，头一歪就晕了过去。

皓祯看到吟霜晕倒，手一颤，针刺进了自己的左手中指。他看了吟霜一眼，再吸口气，继续低头缝着。又一针，刺进了自己左手大拇指。

灵儿、寄南、香绮、常妈看得惊心动魄。

吟霜这儿虽然流血流汗，毕竟个个关心团结。皇后那儿就不一样了。

皇后在密室内怒冲冲地踱步，伍震荣垂头丧气地站在一旁。皇后忍不住大骂：

"又失败！项魁人呢？不是向本宫拍胸脯，一定带回好消息的吗？"

"那孩子现在可惨了，在家里发着高烧！说什么见到鬼了！连农民的武功都练成精！还被一个冷面小子用暗器打得到处是伤！"

这事绝对有问题，袁家和寄南，说不定有自己的军队！如果下官不把他们灭掉，早晚会栽在他们手里！"伍震荣越说越愤慨。

"什么？连农民都会武功？"皇后震惊着，"难道又有人通风报信？咱们不是最机密的行动吗？他们就算有救兵，怎会知道？"就狐疑地打量震荣。

震荣接触到皇后怀疑的眼光，一怒，对着皇后阴沉地吼道：

"假若皇后怀疑是下官的人泄密，下官从此就不踏进这房门！说实话，我还怀疑皇后身边的人呢！"说着，转身就走，"你那个皇帝，就是一个大问题！下官告退！"

皇后一惊，急忙拉住伍震荣，立刻换了嘴脸，妩媚地说：

"怎么说着说着就生气呢？知道项魁受伤，刺杀又失败，你心情不好！本宫心情也不好，口气重了点，咱们自己人，先别窝里反！"

伍震荣用手捏着皇后的下巴，咬牙说道：

"下官就是拿你没办法！现在，重要的是怎么对付这个太子党！"

"他们连农民都用上了，还有什么冷面小子？"皇后眼神冷峻，"可见他们有各路人马！现在刺杀失败，这事会不会闹到皇上面前去？项魁有没有留下痕迹？"

"这事又怪了！"震荣说道，"项魁做事一向粗心，下官知道刺杀失败，立刻带人去岩石林清理，谁知已经有人先清理了！现场干干净净，什么都没留下！尸体、伤者、刀枪武器……什么都没有！只有一些血迹，打斗的证据全部清除了！"

"谁会这么做？"皇后惊疑不已。

"这就是下官最想不明白的地方！难道是那些农民？可见他们并不想这事扩大，那么，这些农民就不是农民！如果这样，咱们也是草木皆兵呀！"

伍震荣和皇后惊疑互视，深思不解。伍震荣突发奇想：

"如果皇后和兰馨讲和，让兰馨用美人计套牢皓祯，干脆把皓祯拉到皇后这边来，那么不是多了一员大将吗？何况那袁柏凯在各大将军里面，影响力最大，在朝廷里的势力，也不能小看！杀不死他，就利用他！"

皇后瞪着伍震荣：

"你想得简单！那个袁皓祯，是这么容易中计的吗？"

"难说！英雄难过美人关，只要兰馨肯出力！皇后，下官不就是一个例子吗？"

"废话！兰馨自己就是一个标准的拥李派，嫁过去，只是让皓祯他们势力更加强大而已！那丫头根本没把本宫放在眼里！"

"殿下，您也别急，下官还有办法！窦寄南入住宰相府，世廷会严密监控，任何蛛丝马迹都逃不过他的法眼！先把皓祯和寄南两人分开也好！至于袁皓祯，看在兰馨面子上，只能先放手，静观其变！"

皇后无奈地点点头，一叹。

吟霜坐在床榻上，右手吊着三角巾，脸色已经红润了。皓祯拿着一碗鱼汤，正在喂她喝。皓祯说道：

"你右手不方便，还是我来喂你喝！鸡汤、鱼汤、人参汤……我轮流来，总算把你脸上的红润找回来了！"

"你该回家了！"吟霜不安地说，"已经三天没回去，鲁超天天来，也不敢说话，我想你家最近一定很忙，找不到你，你爹娘会不会生气呀？"

正说着，寄南和灵儿跨进了房里。寄南就说道：

"吟霜，你别为皓祯操心，他爹娘那儿，我已经让鲁超去报备了！就说我们要去一趟咸阳，来不及回家报备！大将军也是天元通宝的大将，完全没有疑心！"

灵儿看看吟霜，松了口气说：

"幸好吟霜没有大碍，那天我看皓祯缝伤口，真是看得我心惊肉跳，把你缝得晕了过去不说，还差点把他自己的手指头缝到你的伤口里去！"

"什么？"吟霜匪夷所思地问，"差点把他的手指头缝到我伤口里去？"看向皓祯："你缝到自己的手指了？真的？"

皓祯把碗放下，对灵儿瞪眼：

"灵儿，你别泄我的底，要你缝，你逃得比谁都快！"就对着吟霜腼腆地一笑："第一次缝伤口，手忙脚乱，比上战场还紧张，何况冷汗直冒，哪儿还顾得到自己的手指？起码扎了几十下！"

吟霜不禁怜惜地看着皓祯不语。

寄南咳了一声，提醒皓祯：

"好了！吟霜有句话说得对，皓祯，你该回家了！吟霜有香绮、常妈照顾着，伤口也愈合得很好，你就别担心了！再说，我们还有斗笠怪客暗中保护，还有那个奇怪的暗器高手……"思索不解，"这人来无影去无踪，暗器用得出神入化，年纪那么轻，难道他就是最近江湖上盛传的'玉面郎君冷烈'？"

"冷烈？"皓祯寻思，"这人十分神秘，连名字都不像真名！我一直认为他只是江湖上的传言，不是真有其人！可是那天，他暗器之精准，身手之利落，简直不像出自人间！"疑惑地问，"你们看，他和斗笠怪客是同一路的吗？"

"不是！"寄南说，"我看那冷烈是单独行动，达到目的后就飞一样地消失了！他和我们每个人都素昧平生，为什么会帮我们呢？"

"这有什么稀奇？"灵儿大声地说，"我就是跑江湖的，江湖里什么人物都有！这个冷烈，不见得是要帮我们，而是看不惯那蛤蟆王的狗屁行为，出手教训他！"

"说得也不错！但是，他怎么会预知我们在岩石林有场硬仗？"寄南问。

四人面面相觑，谁都摸不着头脑。

数日后，天气晴朗，太子、皓祯、寄南、鲁超、邓勇各驾着马匹，带着几个最亲信的卫士，来到了竹寒山。竹寒山，是太子、皓祯、寄南三个人从小的秘密基地，十来岁就在这儿练武，在这儿赏竹，在这儿探险，也在这儿发下豪语，结下兄弟情缘。因而，每年总有几次，他们会回到竹寒山，策马谈心，交换心得。

太子一马当先，皓祯、寄南跟随，穿过无数竹林，蜿蜒盘旋而上，来到竹寒山他们最喜欢的一个高岗上。在这儿，他们可以俯视，整个山坡下是层层叠叠的翠竹林立。可以远眺，白云生处，还有起起伏伏的山峦围绕。在这儿，他们是遗世独立的，在这儿，他们可以摆脱宫斗、官斗，呼吸到最纯净的空气。

皓祯看着壮阔的山峦，深深地呼口气说：

"启望，这是我们的竹寒山！还是一样险峻的高岗、壮阔的竹林，如今各位对当年在此发誓的远大抱负，是否依然一秉初衷呢？"

"这问题好！"寄南说，"启望都当上太子了，当年发下要造福苍生的豪语，转眼成真！"

"本太子的话，你倒记得清楚……"太子反问寄南，"那你自己发过什么誓言可曾记得？"

寄南还没搭话，皓祯就笑着接口：

"他说一不在街上搭讪女子，二不上酒楼，三不打架，结果这三不，通通变成三大嗜好了！"皓祯说完，三人都大笑起来。

"唉！你们别笑我呀！谁叫咱长安街上处处是美女，百姓酿的酒那么好喝，打架嘛……"寄南得意，"那是我行侠仗义，专打地痞流氓！"

太子笑容一收，看着两人，担心起来：

"说到打流氓，真没想到伍震荣居然会对你们痛下杀手，这次的杀机，肯定也是不满兰馨和皓祯成婚造成的，唉！你们这一桩婚事，居然动辄得咎……"想想又说，"或许兰馨才是你的护身符，名正言顺成为兰馨的驸马之后，伍家就不敢动你了！"

皓祯真挚地看着太子，坦率地说：

"启望，今天约你来我们这座竹寒山，其实就是要告诉你一件正事，我和吟霜私下成婚了！"

"什么？"太子大惊，"你怎么那么糊涂？赶在兰馨之前成婚？你准备让皇上砍了你的头吗？"

"别怪皓祯，我也有份，婚礼是我办的！"寄南说。

"哎呀！你们两个都疯了，简直不要命！"太子大急，"万一这事传到宫里，你们是要让伍震荣和皇后不费吹灰之力，就名正言顺地除掉你们吗？你们认为宠爱兰馨的父皇，会轻易饶过你们吗？你们把兰馨置于何地？"

"我知道这么做对不起兰馨，也对不住启望哥和皇上，但是我更痛心的是我委屈了吟霜。"皓祯说，"皇上赐婚我无法违逆，但答应给吟霜的承诺，我没办法违背。就像当年我曾在这座山，对天发誓一辈子对以忠孝仁义立国、以天下苍生为重的皇上和启望哥效忠一样，坚定不移。所以我和吟霜的婚事不能隐瞒你，更希望得到太子的谅解！"

"启望，皓祯就像这片竹林，他是一个正直的人，虽然事情难两全，但这一切都是情势所逼。"寄南说，"我们也知道这事做得鲁莽又危险，所以他俩是秘密结婚，除了几个乡下老百姓，没人知道。袁伯父家里也没人知道，宫里，你可要帮忙保密啊！"

"你们都说得如此诚恳了，我还能说什么呢？兰馨真是个执着骄傲的笨蛋公主，连本太子亲自出马，还是点也点不醒、劝也劝不住！"太子又是担心，又是懊恼，就正色地看着皓祯说道，"帮你保密可以，但也请你再对竹寒山起誓，一辈子善待兰馨。"

"善待她可以！只怕夫妻之情，心有余力不足！"皓祯说。

"什么话？男子汉大丈夫，两个女子算什么？将来，你肯定不止两个！"太子说。

"走着瞧吧！"皓祯苦笑，"当初的我们，在这山上有许多豪语，现在发展都各有不同！谁知道以后的我们，又会怎样？”

“别谈以后，目前，皓祯马上要心不甘情不愿地娶公主，本王马上要心不甘情不愿地住进右宰相府！都是灾难呀！”寄南叹气。

“怎能把兰馨的婚事说成灾难？这也太过分了！”太子烦恼而微怒着。

皓祯赶紧转换话题：

“启望，那份真的名单，你预备怎么处理？”

太子眼里透着坚毅的光，有力地说道：

“密呈皇上，速战速决！”

三人都严肃起来，看着山坡上的层层竹浪，陷进深思中。太子揭发皇后，还牵涉伍震荣，后果会如何？此事会不会太莽撞？要不要仔细考虑计划一下？皓祯心里七上八下。但是，看着太子那坚毅的神情，他知道什么都不用说，太子已经铁了心，豁出去了！就像他冒着生命危险，也要娶吟霜一样！这时，一阵风来，竹叶簌簌作响，竹枝向风吹的方向倾去，随着风去，又回归原状。皓祯明白了，为什么他们三个，都这么喜欢竹寒山？竹子有它的特性，有节骨乃坚，无心品自端，几经狂风骤雨，宁折不易弯！这，也是他们三个共有的特性！

就这样，在一个午后，太子手里拿着一本厚厚的册页，只带了邓勇一人，进入皇宫，求见皇上。皇上在书房里接见了他，他又请求密谈。皇上不知他葫芦里卖的是什么药，把曹安、太监、卫士们都打发到门外，邓勇也在门外等候。书房里，只剩下皇上和太子两人。太子见四面无人了，就把手中抱得紧紧的那本册页，送到皇上面前。

"父皇！您先看这本册页，我再向您禀告原委！"

皇上看到太子神色凝重，不敢轻忽，就坐在书桌后面的坐榻里，开始拉开这本层层折叠的册页来看。原来，这是一份卖官和买官的名单，做得详细而完整。人名地名县名都有，甚至，还有注解。皇上越看越惊，脸色越来越白，眼神越来越沉重，连呼吸都越来越急促了。册页太厚，他还没看完，就把手中张开的、写满名字的册页一合，抬眼看着太子，严肃地说道：

"这个名单，就是你调查出来的？原来朝廷里真有人卖官？朕太震惊了！乐蓉从小是个多么温婉的公主，居然会做这些事？荣王是朕深信的忠臣，朝廷给他的已经够多了，难道还不够用吗？"摇头，排斥地说："启望，你会不会中计了？"

"中计？中什么计？"太子莫名其妙地问。

"皇后朕信得过，乐蓉和项麒可能私下有些举动，荣王……"大大摇头，声音提高了，"太不可能！朕猜想，有人故意给你很多线索，引你到这条路上去！"

太子睁大眼睛，无法置信地问：

"故意给我线索？目的何在？"

皇上深深看着太子，看得太深了，让太子惊疑起来。皇上清清楚楚地说：

"目的在离间我们父子的感情，如果朕对你起疑，你的太子地位就不保！"他想明白了，大声说道："就是这样，这是离间计！"

太子大惊，跳起身，激动地喊道：

"父皇！铁证如山呀！父皇如果还有怀疑，不妨给刑部一个密令，让他们会合大理寺，去把这名单上的人一个个都逮捕到案，只要经过审问和调查，真相自然会出来！刑部不够，还有御史台，全部出动，父皇就会知道这不是离间计！"

皇上抗拒地瞪着太子，愤愤地大声说道：

"你知道这份名单，直指你的母后涉案！你居然把它交给朕！朕这一生，就喜欢过两位女子，一位是已经去世的窦妃，一位就是卢皇后！虽然她不是你的亲娘，你也该看在她对你的忍让上，不去参与宫中恶斗！"

太子顿时气得发晕，又急又怒，冲口而出：

"父皇的意思是说，因为父皇对皇后的恩宠，就睁一只眼、闭一只眼，任凭皇后为所欲为吗？"

皇上大怒，从坐榻上直跳起来，冲到太子面前，就给了太子一耳光，喊道：

"放肆！"拿起册页，在太子眼前挥着嚷着："这个东西一文不值！朕不相信，皇后会有任何不法的行为！这个名单，任何人都可以根据本朝官吏的名字，列出几百个不同的版本！"大喊："曹安！拿个火炉来！"

门外的曹安和卫士们，听到门内争吵声，个个靠在门边，惊愕地听着。曹安被点名，赶紧在门外应道：

"遵旨！陛下！"

太子从来没有挨过皇上的耳光，真是又气又痛又伤心，听到要火炉，急呼：

"父皇！你要做什么？"

"把这个栽赃的东西，毁尸灭迹！"皇上吼道。

"父皇！你连看都没有看完！"

"这种东西，根本不值得看！"

说话中，曹安已经捧了火炉进来，皇上就把册页丢进了熊熊的火炉里。太子又惊又痛，扑过去就要从火中抢救名单，惊喊：

"怎么可以烧掉……"

火舌烧到了太子的手，太子痛得甩着手起立，眼睁睁看着册页被火吞噬。

太子含泪看着皇上，咬牙说道：

"你烧掉了我一片忠心和热血，烧掉了我们东宫忙了一个月的成绩……你居然不去细看，就把这一切事实都否认掉！"悲切至极地看着皇上，继续沉痛地说道："父皇，你知道'干泽而渔，蛟龙不游，覆巢毁卵，凤不翔留……'"他的声音哽住了，说不下去，冲到门边，回头说道："孩儿告退！"

皇上吼着，追到门边：

"站住！什么'干泽而渔，蛟龙不游，覆巢毁卵，凤不翔留'！你书念到哪儿去了？你在诅咒你的父皇和母后吗？先弄一个名单来陷害你的母后和功臣，再来卖弄你的文采，你要气死朕吗？身为太子，怎可如此莽撞？你还是朕重视的启望吗？"

"父皇！你身为真龙天子，百姓才是你的活水，没有活水，蛟龙游不动啊！如果官员压榨，百姓民不聊生，父皇的活水在哪里？官员要把鸟巢都打掉，再毁去鸟巢里的蛋，那么，即使是凤凰，也不会恋栈这鸟巢！现在父皇面对的就是这个局面！还不正视问题的根本吗？儿臣有话直说，虽不好听，却字字掏自肺腑！"

皇上听到太子这段话，更加气得怒上眉梢，对太子吼道：

"你翅膀硬了，来教朕如何当皇帝吗？你等不及想取朕而代之，来发挥你的能力吗？左一句百姓，右一句百姓，你以为只有你心里有百姓吗？拿着百姓当棋子，斗掉你的心头大患，这才是你的目的吧？"

太子气得发抖，伤痛至极地看着皇上，泪水在眼眶中打转，他努力不让泪水落下，挺直背脊，维持尊严，对皇上痛楚地说道：

"父皇要冤死儿臣，启望无言可答！"打开门冲出去，又说了一句："欲加之罪，何患无辞！"

太子这样突然把房门一开，几个卫士跌进门来，赶紧跳起身子站好。皇上也顾不得门外有人，暴怒地对太子嚷着：

"滚！你滚！再也别弄什么名单给朕！你记住，朕今天能够立你为太子，也能废掉你这个太子！滚！"

太子泪在眼眶，忍泪痛喊道：

"儿臣遵命！太子这个身份，我也不稀罕，要废尽管废！"

太子怒冲冲往外冲去，邓勇赶紧追随，众卫士、太监目瞪口呆地看着。

宫里这场好戏，皇后当然在第一时间就都知道了，而且是被"添油加醋"地报告了。她赶紧密召伍震荣进宫，在皇后的密室里，两人热切地讨论着。

"什么？皇上为那名单几乎跟太子决裂？有这种事？"伍震荣狐疑地说，"那名单不是被项麒给毁了吗？"

"不知道是那名单，还是另外有什么名单！"皇后说，"反正，听说太子挨了一耳光，还被皇上赶出书房！"忍不住笑了出来，"皇上那么温和的人，居然气到打太子；太子那么高傲的人，居然含着眼泪冲出书房！看样子，这太子在帮我们的忙！他再多干几件事，本宫就不用费心除掉他了！"

"不要太高兴！此事可疑！"伍震荣深思地说。

"别可疑可疑了！宫里好多人看到，不会错的！"皇后说，"你想，本宫那位皇帝，什么时候有气焰高涨的时候！一定被太子气坏了！"

伍震荣眯着眼睛，看着虚空，深不可测地说：

"但愿是真的，只怕是假的！名单？这又是什么名单呢？难道太子手里，握着很多名单？"

"管他什么名单，都给皇上烧掉了！"皇后心情良好，一把搂住了伍震荣的脖子，"你还信不过我在皇上心目中的地位吗？那太子脑袋烧坏了，才会说什么'覆巢毁卵，凤不翔留'，犯了皇上的大忌！总之，那卖官的事、名单的事，都可以暂时搁下了！"

伍震荣还在深思，想想，蓦然转换脸色。

"嗯！谅你那个皇帝，也就是这样一块料！既然进宫，又得到如此好的消息，我俩就好好地庆祝一下吧！"

伍震荣说着，霸气地把皇后一抱，上了床榻。皇后娇笑着，两人滚进芙蓉帐里。

二十三

　　回到太子府，太子在大厅里像困兽般走来走去，心里是火烧油煎般地痛楚着。他怎样也没料到如此辛苦做出的名单，竟然换来这样的结果！不只痛楚，还万念俱灰。几天前在竹寒山，和皓祯、寄南还谈着彼此的豪情壮志，转眼间都成泡影！

　　太子妃陪在旁边已经好一会儿了，看到太子脸色如此差，吓得也不敢说什么。可是，宫里传来的消息实在太震撼，她压抑了许久，还是忍不住心慌意乱地开了口：

　　"太子！臣妾心里好慌，皇宫和东宫，向来什么事都会传开的！皇上居然公开嚷嚷可以废太子，我们要不要先把佩儿送出太子府，让他住到我娘家去！"

　　太子站住，严肃地看着太子妃：

　　"如果事情严重到那个地步，你我和佩儿，就谁都保不住！"说着，沉痛至极，"佩儿才两岁，也要卷进这场风暴里去吗？"更沉痛地说，"唉！什么造福苍生，什么忠心热血，今天都被父皇一把火给烧了！"

门外有人敲门，两人住口。

只见青萝拿着托盘，托盘里是两碗参汤，进门来。青萝平静地说道：

"太子！太子妃！人参汤准备好了！趁热喝了吧！"

"搁在那儿吧！现在没胃口！"太子郁闷地说。

青萝便把人参汤放在小几上，抬眼看着太子和太子妃，从容说道：

"太子、太子妃，宫中的事，奴婢和太子府里的人，都听说了！青萝知道太子和太子妃一定很难过！奴婢恳请两位不要担心！太子的位子，是不会动摇的！皇上只是一时的气话而已！"

"你怎么知道不会动摇？"太子惊愕地问。

"太子想想，皇上和太子，一向父子情深。尽管今天起了争执，就算皇上真的想换太子，可是，现在的皇子们，除了太子，还有皇子启端，一心学道想当神仙，绝对不能当太子！皇子启博缠绵病榻，每日离不开大夫，也不能当太子！皇子启俊才十岁，整天只知道和宫女们斗蟋蟀，实在不能立为太子！所以，皇上只有太子这唯一的选择，怎能轻言废太子？"

青萝一番话，深深撼动了太子和太子妃。

太子凝视青萝，难过地说道：

"分析得不错！可是，父皇和我嫌隙已经造成，再也不是以前父子情深的时候了！"悲哀地一叹，"我也不想当太子了，免得父皇认为我想取而代之！真是一番忠心，换得伤心！"

"不会的！父子就是父子！"青萝诚挚地说道，"皇上对太子一直十分器重，这次大概太子犯了皇上的大忌，才会引起这么大的风波！等到皇上想明白了，自然会原谅太子的！倒是太子别对皇上灰心，才是最重要的！"

"你怎么知道父皇还会原谅我？"太子问，"你不在现场，不知道我们闹得多么僵！我看，这太子的位置，跟我无缘了！"

"不会的！"青萝说，"小公子佩儿，前几天打碎了太子最爱的琉璃花瓶，太子当时震怒，打了他的小屁股，转眼不就消气后悔了！反而抱着小公子哄着，嚷着要奴婢们给小公子擦药！还怪太子妃，怎么不拦着太子，居然让小公子挨打！"说着一笑，请安道："两位趁热喝了那人参汤吧！"

青萝刚说完，外面传来邓勇高声的通报：

"靖威王窦寄南到！少将军袁皓祯到！"

太子看着青萝一笑，说道：

"再加两碗人参汤，送到书房里去吧！又有两个心惊胆战的兄弟来关心了！"

太子跨进书房，寄南就迎上前去，咋呼地嚷着：

"皇上是不是脑子长虫了？看到那份名单，非但不感动欣赏，反而要废太子？"

皓祯努力维持沉稳，脸色也难看无比。

"寄南！你吼什么？太子已经岌岌可危，你的脑袋也不想要了？什么脑子长虫了！你的脑子才长虫！"

"哎哎！你们看，那天我们在竹寒山，还在讨论未来会怎样，现在几日之间，变化就来了！"太子一叹，心里的痛楚依旧翻腾着。

"皇上正邪不分,善恶不分,轻重不分,是非不分……是要逼得我们走投无路吗?"寄南火大。

敲门声传来,邓勇去打开房门。只见青萝捧着三碗人参汤的托盘,笑吟吟进门。

"青萝见过靖威王!青萝见过少将军!"

皓祯、寄南住口,看着青萝把人参汤分别献上。太子喊道:

"青萝别走!"看着寄南和皓祯,说道:"关于废太子这事,青萝有一番见解!"就对青萝说:"把你刚刚那篇分析,说给少将军和靖威王听听!"

这事离奇,居然青萝有见解?还能得到太子的赏识?两人赶紧看着青萝,青萝就从容不迫地把刚刚在大厅里的分析,再说了一遍。两人听得十分动容。寄南说道:

"哇!青萝分析得虽然头头是道,只怕皇上那面子下不来!"

皓祯却一个劲儿点头,思前想后,说道:

"有道理!有道理!"在太子肩头一拍,"先听青萝的,你就住在这太子府,少安毋躁!暂时别进宫,更别认错,因为你没错!看看皇上会不会想明白?万一皇上为了宠爱卢皇后,包庇伍震荣,连亲生儿子都不在乎,这太子当起来也没味道!"

"皓祯最了解我!"太子说道,"就是这样!"

"但是……"皓祯看着太子,"就算太子当起来没味道,如果可以扳倒朝廷上那些恶棍,宫里那些蠢蠢欲动的叛贼,你也得忍辱负重!为了天元通宝,为了本朝百姓,为了社稷江山,你也得忍辱负重,就像我必须为了这些,忍辱负重娶公主一样!"

"就算我愿意忍辱负重,恐怕也没这机会了!"太子灰心地说。

"那不一定！"皓祯笑看青萝，"连青萝都分析得出来，皇上嚷嚷废太子容易，实行就难了！所以，你就按兵不动，静观其变吧！"

寄南忽然想到什么，大叫：

"皇上就是不想让我们三个有好日子过，先赐给皓祯一个兰馨，又在宫里大喊大叫要废太子，还要把我送进那右宰相府去受罪！我也没办法拖延了，明天必须住进宰相府！这简直是我们'三人蒙难记'！还不知道那右宰相，预备怎样折腾我和裘儿！"

皓祯和太子同情地看着寄南，虽然和废太子比起来，入住宰相府应该算是小事一桩，但是，宰相方世廷是伍震荣的至交，两人狼狈为奸，这宰相府是寄南能够入住的地方吗？何况，寄南的"三人蒙难记"一语中的，三人不禁心有戚戚焉地互视起来。

终于，寄南带着灵儿到了宰相府。世廷还在宫里忙着，没有回府。采文就领着寄南和灵儿，进入为他们准备的厢房，汉阳跟在后面，帮忙接待这位王爷和他的小厮。

采文看着寄南和灵儿，对灵儿好奇地多看了两眼。但见灵儿眼神明亮，神采奕奕，长得俊眉朗目，唇红齿白，心里暗暗地喝彩，这样的"小厮"，也难怪靖威王动心！说他是小厮，看起来却有几分姑娘样！说他像姑娘，他又是一副男儿气概！这种小厮，也是奇了！采文客气地对寄南和灵儿说道：

"世廷还在宫里忙着公务，你们就先在这屋里熟悉一下环境吧！这厢房也够大的了，有大厅，旁边那儿是书房，书房后面就是卧室了，这样应该够你们住的了！"

灵儿检视四周，跑到卧房，看到只有一张床榻。灵儿心里担忧着，只有一张床，难道要和窦寄南共处一室？她走近采文，用很男性的声音，担忧地说：

"这里面只有一间卧房，一张床呀！有没有两间卧房的？"

采文诧异地看着灵儿，他还挑选房间呢！宰相府毕竟不是客栈呀！就直率地说：

"难道你们想分开住？"终于忍耐不住，诚实地说："我也觉得你们是应该要分开！你们这样，本来不该我管，但是皇上把你们交给了世廷，我不管也不成，我就直问你们吧！"直视着寄南，很真挚地问道："你们分得开吗？分开会要你们的命吗？"

寄南一愣，实在没想到这位宰相夫人有此一问，旋即打着哈哈说：

"哈哈！这个……我没试过，要命大概不至于，分开也没必要！宰相夫人，您就见怪不怪吧！这间厢房真好……"故意用胳臂搭着灵儿的肩说，"我们够用了，本王爷就要这一间！"

灵儿气得去踩寄南的脚，笑着对采文说：

"夫人，小的有一个坏毛病，睡觉打呼噜的声音特别大，我怕吵得我们家王爷睡不好，所以，我这个小厮还是去住小厮的房间比较好！"

汉阳立刻大方地接口：

"你想住在小厮的房间也可以，我们府里上上下下的仆人、小厮还真不少，如果窦王爷不介意的话，我现在就带你过去！"

"这样最好！小厮就该住在小厮房，现在就去看看吧！"灵儿赶紧说道。

"那……请跟我走!"

灵儿跟着汉阳就走。寄南好奇地说:

"本王也去瞧瞧宰相府的小厮房,长得什么样子?"

于是,汉阳和采文带着寄南和灵儿,来到宰相府的"小厮房"。到了那个偌大的房间门外,向门内一看,寄南和灵儿就傻了!只见小厮房很大,十多个小厮仆人,或躺或坐地在简陋的通铺上聊天或睡觉。有的小厮衣衫不整,有的小厮光着上身,有的小厮正在换裤子。

汉阳、采文带着寄南、灵儿,踏入小厮房。汉阳介绍:

"就是这间了,我们的小厮都住在这儿!"

众小厮看到汉阳和采文到来,赶紧起身,有的抓衣服遮蔽身体,有的拉裤子。一个身材粗壮、光着上半身的小厮喊道:

"夫人,公子,怎么突然来小的房里啊!我们……正在午休,个个服装不整啊!"

灵儿瞪着大眼,看着这么多衣衫不整的小厮,挤在一间房里,顿时呆住。寄南看到这种小厮房,也大吃一惊。采文对众小厮介绍灵儿:

"这是窦王爷府上的小厮,叫裘儿,以后就跟你们大伙儿住在这儿了!"

小厮们看向灵儿,见到灵儿俊美,个个兴奋着,七嘴八舌嚷着:

"哦!又有小兄弟进咱们宰相府了,好呀,好呀!欢迎欢迎!"

身材粗壮的小厮就走近灵儿,欢喜说道:

"这位小兄弟长得还挺俊的，挺讨人喜欢的，哈哈！来来来！"拉着灵儿往里走，"你就睡我旁边吧！我旁边靠窗，晚上凉快！"

寄南一看情况不对，伸手就拉住灵儿的后方衣领，掩饰地嬉笑着对灵儿说：

"嘿嘿！你还是在我旁边打呼噜吧！要不然，他们十个人打起呼噜来，你还能睡吗？"

灵儿见寄南介意自己，故意装傻说道：

"没关系！没关系！挤挤才热闹！"

寄南咬牙切齿，手一松，故作轻松地说道：

"那么，你就和大家挤挤，去热闹吧！"加强语气："我看这些弟兄一定会好好照顾你的，哈哈哈！本王就去独享那间大厢房，哈哈哈！真好！真好！"

灵儿愣了，瞪了寄南一眼，心里有气，嘴里偏偏笑着说：

"王爷这么说，本小厮就遵命啰！"对那身材粗壮的小厮说道："你睡在哪儿，我来挑我的靠窗位子！"

"那么，裘儿你就留在这儿，跟大伙熟悉熟悉！"汉阳交代，转身就走。

"是！"灵儿应着，就往窗前走去。

寄南手一伸，又拉住了灵儿的后衣领，气得眼中冒火，苦笑说：

"嘿嘿！你在我身边惯了，只怕没你我睡不着，你还是跟我住大厢房吧！"

采文见寄南说话露骨，瞠目结舌。这实在超过采文的道德标准，也超过她能接受的范围，她一向是个温文尔雅的贤妻良母。

断袖之癖在她看来，就是离经叛道的事，要她面对是很痛苦的。她回头对汉阳说道：

"汉阳……这儿就交给你了！我看明白了，要治他们的病，可不是一件容易的事，这一定是皇上给你爹的惩罚，不知道你爹做错了什么？"采文说完，立刻转身离去。

汉阳满脸不以为然地纠正寄南：

"在我们宰相府，你们的行为还是要规矩一点，尤其在我娘面前，不可以这么肆无忌惮！我娘身体不好，不要到时候，你们没事，我娘病了！"

汉阳说完追向采文而去。

寄南见汉阳离开，立刻拎着灵儿的衣领，一路拎回厢房，进房就把灵儿摔在地毯上，关上房门，关好窗子，气呼呼地说：

"你糊涂了吗？难道真要跟十几个大男人住在一起？你以为你是真的小厮？"

"你还知道我是女儿身呀？"灵儿跳起身子，追着他打，"如果你知道，就该帮我要一间单人的住房，我这样跟你住在一个房间里，我女儿家名声不是被你败光了？"

"反正你连那个蛤蟆王的大夫人都当过了，还谈什么女儿家的名声！"

灵儿一听，气得跳脚，大吼：

"那是要帮吟霜报仇，不得已的！我这一生最倒霉的就是遇见你，害我现在不男不女，连个像样的床都没有！我真是倒了八辈子霉的委屈！"

"你委屈？"寄南吼回去，"我没有委屈吗？我堂堂一个王爷，是被谁害得变成断了袖子的人？连现在要去酒楼找我的老相好，都不方便了，最委屈的是我！"

灵儿压低声音，气极了：

"你还想找女人，老相好？你不怕别人笑话你男女通吃吗？"

寄南拿起书桌上一卷书，打灵儿的头：

"你还知道要小声地说话啊？现在可不比在我的王府，这儿处处有人会监视着我们，处处有奸细，你说话还是当心点！"大方地比着床，"你要那张床，让给你睡就是了！"

"谁稀罕那张床，我是小厮，我打地铺睡地毯！你是王爷，你睡床！哼！"

两人赌气互不相让。灵儿就去收拾带来的东西，寄南也收拾着自己的，两人谁也不理谁。晚餐是仆人送进房来吃的，看样子，要见右宰相还没那么容易。这岂不是坐监吗？两人在厢房里绕来绕去，还是不说话。转眼到了深夜，窗上照着月光。

灵儿真的把棉被铺在地上，打着地铺。她穿着男装，也不敢放下头发，棉被也没盖好，就那样将就着睡在地铺上，居然睡得很沉很香很甜。

寄南睡在舒适的床榻上，却辗转难眠，翻身转头看着睡在地铺上的灵儿。见灵儿已经卸下脸上的男妆，没有化妆的面容姣好素雅，明明是个纯真的姑娘，躺在那地铺上歪着脑袋，似乎睡得不太舒服，他心里好生不忍，躺在床上嘟囔着：

"这个牛脾气的家伙，还真有骨气，说睡地铺真睡地铺！这么不舒服，她居然还睡得那么香！哼！本王懒得理你了！"转过身去，决定不再看灵儿。

才不到片刻，寄南泄气地起身下床，毛躁地看向灵儿：

"算了！不跟你计较！"

寄南走近灵儿身边，小心翼翼地帮灵儿拉好被子。盯着灵儿的睡容，充满怜爱之心，犹疑片刻，还是决定把灵儿抱上床榻。灵儿真的睡得很香，被抱起来，也只在喉咙里咿唔了一下，完全没醒。寄南把她放上床榻，再用锦被盖好。看着安稳躺在床榻上的灵儿，他低声地骂自己：

"今天算本王爷输给你了，你个臭小厮，本王爷服了你！"

寄南安心地躺在地铺上，很快地睡着了。

"三人蒙难记"里的窦寄南，进宰相府的第一天，就这样过去了！

第二天一早，灵儿就把自己化装好，恢复男儿相貌，两人虽然住进宰相府，却是惴惴不安的。尤其寄南，看着他那调皮任性、完全不知利害、还有点傻乎乎的小厮，心里七上八下。在他们那厢房里，他检查了门窗，还用器具把门窗都弄得很紧密，带着少有的严肃，正色叮嘱她：

"裴儿，有件事你一定要非常非常注意！"

"什么事情这么严重？"灵儿瞪大眼。

"现在我们住在宰相府，那个荣王和宰相来往密切，我们一定会常常碰到！荣王那儿，我们在国宴时已经试验过了，你的男装和声音，都瞒过了他们！汉阳和他爹也没认出你来，算你运气！"

"什么运气？是我的易容功夫好，本领好，反应好……"灵儿得意地说着。

"好好好！是你厉害！"寄南打断，"可是，有个人你一定要防！就是那个伍项魁！你脑筋打结了，笨笨笨笨，笨到家了，才会去当了他十几天的'大夫人'！如果你跟他面对面遇上，一定要赶快避开，想让他不认出来，恐怕不容易！"

"咦？"灵儿不服气，"吟霜受伤那天，我还不是跟他交了手，他也没认出我来！"

"那是因为我们在作战，打得天翻地覆，他才没有注意！"

"好了好了，窦寄南，你别大惊小怪好不好？"灵儿不耐烦了，"我裘灵儿是什么人物？我会随机应变啦！"忽然一愣，说："如果我跟他面对面，我才不会逃，我要把他大卸八块，丢到宰相府的鱼池里去喂鱼！"说着还指手画脚，做宰人状。

寄南上去就捏住灵儿的耳朵，咬牙说道：

"你当了十几天的'大夫人'，也没宰掉他！现在还要说大话，我让你避开他，你就避开他，知道了吗？"

"哎哟哎哟，一天到晚捏我的耳朵……"一脚对寄南胯部踢去，"给你点教训！"

寄南猝不及防，放开灵儿，抱着胯部乱跳。那"高跷鞋"还真硬！喊着：

"老天！我是招谁惹谁了？弄来一个你这样的'小厮'？气死我了，痛死我了！一点正经话，你都听不进去吗？还敢踢我！本王爷……"喘气，"从来没被人踢到这个部位……"站直身子，就对灵儿追去："我掐死你！"

灵儿偷笑着，绕着房间逃，寄南绕着房间追。这番"苦中作乐"，也只有寄南和灵儿两个活宝才能做到。

"三人蒙难记"里的太子，这天也有最新进展。

皇家的马场，是非常辽阔的。不只辽阔，四周景致如画。平时，马场只有皇家子弟，偶尔过来骑马练马球。没有人来时，这儿是非常安静舒适的，像个与世无争的世外桃源。这天，皇上骑着马，正在马场中缓慢地跑着马步，等待着。几个贴心卫士远远地护卫着，知道皇上若有所待，都静悄悄保持距离，不敢靠近。

只见曹安和太子，两人骑着马飞驰而来。

皇上看到太子，就一勒马缰，停住了。

太子见到皇上，赶紧滚鞍落马，对皇上行大礼，说道：

"孩儿叩见父皇！"

皇上跳下马，上前拉起太子，用充满感性的声音，亲切地说道：

"这几天，太子委屈了！"

太子委屈未消，也不知皇上意欲如何，硬邦邦地说道：

"孩儿不敢委屈！"

"委屈就委屈了！还有什么不敢委屈？"皇上看看四周，曹安已经策马奔向卫士们，下马和卫士们遥遥保护。皇上看到四周无人，才继续说道："离开皇宫，朕才有可以说真心话的地方！来吧！跟朕散散步！"

皇上就向前走去，太子跟随在侧，不敢接话。皇上边走边凝视太子：

"那天，你手里握着那么厚的册页，大摇大摆进宫。在朕的书房里，你就公然把那么重要的名单交给朕，希望朕马上定夺！启望，你知道吗？那份名单会要了你的命！为了保护你，朕只好大发脾气，先打耳光，再烧名单！你，实在太大意了！"

"为了保护我？"太子惊喊，"父皇！你相信那名单？你也相信卖官的事？"

"买官卖官，朕早有耳闻，但是没有如此清楚！看到那名单，确实让朕心惊肉跳！但是，名单中或者不全然是事实，这事还待刑部私自到各处去秘密访查，才能知道真相！"

"但是，父皇确实相信名单有相当的可靠性？"太子惊喜地问。

"是！名单做得那么仔细，当然有可靠性！启望，你知道吗？你打击了朕！"皇上沉痛地说。

太子这才明白，皇上看到那名单，因为相信，所以痛定思痛！因为相信，所以对太子的安危大为担心，这才迫不得已，演出那场火烧名单的戏！想当时，皇上内心的冲击有多大，痛苦有多深，对太子的爱护又有多强烈！太子恍然大悟后，想到自己还发表了一篇"蛟龙不游"的大论，不禁痛喊道：

"父皇！儿臣知错了！儿臣知罪了！"

皇上深深看着太子，眼中充满了痛楚和无奈，说道：

"你知道吗？如果照你的意思，把名单上的人一个个逮捕起来审问，你是要朕大动干戈，引起兵变吗？整顿必须不动声色，慢慢地来！名单上那些买官的人，也要分批进行，才不会打草惊蛇！你拿着名单进宫，已经不妥，声音又大，朕那书房隔墙有耳啊！朕真的被你吓住了！"

"父皇英明！孩儿要学的事太多了！"太子敬佩地说。

皇上痛苦地摇摇头，诚挚坦白地说道：

"朕并不英明，这名单里，也有父皇动不了或者不忍动的人！总之，名单虽然烧了，朕相信你已经调查了一次，不难再做一遍！"

太子心悦诚服地说道：

"父皇！儿臣遵旨！这次一定不再莽撞，慢慢地来！"

"朕心里也有数了，会小心朕应该小心的人。启望，你做得好！将来，你会比朕有魄力！不会像朕这样，该断不断！"

"父皇！"太子深刻地说道，"是儿臣太粗心，父皇的该断不断，或者正是父皇最珍贵之处，多少皇帝，不该断也断，不该杀也杀！是儿臣没有深入地为父皇去想！而父皇却立刻想到，该如何保护我？无论反应、智慧和处理感情，儿臣都远远不如父皇！"

"好吧！"皇上苦笑了一下，"启望长大了，最起码，知道如何安慰父皇的失意！朕就接受你的好意，相信朕也有可贵之处吧！总之，这件卖官之事，让咱们父子联手，慢慢消灭，把伤害减到最低程度吧！"

"是！儿臣遵旨！"

皇上伸手，握住太子的肩，重重一握。父子二人深深对视着，眼中都有无限的感动、了解和亲情。皇上就一笑说道：

"启望，陪朕好好地奔一趟马！咱们父子俩一起奔回皇宫去，让那些暗中期待'废太子'的人吓一跳，如何？"

太子笑逐颜开了，大声说道：

"是！父皇！启望这就开始了！"跳上身边的一匹马，一拉马缰："驾！"

"呔！你作弊，朕的马还没到呢！"皇上喊。

曹安赶紧牵马过来，皇上跃上马背，只见太子早就回到皇上身边。直到皇上也一拉马缰，大喊"驾！驾！驾！"时，太子才和皇上并驾齐驱，向前飞奔。

两匹马箭一般向皇宫奔去，曹安与众卫士赶紧上马，奔来护卫。

太子一面奔马，一面想着：

"居然给青萝说中了！而且比青萝猜测的更加深刻！不知道在宰相府的寄南和将军府的皓祯在干吗？这样的好消息，真想让他们知道！"

皇上却一面奔马，一面想着：

"是该让皇后有点警惕的时候了！"心里隐隐作痛，不解地想着，"女人是怎么回事？三千宠爱在一身，她为什么还不满足？"

这晚，宫里有点奇怪，皇上没有等皇后自动上门，就派曹安去召她来寝宫。皇后虽然没有目睹"太子和皇上嘻嘻哈哈，开心地一起策马进宫"，但是，各种绘声绘色的述说，都已听了好多遍，想必不假！现在，皇上主动召见，她心里也有点七上八下。进了寝宫，曹安退出房间，皇后才发现，室内只有皇上和她，显然皇上已把太监宫女卫士都打发了。当然，皇后的贴身女官莫尚宫，也被关在门外。

皇后有点惴惴不安，小心地观察着皇上。

皇上在室内踱着步子，若有所思，突然停在皇后面前，把她的腰一揽，看进她眼睛深处去，那眼神竟然有几分凌厉，几乎是陌生的。

"皇后，宫中什么事都不能保密，朕和太子已经前嫌尽释，相信皇后也已知道了！"他静静地说。

皇后立刻温柔一笑，若无其事地说道：

"皇上和太子，何时有过'前嫌'？父子亲情，斩都斩不断的！"

"皇后知道就好！"皇上警告地说，"朕也有几句话，必须对你说！关于乐蓉和项麒卖官之事，不是空穴来风！皇后身为国母，更加不能卷入！"

"皇上听了谁的造谣？难道是太子吗？"皇后惊喊。

皇上伸手捏着皇后的下巴，用力捏紧，捏得皇后痛了起来：

"你知道朕对你宠爱备至，千万不要贪得无厌，关于涉嫌卖官的事，你最好给朕一份名单，朕会帮你悄悄处理掉一些，该换下来的人，就立刻换掉！免得皇后一世英名，毁在这个案子里，这就是朕对你的恩赐！"

"皇上认为臣妾真的涉嫌卖官？皇上……"皇后又惊喊。

皇上的手继续捏着皇后下巴，加重了力度：

"这件事朕不想再谈，闹下去可大可小！你自己斟酌着办！朕相信你的能力，等着你的名单！"放下手，看着皇后，默默凝视。

皇后不再喊冤，也默默看着皇上，眼中逐渐涌上泪水，哽咽说道：

"臣妾遵命！请皇上念着旧情，不要和臣妾生分了！如果臣妾失去皇上的恩宠，即使贵为皇后，也等于零！在臣妾心里，皇上一直是那个在边疆受苦，却坚忍不拔的皇子！多少苦难咱们一起走过，共患难容易，共荣华反而不易！因为皇上身边的人多了，臣妾身边的人也多了！人多必然口杂，臣妾保证，对皇上一片忠心不变，还有一片痴心不变！"说着，眼泪就滑下面颊。

听了皇后一番话，皇上的心又软了。许多准备好的话，在皇后的泪水中融化，他不由自主地用双手环住皇后的腰，长叹一声说道：

"还有一件事，你和荣王保持点距离，朕对你虽然深信不疑，就是你刚刚那句话，人多必然口杂，你难道不怕'人言可畏'吗？"

皇后一震，对皇上不得不有了几分惊惧。脸上，却依旧梨花带雨，楚楚可怜，心里却在咬牙切齿地想道：

"那个太子，必须给他一点颜色瞧瞧！"

皇上牵着皇后的手，走到床榻前，带点伤感地说道：

"该说的都说了！上床休息吧。是啊！咱俩什么都一起经历过，前几年嫁了我俩的乐蓉，转眼间，兰馨也要成亲了，那个霸气的公主，朕一定会想她的！"

"三人蒙难记"里的皓祯，这晚不在将军府，他在吟霜那乡间小屋里，是晚上了，他穿着寝衣，走到窗前，看看外面的月亮。距离和兰馨的婚礼已经只有几天，公主院都已收拾好。他的情绪纷乱，那公主院收拾得富丽堂皇，但是，他的心却系在这充满书香药香的小屋里。

吟霜拿了一个绑着红绳，下面垂着一个小瓷壶坠子的饰物过来。她的手臂，在皓祯那胡乱的缝合下，居然也痊愈了。当然，还是吟霜自我调理得好，白胜龄留下的药膏好。吟霜走来，拿着坠子说道：

"上次你送了我狐毛玉佩，我在每件衣服里都缝了一个暗袋，贴身带着。现在我也要送你一件东西，这是我爹留给我的小瓷壶！玉佩是你给我的信物，这是我给你的信物！"

皓祯回头，惊讶地拿起那瓷壶看了看：

"这是什么？很精致的小瓷壶！里面装了什么吗？可以打开盖子吗？"

"可以打开，但是不要打开！除非你要用它的时候！"

"什么情形下要用？你爹留给你的？很名贵的东西吗？"

"我爹说，我从小身体就不好，小时候，有次我病得快死了，我爹把一颗制造了很多年的神药，喂给我吃，救了我一命。后来，我娘身体也不好，我爹又制造了一颗神药，想要给我娘吃的！可惜没有制好，我娘就去世了！"

"难道这小壶里，是那颗制了一半的神药？"

"不错！一颗小小神药，爹说还差几味药，就可以完成了！"

皓祯好奇地拿着那小壶：

"所以这颗神药有多少功能，没有人知道？"

"是！没有人知道！我爹的第一颗神药，救了我的小命，这颗是怎样，完全是个谜！我猜想，为了救我娘的命，这颗也包含了很多珍奇药材和我爹的独门妙方，我要你挂在脖子上。万一你的生命有危险时，吃了它，可能会救你一命！"吟霜看着他说。

"哦！"皓祯珍惜地说，"应该挂在你脖子上吧！我有武功，会保护自己！你才危险！"想想，"咦，你手臂受伤，怎么不拿出来吃？"

"那点小伤，被你这个袁大夫，不是治好了吗？线也拆了，也不痛了！怎么需要我爹的神药？这颗我想给你！我爹说，平常不要打开看，怕潮了就没有效力了！"

"好吧！帮我戴上，你给的信物，我会永远戴着！沐浴时才拿下来！"皓祯说。

皓祯就把头低下去，让吟霜给他系上那红绳。吟霜又说道：

"或者这颗神药一点用都没有！但是，我爹两颗神药，都为了爱而精心制造，一颗给我吃了，这颗即使没有作用，却有我爹对我娘那份心，所以我要把它给你！因为，我对你也是这样！戴着它，等于戴着两代的深情！"

皓祯这才明白吟霜的深意，握着她的手，心为之醉。

"有你那样的爹娘，才有这样至情至性的你！我相信，你给我的不只是神药，还是一颗爱的种子，会在我心里，长成一棵大树！梅花树！"

吟霜甜甜地微笑着，这样的笑容，让皓祯更加醉了，两人就痴痴地互看着。这样的甜蜜，还能有几天呢？大婚的日子，即将来临了！

二十四

这天的长安大街，实在热闹非凡。所有的老百姓都出了家门，挤在街头看将军府迎娶公主。如此盛况，是许多人一生也碰不到的。街头熙熙攘攘，万头攒动，争先恐后地拥挤着、喧嚣着、喜悦着。

皇家的吹鼓手一色红衣，吹吹打打向前行。仪仗队也一律红衣，举着各种皇家旗帜和伞盖，簇拥着一身红衣礼服、骑在马背上的皓祯。尽管皓祯面无表情，但是，那身出色的服装，那份前呼后拥的气势，更显出他的英挺俊朗，群众争着看，争着议论，争着赞美。

皓祯身后，是宫女和太监组成的队伍，也是一律红衣，簇拥着兰馨那考究至极的花轿。花轿由二十个红衣太监抬着，取"十全十美"之意！轿子垂着红色绣着金凤的图案，美不胜收。轿子两边，还有六个宫中女官，扶着栏杆。当然，皇后的莫尚宫是一个，兰馨的崔谕娘也是一个。轿子里，兰馨穿着华丽的新娘服，头戴金冠，化过妆的脸庞美丽无比。因为心情良好，眼睛明亮有神。虽然在吹吹打打中，依旧不安分地拉开垂着的红幔，向外好奇观望。看到街头拥挤热闹的情况，唇边带着满意的微笑。

壮观的队伍，向前行进。

道路两旁，羽林军用红色棍子，拦住看热闹的群众。

群众挤来挤去，指指点点。在这些看热闹的群众中，寄南带着灵儿也在观看。灵儿当然是男装，看到如此壮大的场面，立刻不平起来，用男声说道：

"真不公平！原配是那么小小的婚礼，现在是这么大大的婚礼！"

"裴儿！你看看就好，少说两句！"寄南警告着。

"你看皓祯，大概昨晚都没睡，一点精神都没有！"灵儿又说。

"唉！不知道吟霜现在心情如何？我们不应该在这儿，应该去陪吟霜的！"

"可是……我喜欢看热闹！这种公主结婚，一生也只能看这一次吧！"灵儿说，突然问，"窦寄南，为什么结婚，大家都要穿红衣服呢？"

"其实，婚礼原来应该新郎穿红衣、新娘穿绿衣的，所谓'红男绿女'，典故就出在这儿。可是，红色确实艳过了绿色，不知何时开始，就变成都穿红衣了。"寄南解释道，"这就和昏礼变成婚礼一样！"

他们两个在谈论着，皓祯却像行尸走肉般，被动地骑在马背上，让人牵着走。他的眼光，无意地向人群中扫去，忽然大大一震。只看到人群中，吟霜穿着一身飘逸的白衣，带着香绮，站在那儿痴痴地看着他。皓祯身子一挺，整个人的神经都绷紧了，无声地呼唤着：

"吟霜！"

皓祯的眼光，就直直地看向吟霜。吟霜的眼光，也直直地看向皓祯。两人的眼光接触了。彼此就这样遥遥相望，眼光遥遥痴缠着。队伍继续前进中，眼看两人即将错开。皓祯就用口型对吟霜说道：

"晚上——等我！"

吟霜大惊，用口型说道：

"不要——胡闹！"

吟霜说完，眼泪一掉，转身穿过人群奔走了。香绮赶快对皓祯挥挥手，转头追随而去。皓祯整颗心都跟着吟霜而去了。

经过黄昏时节的婚礼，就是晚上了。将军府大门张灯结彩，客人热闹穿梭。宴客厅里热闹非凡，宾客满席，大家喝酒说笑，一片欢乐。秦妈、袁忠、小乐、丫头仆人等忙着上菜或是为客人倒酒。忽然袁忠高声报告：

"太子驾到！"

众宾客一阵骚动，赶紧去太子身边行礼。柏凯、雪如也迎上前去。

"臣参见太子殿下！"柏凯说道。

"大将军别客气，我从小和皓祯玩在一起，今日前来，不是太子，只是启望！"太子说，就伸头到处找着，"皓祯呢？"

雪如喊着：

"袁忠赶快带太子去皓祯那桌！"

太子已看到皓祯、寄南，就摆脱众宾客，到了皓祯这桌。柏凯带着雪如到处敬酒，接受祝贺。翩翩、皓祥也在向其他宾客敬酒致谢。当柏凯来到方世廷身边敬酒，方世廷礼貌相迎，说道：

"恭喜！恭喜大将军，今日在宫里已经接受了皇上的赐宴，今晚又受到大将军的邀请，参加贵府的家宴，真是倍感荣幸啊！哈哈哈！"

"宰相公，客气客气！"柏凯说道，"您能赏脸来到，也让我们将军府蓬荜生辉，招待不周还请见谅！宰相公，喝酒喝酒！"

世廷和柏凯客气地举杯，互相一饮而尽。世廷接着说：

"今晚荣王因为白天在宫中喝了太多，酩酊大醉，现在已经回府，不便前来也请大将军见谅……"斟酒再举杯，"本官代荣王再敬大将军和夫人一杯！"

雪如笑着举杯回礼：

"客气客气！也请代为转告荣王，他本人虽然没到，但是荣王府送给公主院的礼物，将军府都收到了，谢谢荣王的周到！"

三人彼此客套地敬酒。雪如喝了酒，眼神却忍不住地望向皓祯，只见皓祯坐在那儿，闷闷不乐。赌气似的猛灌着酒，寄南和太子坐在皓祯两旁，不时地阻止皓祯。雪如担心着，心想，太子和寄南，还有那个小厮裘儿，应该可以安抚皓祯的情绪吧！

太子、寄南和灵儿三个，确实在努力控制皓祯。太子警告地对皓祯说道：

"皓祯！注意注意！今天好歹是你大喜的日子！千万不能出任何差错！你这样愁眉苦脸，像个新郎吗？当我的妹夫，没有亏待你！"

皓祯灌了自己一杯酒，对太子说：

"兄弟！你这样说，对得起咱们的竹寒山吗？"

皓祯又给自己倒酒。寄南一把抢走皓祯的酒杯：

"你还喝！你是准备灌死自己吗？"

灵儿用男声，骂寄南：

"拜托了王爷，整天骂我不会说好话，你也差不多！"回头对皓祯说："少将军，你赶快跟着你爹娘到处去敬酒！我看夫人一直在担心你！"

皓祯已喝得微醺，又倒一杯酒往嘴里灌，说道：

"敬什么酒？这大喜之日，就是我的大悲之日，你们懂不懂呀！"

"哪有这么严重？"太子皱眉说，"你声音小一点行不行？"

"你巴不得全天下知道，你心不甘情不愿当这个驸马爷吗？"寄南接口。

"全天下早就知道了！"皓祯醉言醉语，"就只有住在鸟笼里的那只金丝雀，脑子一点都不开窍，跟她说了都不相信，偏偏选一个最苦的果子吃……"

"皓祯！"太子命令地说，"振作起来，把苦果变成甜果是你的责任和义务！"

皓祯醉眼看着太子，说道：

"太子对皓祯不满意，尽管废了我这驸马……"

话没说完，皓祯醉眼蒙眬中，忽然看到坐在一旁、失神落魄也在喝闷酒的汉阳，就不理太子，拿着酒杯踉跄地坐到汉阳身边。他一手拿着酒杯，一手搭着汉阳的肩膀，醉言醉语地说道：

"汉阳，今天这个日子本来是你们宰相府的，不知道是不是月下老人打瞌睡了，居然弄到我们将军府……"举杯，"来，我敬你一杯！"

汉阳也已喝醉，失魂落魄地和皓祯碰杯，说：

"既然是月下老人搞糊涂了，你还要敬我什么？"

皓祯一肚子气往脑袋里冲去，说道：

"我敬你……我敬你这个谦谦君子！我敬你……敬你这个一表人才！我敬你……辜负了自己……害我……辜负了……"

灵儿怕皓祯说出不该说的话，赶紧奔来捂住皓祯的嘴，着急地抢走皓祯的酒杯：

"少将军，你喝多了，别喝了！要敬，裘儿来帮你！"

寄南一把抢走灵儿的酒杯，提醒着：

"你这小厮凭什么代表皓祯敬酒，我这王爷还差不多！"劝皓祯："你行行好，别再胡言乱语了！"

汉阳大口地把酒一饮而尽，又大力地放下酒杯说：

"对！我不争气没出息！我辜负了自己！"对皓祯，愤愤地说："你以为今晚只有你一个人最凄惨吗？你以为只有你一个人面对着大悲的日子吗？"

灵儿和寄南大惊，不知平时温顺的汉阳怎么突然发起脾气。

太子也睁大眼睛，好奇地看着。

此时此刻，兰馨正穿着一身新娘衣冠，在公主院的洞房中，不安地东张西望，有点耐不住性子躁动着，问身边宫女：

"皓祯什么时候才会来啊？本公主等得不耐烦了！"

一排宫女列队站着，没人敢搭话。

崔谕娘一身红色新衣，悄悄地端了一碗食物来到兰馨面前。

"公主，奴婢知道公主肯定饿坏了，先给公主送点吃的来。"

"对！"兰馨吞着口水，"本公主真是饿得快不行了！规矩那么多！"

兰馨立刻接过食物，大口地吃起来，边吃边问：

"那个驸马怎么还不来？客人还没走吗？"

"是啊！客人今日可多了，驸马爷忙着到处敬酒……"崔谕娘安抚地说，"公主您再等等，驸马爷要是来了，奴婢在外面给你打暗号！哈哈！"

兰馨笑了，两人开心地等待着。

宴客厅依然热闹滚滚。寄南看着汉阳似乎心情恶劣，也坐到汉阳身边来。寄南搭着汉阳肩膀，给汉阳斟酒：

"汉阳，看来你似乎也有满肚子委屈！来来来，咱边喝边聊，有什么不痛快，就像这一杯酒，一口吞下就没事了！"说完便举杯一口饮尽。

"我跟你窦寄南没什么好聊的，你照顾好你的小厮！"汉阳也已经微醺，瞪着皓祯，"我有话对他说！"

皓祯带着醉意，看着气势汹汹的汉阳，不满地说：

"你今晚气势还真不小，怎么在公主面前你就那么不争气，现在借酒装疯是不是太晚了？"

"借酒装疯的人是你！"汉阳大吼，"公主既然已经嫁到将军府了，你就好好善待她，什么金丝雀，又是凄惨又是大悲的，你措辞最好小心点！"

"哦！"皓祯惊愕，"你莫非是舍不得公主？在为公主抱不平？唉！看来你对竞争驸马爷是挺认真的嘛！不过，很抱歉！我袁皓祯要怎么对待公主，那是我的事！"

"你……敢对公主有一丝一毫的不敬，我不会饶你！"

喝醉了的汉阳突然起身，就压倒了也喝醉了的皓祯，两人居然在地上扭打起来。

太子拿着酒杯，看得稀奇，说道：

"汉阳你这是怎么了？办案你还行，打架你不行！赶快起来，这样太不成体统！本太子命令你起来！"

"太子哥！这事你管不了！他俩是宿敌！"寄南说。

皓祯对汉阳仅仅是以防守的方式和他纠缠着，并未真正出手，压着汉阳的身子，两人在地上打滚。皓祯醉了，大笑着说：

"你这个文弱书生，我就陪你玩一玩吧！哈哈哈！我们这样在地上滚，有个词儿叫'懒驴打滚'！"

太子推着寄南，急道：

"你赶快拉开他们两个！什么'懒驴打滚'，简直是天下奇观！"

寄南和灵儿手忙脚乱，拼命想拉开两人。灵儿喊着：

"别打了，两位公子！怎么聊着聊着就打起来了呢？"

"哎哟！汉阳，你平常彬彬有礼，今天怎么沉不住气了！快起来！"寄南拉着。

宾客们都被皓祯和汉阳给吸引了，全部过来围观，啧啧称奇。雪如、柏凯、翩翩、皓祥、方世廷也紧急赶来一探究竟。方世廷一见从未失态的儿子汉阳，居然滚在地上打架，还是和新郎驸马在打架，大惊失色，吼道：

"方汉阳，住手！"

汉阳一震，清醒停手，醉得摇摇晃晃无法起身。世廷感觉丢脸，命令道：

"寄南、裘儿，先把汉阳带回宰相府！"

寄南和灵儿一人搀扶一边，把汉阳带离了宴会厅。灵儿一边走，一边叹气说：

"本小厮喜酒也没喝到几口，肚子也没吃饱，新房也没看到，婚礼也没看完……居然要护送宰相府公子回府，真是流年不利！弄不清到底我是谁的小厮？"

"你还埋怨？"寄南说，"我这王爷，现在也变成小厮了！住进宰相府，地位跟着矮一截，你以为我就吃饱了吗？"

汉阳、寄南和灵儿走了之后，小乐、袁忠赶紧扶起醉醺醺的皓祯。柏凯气得想给皓祯巴掌，却被雪如紧紧抓住，压抑了下去。柏凯对皓祯发怒：

"这是什么日子？什么场合？你这成何体统！你简直想气死我！何况太子在此，你有点规矩行不行？"

太子赶紧笑道：

"大将军别生气，皓祯这'懒驴打滚'，让启望开了眼界！婚礼上如此热闹，也是喜事！大家见怪不怪，就当是喜事随着懒驴滚滚来！"

众人听太子如此说，全部笑开了。

崔谕娘今晚可是忙坏了，将军府和公主院两边跑，到处打探着最新状况。此时，捂着嘴忍着笑冲进洞房，直奔兰馨身边。

"崔谕娘，发生了什么事情了？这么慌张？"

"公主，奴婢不知道是应该笑，还是哭呢？"崔谕娘憋着笑，"咱驸马爷和宰相府的汉阳公子，两个人在酒席上打起来了！"

"啊？打架？汉阳又不会武功，怎么会打架呢？"兰馨惊讶。

"听说……听说是为公主争风吃醋，那个汉阳肯定是吃不到葡萄，对我们驸马说了什么不敬的话，所以两人就打起来了。这都是刚刚听将军府的那些仆人说的。"

"那驸马爷有没有怎么样？"兰馨关心地问。

"驸马爷应该没事的！我们驸马爷底子好，受伤的应该是那个方汉阳吧！"

"那就好，如果谁打伤了本公主的驸马，本公主一定不饶他！"兰馨说。

崔谕娘谄媚地轻喊：

"公主啊！您今日都成亲了，这无缘的驸马还来争风吃醋，可见公主是多么招人喜欢呀！最重要的是，驸马爷在喜宴上还为公主打架，这就说明驸马爷多喜欢公主了！"

兰馨甜蜜地想着，心里勾画着两人争风吃醋的打架场面，唇边满是笑意。

终于，喜宴结束了。皓祯必须进洞房，完成婚礼最后的部分。

兰馨坐在床上，崔谕娘急忙奔进，整理整理兰馨的服饰，小声地说：

"驸马来了！喝醉了，公主心里要有数！今晚八成没法洞房了！"

兰馨赶紧正色坐好。崔谕娘就急忙出门去迎接皓祯。

皓祯醉醺醺，在小乐和另一个小厮扶持下，进了新房。

立刻，捧着葫芦酒的两个宫女上前。葫芦都经过装饰，外面包着红色锦缎，还有金线刺绣着"囍"字，富丽堂皇。崔谕娘响亮地喊道：

"合卺之礼开始！请驸马爷和公主饮'合卺酒'！"

皓祯被小乐按在公主右边坐下，葫芦酒递了上来。皓祯看着葫芦，想起和吟霜那朴实的葫芦，醉意地叽咕：

"宫里排场大，连葫芦也要穿衣服吗？"

兰馨不禁偷笑。合卺酒喝完，兰馨换上华丽而单薄的寝衣。头发用极漂亮的红缨系着。崔谕娘把兰馨牵到矮榻上坐好，又高声说道：

"请驸马行'解缨结发之礼'！"

小乐赶紧搀起已经昏昏欲睡的皓祯，低声提醒：

"公子！解缨结发之礼！解缨结发之礼！"

皓祯摇摇晃晃站起身，众宫女赶快去扶。皓祯不耐地想挣开：

"什么解缨结发之礼？今天这个礼，那个礼，还不够吗？"

"解缨结发之礼，是婚礼最后一道礼仪……"崔谕娘急忙说道，"然后……"窃笑地说，"驸马就可以和公主行'洞房合欢之礼'了！"

皓祯便被众人半拉半扶半拖地带到兰馨身后。皓祯站在那儿发呆。

崔谕娘急死了，指着兰馨头发上的红缨：

"驸马爷！请亲手解开这红缨，然后把这红缨系在腰带上，或者揣在怀里，永远留着，这解缨结发之礼象征永结同心！结发就由奴婢代劳，解缨一定要驸马亲手来解！"

小乐就把皓祯的手抬起来，送到红缨上去。宫女们催促地喊：

"解缨结发之礼！解缨结发之礼！解缨结发之礼……"

皓祯醉得东倒西歪，不耐地说：

"怎么如此啰唆？"对宫女们一凶，"这头发上的红带子，你们侍候的人不会解吗？还要我来解？"被动地让小乐扶着手，就是不去碰那带子。

崔谕娘赶紧帮忙，动手解开了红缨，欢声地说：

"恭喜恭喜！解缨结发之礼完成！"把红缨塞在皓祯手中，急忙指挥众宫女，"赶紧帮驸马爷更衣！"

就有几个宫女上前，要为皓祯解衣。皓祯一惊，手一挥，把几个宫女摔得跌了出去。那红缨也飘飘落地。皓祯大叫：

"本公子难道连换衣服都不会吗？别碰我！"

宫女们倒了一地，急忙起身，崔谕娘就把兰馨扶上床，在她耳边低语：

"驸马醉了，怎么办？"

兰馨偷笑着，低语：

"不怎么办！你们都退下，本公主见招拆招吧！"

崔谕娘急忙指挥宫女退出房间，再大声喊道：

"现在，请新郎、新娘行'洞房合欢之礼'！"

小乐急忙把站在房中发愣的皓祯推向床前，说道：

"公子！洞房合欢之礼！洞房合欢之礼！小乐下去了！"

皓祯到了床前，定睛一看，忽然放声大叫。

"不得了！不得了！"

兰馨大惊，也顾不得害羞了，急忙抬头看皓祯。皓祯气呼呼喊着：

"那些宫女到哪儿去了？赶快进来，通通进来！"

崔谕娘带着宫女们赶紧奔入。皓祯指着兰馨，斥责着：

"公主的衣服怎么穿那么少？受凉了怎么办？赶快给公主加衣服！"

崔谕娘啼笑皆非地、恭敬地说道：

"驸马爷，公主正等着您行洞房合欢之礼呢！"

"不管什么礼，总不能受凉呀！"怒瞪崔谕娘，"你们会不会侍候公主？"

"是是是！奴婢该死！"崔谕娘俯向兰馨，求救地问："怎么办？"

"你们都出去吧！"兰馨低语。

崔谕娘就弯着身子倒退，挥手要众宫女出房。大家才退了一半，就看到皓祯拿起床上的锦被，自言自语：

"这个礼那个礼就是折腾本公子！穿这么少，累了一整天，还有什么合欢之礼？用锦被包紧一点才是正经！那些宫女谕娘都是废物！"

皓祯一面叽咕，一面就飞快地用锦被把兰馨包住，手脚利落地几下，已经把兰馨包得像一颗三角形直立的粽子。头露在锦被之外，锦被的一角竖在头后面。

皓祯就对兰馨说道：

"好好坐在这儿，你像个粽子菩萨！很庄严很神圣的菩萨！别乱动坏了形象……你那些没用的宫女，什么都要我做，害我手忙脚乱，现在头昏脑涨，我必须去睡觉了！"

皓祯说完，就大步冲出新房去了。

剩下包成粽子般的兰馨，在崔谕娘和众宫女惊讶的注视下，哭笑不得。

皓祯溜出公主院的洞房以后，就直奔将军府的马厩，牵出他那匹"追风"，他还穿着新房里那身服装，就想从后门溜出去。小乐尾随而来，死命拉住皓祯的衣袖，轻声喊：

"公子，你洞房合欢之礼还没完成，这半夜三更，你要到哪儿去？"

"嘘！"皓祯低语，"你别吵醒家里的人，我要去找吟霜！"

"今晚是公子和公主的新婚之夜，你怎么能去找吟霜姑娘呢？"小乐大惊。

"嘘！"皓祯又嘘着他，坚定地说，"你知道，现在就算有一千匹马拉着我，有一万把刀搁在我脖子上，我都要去找吟霜，没人能阻挡我！你如果贴心，就去我房里，把棉被包成一团放在床上，守在房间门口，不要让人进去，有人来，就说我大醉特醉睡着了，知道吗？"

"可是，现在外面乌漆墨黑的，你要骑马走夜路，又喝了这么多酒，万一摔了怎么办？如果公主那边，要找公子怎么办？"

正说着，鲁超牵了另外一匹马出来，对小乐说道：

"小乐！你听公子的，去守在公子房门口！至于公子这趟夜行，就交给鲁超吧！"

皓祯已经上马，鲁超也急忙上马。

小乐只好悄悄溜回将军府，把后门关好。

虽然夜深了，吟霜还没睡。她正在灯下，拿着皓祯送她的玉佩，心碎神伤地看着。如果说，她不曾因今天是皓祯大喜的日子而难过，她就是虚伪的！黄昏时，她目睹了那婚礼的场面，接触了皓祯和她的四目相对。她以为自己是很坚强的，才会带着香绮到长安大街上去观看，毕竟，这是皓祯的婚礼！可是，和皓祯眼神接触的刹那间，她就心碎了！回到乡间小屋，她也没吃晚膳。看着窗外月光，想着他！看着玉佩，想着他！看着灯火，想着他！看着自己手臂上的伤痕，想着他……此时此刻，他应该正和公主洞房吧！这是皓祯应尽的义务和责任，她早有准备，但是，她为何如此心痛呢？

"梅花在这儿，梅花树呢？"她在自言自语。

忽然间，门外一阵马蹄杂沓，皓祯那酒意未消的声音，就大喊大叫地传来：

"吟霜！吟霜！我来了！"

怎么可能？吟霜的心怦怦跳着，立刻起身，奔向大门，一阵乒乒乓乓，房门打开，吟霜冲到房门口来。她的身后，跟着睡眼惺忪的香绮和常妈。常妈睁大眼：

"公子，鲁超？不是我老太婆眼睛花了吧？"

"公子！你怎么来了？今天不是你大喜的日子吗?"香绮惊喊。

吟霜不敢相信地看着皓祯，两人的目光再度交缠。皓祯就翻身下马。

"你真的来了？不顾一切地来了?"吟霜颤声问。

"今天在大街上，我对某人说了今晚会来！我不能失信!"皓祯振振有词。

吟霜身不由己地迎上前去，含泪惊喊：

"你一定发疯了！你喝醉了吗？大家怎么会放你出来?"

鲁超下马，拉着皓祯的马去马厩，说道：

"公子说，就算有一千匹马拉着他，有一万把刀搁在他脖子上，他都要来找吟霜姑娘！现在小乐在家里随机应变，明天是什么状况，大概公子也不管了!"

吟霜眼圈涨红，泪水盈眶，撑着歪歪倒倒的皓祯进房去。

两人一进卧房，皓祯就热情奔放地把吟霜搂在怀里。吟霜挣扎了一下，就不由自主地依偎着他，把面孔埋在他那厚实的胸前。半晌，皓祯用手托起她的下巴，凝视着她。

"不许哭!"

"是!"吟霜顺从地说着，慌忙用袖子擦眼泪。

皓祯就回头对外胡乱地大喊：

"常妈！香绮！我要红缎带，红丝带，红绳子，红缨带，红绸带……不管红色的什么带子，都给我拿来！快快快!"

吟霜惊奇地看着他：

"你这时候要红缎带做什么？你醉了！我去给你弄个醒酒的

药！你一定醉得糊涂了，才会跑到这儿来，想到你明天会面对的情况，我都替你捏把冷汗！"说着就要走。

皓祯一把攥住她：

"别走！我好不容易来了，你一刻也不能离开我！我们上次结婚太匆忙，忘了有个'解缨结发之礼'，你要把头发用红缨系着，我亲手解开才行！"

吟霜简直不知道该说什么好，只是泪汪汪地看着他，半晌，才轻声说：

"那天不是忘了，只是临时来不及准备，我也觉得这些礼数都用不着，有心就够了！那么……"就小小声地问，"你今晚帮……新娘'解缨'了？"

皓祯一瞪眼，气呼呼地说：

"没帮你做的事，怎会帮她做？这个'解缨结发之礼'我也不懂，如果关系到'永结同心'，那一定要帮你解！"就又乱喊一通："香绮！你们听到了吗？红缎带！红丝带！红花！红绳子，红流苏……"

吟霜急忙也对外喊：

"香绮！别理他！你们都睡觉吧！他醉了！"再看向皓祯，请求地说道："改天再行解缨结发之礼行吧？半夜三更，别吵她们吧！"

皓祯就醉醺醺地握着吟霜的手，重重说道：

"今天是我大喜的日子！我说过，我的新娘只有一个！不管什么礼，应该都是属于你的礼！我，就是老天送给你的礼！你，也是老天送给我的礼！"

"是！是！"吟霜轻声应着，看了他一会儿，就把头偎在他的肩头，脸颊靠着他的脸颊，抬眼看着窗外的夜空。她就对着夜空，低声喊道：

"爹！娘！你们在天之灵保佑我，也见证我这一片心！风霜雨露我都不怕，名分地位也不在乎，我只要和皓祯相守，只要和他在一起！"

窗外的夜空中，许多星星闪烁着，似乎每颗星星，都在见证着这对人儿的爱。

二十五

　　天蒙蒙亮，小乐坐在皓祯卧室门口的地上打瞌睡。皓祯已把他的新郎服换下，包着小包裹拎在手里，他穿着一身不起眼的便服，在鲁超掩护下，用轻功潜入将军府。再神不知鬼不觉地悄悄出现在房门口，捏了捏小乐的耳朵。小乐惊跳起来，半睡半醒地喊：

　　"公子醉了，还在睡！还在睡！不能打扰！"

　　"公子回来啦！赶快让我溜进门去！"皓祯急忙嘘道。

　　小乐这才拍着胸口，站起身，四面看看，让开身子打开门，皓祯一闪入房。小乐跟进去，立刻关上房门。皓祯把包袱抛给小乐，吩咐着：

　　"这是那件新郎礼服，你收着，说不定进宫时还要用！"

　　小乐接过包袱，哭丧着脸，害怕地说道：

　　"公子！你准会害我一命归天的！"

　　皓祯给了他脑袋上一巴掌。

"会不会说点好话？"再低声问，"没事吗？有人找我吗？公主那边……"

"那边安安静静的……"小乐也低声回答，"嫁过来第一晚也不好意思说什么吧！公子昨晚是过关了！"

"那就好，我要睡了！"皓祯解着衣扣，脱下便服。

"现在睡什么睡？今天公子要陪同全家去见公主，然后有很多人要来贺喜！公子一定还没用早膳，用完早膳还有一堆礼节呢！"

"吟霜强迫我喝了醒酒药，酒醒了哪还睡得着！跟吟霜谈了一夜都没睡，现在真的困了！必须休息一下！"说着，就倒上床。

"公子，以后还有很多很多天，日子长得很呢！"小乐担忧地说，"公子的'洞房合欢之礼'是赖不掉的。今晚……"对皓祯拜拜道，"拜托公子别再出花样，就跟公主马马虎虎合欢一下吧！"

皓祯又打了他脑袋一下：

"什么马马虎虎合欢一下？你这小厮懂什么？这是很严重的事，是不能马马虎虎的事！我不会跟公主合欢的，你别说了！"就拉开棉被，蒙头大睡。

"啊？那公子每晚都要赖啊？我惨了！"

皓祯翻身向着床内，真的倦极入睡了。

大概只睡了一个时辰，就被小乐拉起床，一迭连声地催促着：

"公子，赶快梳洗！也不能用早膳了，大将军和夫人都等着公子，要去向公主问安！公子没在公主院过夜，大家都不知道，你假装是从公主院出来，去接将军、夫人、二夫人、二公子的，公子明白了吗？"

"明白了明白了！"皓祯一面穿上吉服，一面打哈欠。

接着，皓祯就陪着不知情的柏凯、雪如、翩翩、皓祥，一起走进公主院大厅。

兰馨盛装，已在宫女们簇拥下等待着。

"公主，将军府太简陋了，委屈了公主，不知昨晚睡得可好？"柏凯问。

"大将军别客气！"兰馨潇洒地回答，"应该是我去你们那边见公婆的吧？说真的，不管是民间礼仪还是宫中礼仪，本公主都弄不清楚！"

雪如诚挚地笑着说道：

"莫尚宫过来好几次，告诉我们礼仪规矩！我们袁家，第一次有人当驸马，也是什么都不懂！有欠缺之处，还请公主包涵！"

"夫人不要跟兰馨客套，本公主一向不会客套！"兰馨大方地说，"既然嫁过来了，就是一家人了！"一个个地看着众人，"皓祥我在宫里见过的！"看翩翩："这位是……"

翩翩急忙说道：

"我是皓祥的娘！大将军的二夫人！公主缺什么，有任何需要，就让崔谕娘找我吧！在这家里，我是大事小事，通通要管的那种人！"

"那你就是一家总管啰！崔谕娘，记住了！"兰馨吩咐。

"是！"崔谕娘应着。

皓祯听着这些谈话，感到百无聊赖，又没睡够，悄悄打了个哈欠。

兰馨就看着皓祯，似笑非笑地说道：

"驸马爷，昨晚本公主是'粽子菩萨'，今晚请驸马清清醒醒来这儿，别再喝太多酒！兰馨不会跟你打马虎眼，有什么说什么！"看柏凯和雪如："公公婆婆也监督他，别让他喝醉，要管着他一点！"

柏凯有点糊涂地问：

"粽子菩萨是什么？"

宫女们偷笑着。崔谕娘一脸尴尬，兰馨眼里闪着一丝丝警告的意味。雪如一惊，也不知昨晚怎样，赶紧回答：

"公主！今晚客人闹酒，一定不让他多喝，昨晚都是那位大理寺丞方汉阳，拉着皓祯喝，一定喝多了！今晚不会了！"

皓祥挑着眉毛，看好戏似的说道：

"那可不一定！除非寄南不来，如果寄南来，还是会喝的！"

皓祯听得不耐烦了，心里翻腾着对这个婚事的不满，哪有这样点不醒、一厢情愿的公主！害他辜负了深爱的吟霜！看着兰馨，他眉头一皱说道：

"兰馨！如果我想喝酒，那是我的事！喝醉了，也是我的事！你嫁到将军府，还是守将军府的规矩吧！在我家，我爹最大，我娘第二，我轮第三！你进了门，就算是公主，也不知道轮第几？不要对我娘发号施令，更不可对我爹不敬，也别管我喝酒的事！"

兰馨似笑非笑地看着皓祯问：

"你这篇训话，是给我下马威吗？"

"还没呢！你刚进门，先让你三天！"皓祯板着脸说。

柏凯、雪如等人惊愕地看着皓祯。崔谕娘瞪大眼睛，宫女们个个讶异，翩翩和皓祥彼此互看，不知道皓祯在做什么。

兰馨被皓祯的气势镇住了，略微呆了呆，就忍不住扑哧一笑，对皓祯说道：

"你知道吗？本公主就欣赏你这股霸气！记得你跟寄南进宫来找我，把我摔了十几个筋斗，本公主就栽在你的武功和霸气下！这才选了你！"

皓祯怔住了。心里懊恼，原来如此！他对自己生气，决定再说清楚一点：

"还有，把你那个开口闭口的'本公主'改一改，用兰馨或者是我字就可以了！称呼也改一改！"就一个个摊着手介绍，"这是爹，这是娘，这是二娘，这是皓祥，我的名字不叫驸马，叫皓祯！知道了吗？"

兰馨一笑，心情良好地、清脆地回答：

"知道了！"就对柏凯雪如说道："爹娘多指教！"

众人全部一愣一愣了，就连皓祯也愣了。

当皓祯全力应付他那不情不愿的驸马身份时，宰相府里的右宰相方世廷也决定开始"管束"寄南和灵儿。

他把两人叫进了书房。隔着一张书桌，世廷坐在坐榻里，寄南和灵儿不情不愿地站在书桌前。世廷看着他俩，满眼矛盾为难之色。汉阳在一边陪着。双方对看了半晌，世廷才清清喉咙，凝视寄南说道：

"皇上让本官管束你，是对本官的信任，也是本官的荣幸，但是，你是不是能配合本官呢？"

寄南眼睛顿时一亮，击掌说道：

"配合？宰相这配合两个字，就说对了！只要本王在贵府打扰几天，宰相大人您就对皇上复命，说我那个病被管束好了！我也配合着说，以后只爱美人，不再断袖，您想皇上那么忙，还会追究吗？哈哈！这样就两全其美啦！"

"那么你是不是真的就不再断袖了呢？"世廷眼睛一瞪问。

"宰相大人，您何必强人所难？"寄南笑着说，"如果本王舍得裘儿，就把他送给吐蕃王子了！"看了灵儿一眼："就是舍不得嘛！宰相不是我和裘儿这种人，不知其中滋味！本王对裘儿，也是情深义重的！"突然瞪着世廷说，"对了，宰相不是写过忠孝仁义论吗？"脸色一正，"本王就是忠孝仁义的拥护者，抛下裘儿，就是不义！"

世廷脸色跟着寄南的歪理变化着，问道：

"这么说，靖威王是要本宰相和你一起，去欺骗皇上？你难道不知欺君大罪是要砍头的吗？"

"方宰相！皇上是位忠厚仁慈的人，他不会动不动就要砍人脑袋！"寄南正色说道，"那些被冤枉砍掉脑袋的人，都是被皇上身边那些掌权的大臣给陷害的！这些掌权大臣，才犯了欺君之罪！至于本王的断袖，何足挂齿？"

世廷脸色一变，声音提高了：

"掌权大臣，也包括本宰相吗？"

"怎敢怎敢？"寄南赔笑，"也不是个个都是掌权大臣，都阳奉阴违！但是，宰相您心里大概也有数吧？谁是忠臣，谁是奸臣？"眼光突然锐利起来："您身居右宰相，是皇上最信任的人，要睁大眼睛，帮皇上除害，那才是忠孝仁义！"

汉阳再也听不下去，挺身而出：

"寄南！你不要太嚣张，今天是我爹在管束你，不是你在这儿对我爹训话！为了掩饰你自己的毛病，你居然扯出忠孝仁义、忠臣奸臣的，你太过分了！如果你指桑骂槐，侮辱我爹，我不会放过你！"

寄南转向汉阳：

"哎呀哎呀，我说汉阳，不要太认真，本王真的没有不敬之意！有感而发地说了几句真心话而已！"忽然深思地看着汉阳，语气一变，"你听过街头的歌谣吗？"就念道："兔子好欺负，帽子压头颅，左边有豺狼，右边有恶犬，言之凿凿谁在乎？"盯着汉阳："听过吗？这是'冤狱'两个字！你现在官拜大理寺丞，慎之慎之！"

汉阳啼笑皆非，瞪着寄南说：

"你教了我爹怎样做宰相，现在轮到教我怎么做大理寺丞吗？这'左有豺狼，右有恶犬'，是指左右宰相吗？"

世廷大怒，一拍桌子喊：

"放肆！大胆！"

寄南急忙接口：

"不是不是！你们父子怎么总是想歪呢？这是街上的歌谣，就是拆字编字谜，做得也粗糙，没什么学问，听听就好了！你们整天上朝廷住宰相府，听不到老百姓的声音，我听得多，念给你们听听罢了！还有其他的……"

"算了！别念！"汉阳赶紧阻止。

灵儿见气氛不佳，也听不懂寄南那些兔子帽子的，赶紧上来，笑着插嘴：

"大人别生气，我家王爷的'断袖病'，跟他讲道理是没用的啦！你们说的那些话根本救不了我们的病！因为感情这东西，说来就来谁也挡不了，就像我们家王爷喜欢吃瘦肉，五花肉绝对看不上眼，我现在就是他的瘦肉！"

寄南赶紧嬉笑着，和灵儿默契地一搭一唱：

"哈哈哈！这比喻太妙了！"胳臂搭着灵儿的肩膀，眼睛睨视着灵儿说，"你就是我最爱吃的瘦肉！"

世廷被寄南刺激了，又看到两人不可救药状，看向汉阳，大声说道：

"汉阳，这两个头痛的人物就交给你了，那个病你去治！我出门去了，大理寺那边，我会帮你打点！"瞪着寄南和灵儿，摇头自语："皇上皇上，这个'管束'，微臣恐怕要交白卷了！"说完，忧心忡忡地离开书房。

汉阳责备地看着灵儿、寄南说：

"你们俩就不能正经一点吗？非要气了我娘，再惹恼我爹吗？还夹枪带棒，把我也训一顿？"

灵儿和寄南对视窃笑。两人退出了书房，你看我，我看你。

"这管束还好！"灵儿说，"课上完了吧？我们现在是去皓祯那儿呢，还是去吟霜那儿呢？"

"唉！"寄南叹气，"皓祯那儿的热闹，我们凑不上；吟霜那儿的悲伤，我们帮不上……"忽然关心地想道："太子那儿，不知道是否平静？"

太子那儿，是不可能平静的。皓祯大婚第二天，伍震荣就带着手下，直接到了太子府。太子正在书房看左右春坊呈上来的奏书，听到伍震荣亲自来到，就在书房内接见了他。太子心中有数，合上奏书，抬头看着他，开门见山地问：

"荣王来到太子府，难道是为了乐蓉公主和项麒驸马的事情而来？"

伍震荣眼神凌厉而带着威胁，直视着太子，说道：

"太子最近对朝廷百姓，真是处处关心！小小一些卖官传闻，也能惊动太子亲自查办！既然太子这么关心朝廷，那么，不知太子敢不敢办户部太府寺的财政弊案？那才是动摇国本的大事，太子可知道？"

太子一惊起立，看着震荣，锐利地问：

"太府寺可是朝廷的大掌柜，凭你左宰相在朝廷的势力，怎么会让动摇国本的事情发生？这是不是说明，宰相你失职了？"

"是！这点老臣无可否认，责无旁贷，但力不从心的原因是一句话，为了皇室的安宁，多有顾忌，不敢行动。"伍震荣居然承认了。

太子匪夷所思，看着伍震荣。这老贼在玩什么花样？

"荣王你今天真是太诡异了，平常八面威风的，居然还有你顾忌的事情？你说为了皇室安宁，莫非动摇国本的关键就在我们皇宫里？"

"太子天资聪颖，智慧过人，老臣就算说破了嘴，太子也未必会相信三分，或许唯有太子亲自到太府寺查证，眼见为凭，才知道如何挽救我大天朝的国库危机！"伍震荣注视着太子，眼光中充满挑战的意味。

太子思索着，心想："这老奸巨猾的狐狸，从不让我干涉太府寺的财政，今天居然要我去查账？不管他在搞什么名堂，先入虎穴再说。"

"既然荣王如此忧国忧民，本太子就去太府寺一探究竟！"太子自信坚毅地说道，忽然想起什么，一愣说，"太府寺的出纳使不是义王和孝王吗？"

"正是！"伍震荣看着太子，锐利地问，"怎么？义王是太子的皇叔呢！太子有忌讳吗？"

太子脸色一正，大声说：

"忌讳？本太子什么忌讳都没有！"

伍震荣不怀好意地笑了。

太子不敢耽误，真的进了太府寺。甚至没有跟寄南和皓祯商量。在太府寺大厅，伍震荣和方世廷带着太府寺官员，都在大厅恭迎。方世廷望望大门，不满地说：

"都什么时辰了，这义王和孝王居然还没出现？"

伍震荣掌控全局地对官员说话：

"从今往后，太府寺里各科的监察都必须配合太子的视察。太子若有疑问，各员绝对要对太子知无不言、言无不尽，尽快帮助太子对财政方面入手。现在就请各监将最近五年的账册送到为太子准备的书房。"对太子有礼地说："本王带路，太子有请！"

就在这时，义王和孝王匆匆赶到大厅。两人立刻行礼：

"臣叩见太子，太子金安！"

"皇叔快起，免礼！"太子谦和地说。

"今天太子第一天到太府寺，臣等不克迎接，还请太子原谅！"义王说。

"太子这么重要的事情，您二位大臣怎么能迟到了呢？"方世廷不解地问。

"请太子原谅！"孝王说，"因为听说忠王突然病倒了，臣与义王就先去探望他，所以时辰耽误了……"

"忠王生病了？严不严重？有没有派宫里的太医去诊治呢？"太子关切地问。

伍震荣和方世廷彼此互视，颇为不屑。

"请太子放心，太医看过了也开了药，我们离开的时候，他老人家睡下了。现在太子正事要紧，我们快进去向太子禀报财政。"义王说。

孝王急忙对伍震荣和方世廷说道：

"两位宰相辛苦了，太府寺由我和义王来侍候太子即可，二位要是忙的话，可以先去忙了。"

"不急、不忙！太子重要，我们可以多陪一会儿！"伍震荣和颜悦色地说。

"我们先到书房去吧！"方世廷接口。

宽阔的书房里，一张长方形的大桌子摆在屋子中央，官员们将一卷卷的文卷和账册，一捆捆地放到大书桌上。太子立刻展开工作，在书房一隅的书桌前检视着账目，义王和孝王分立两侧指导着太子。伍震荣和方世廷指挥官员进进出出，不停地搬运文卷进书房。伍震荣随手翻翻一卷账册说：

"这账目都是人做出来的，有人就必有假账，这真真假假，还得明鉴秋毫才能看出端倪，太子，你可要细细核实呀！"

"若说明鉴秋毫还有人比得上荣王吗？"义王接口，看着那些不断搬进来的账册吃惊着，难道伍震荣要太子累死吗？这些账册如何核实起？就直率地说道，"如果从朝廷起草日开始就是烂账一笔，那假账也就变成真了。"

太子一怔，看向伍震荣：

"烂账？莫非起草开始就是浮报了吗？"

伍震荣脸色铁青，怒视义王一眼，故作镇定，嘴角淡淡的一抹邪笑。

"说朝廷起草烂账可要有凭有据啊！"方世廷接口，"义王是皇上的胞弟，讲话自然洒脱，但可不能污蔑了正直守法的官员。"

"数字可以假，货物可假不了，货物还得需要和数字相符！"孝王拿起账册说，"太子，先不论过去财务的进出情况，但您必须先知道，咱们国库现在有多少存量。走！到库房盘点，即可一探真假。"

于是，义王、孝王带着太子、伍震荣、方世廷又到各个库房盘点。官员手拿着笔墨跟随着太子记录。他们先去了金库，太子认真地核实着里面堆满的各式宝物、金块、元宝、铜币……一时之间，也核实不完，就被伍震荣和方世廷带进了酒窖，义王、孝王倒着小杯酒给太子和伍震荣、方世廷品尝。

孝王对太子解释：

"这酒越醇越香，但和酱料一样，坏掉的也有，所以我们还是要检查品质，坏了的东西要丢弃，账目就必须出账做报废。"

太子品品酒，拿起笔认真地标记。

然后到了面粉库房，刚好遇到出货，仆役进进出出搬运面粉，好生热闹。太子一看，立即卷起衣袖，上前帮忙搬运面粉上马车。义王、孝王只好也出手跟着搬。方世廷见太子爬上马车推货，阻止喊着：

"太子，快下来，这不适合你出手的事情，这样太失礼统了！"

伍震荣威严地喊着仆役：

"不准让太子动手！"抬头向太子喊着："太子请快下来！"

太子用衣袖擦汗，结果面粉沾上了脸。他热心地说：

"这些都是要运给宫里用的，本太子出点力也应该！"就对伍震荣、方世廷命令道，"你们别光是站着，也帮个忙呀！"

伍震荣和方世廷傻眼，不好抗拒，只好硬着头皮也上前帮忙搬面粉。

太子站在马车上的高处，没抓好有破洞的面粉袋，突然面粉四散从马车上撒下，无巧不巧，全部撒在马车下的伍震荣和方世廷身上。两位宰相措手不及，已经满头、满脸面粉，又是喷嚏又是咳嗽，眼睛也睁不开了，狼狈不堪。太府寺的随从官员，全都憋着笑。太子却吃惊地喊：

"这面粉袋居然有破洞！是不是老鼠咬过？老鼠会把疫病带进宫，此事重大！记下来，记下来，立即检查库房有没有老鼠？为何袋子有破洞？两位宰相也得监督着，有时小事会闯大祸！"

"是是是！"孝王一迭连声说，交代着官员："仔细检查！"

"太子教训得是！"世廷只好抹去脸上面粉说，"任何小事，都不能马虎，是臣等失职了！"

伍震荣按捺下心中怒气，拍掉身上的面粉，正色地说道："现在，我们就逃掉其他库房，直接去铸金房吧！"

"这儿还有铸金房？"太子诧异地问。

走进铸金房，让太子大开眼界。只见房内忙忙碌碌，仆役官员铸金监川流不息，房内热气扑面。一口陶制的大黑锅倾斜着，里面的熔液咕嘟咕嘟响，从锅口中流下滚烫的液态黄金，流进下面的容器里。这流动的液态黄金，像一条金色的瀑布，也像一条火龙。四周还有许多小金液飞溅，像是金色的焰火，甚是壮观。无数仆役们半裸着，在高温下汗流浃背，匆匆忙忙地铲着煤，在大黑锅下面的火炉里添煤。太子从未见过这等场面，惊奇无比，喊道：

"原来金元宝金器是这样铸造出来的！"

铸金监见太子等人进房，赶紧上来行礼：

"不知太子驾到，这儿工作忙碌，大家无法停工前来行礼，请太子见谅！"

"你们忙你们的！我见识见识，也长知识！千万不要多礼！"太子说道。

伍震荣也急忙说道：

"铸金不能停！让本王帮太子解释吧！这边请！"

义王看着飞溅的金液，对铸金监郑重交代：

"注意那些溅开的金液，都要收集起来，流掉的更要小心……"

太子好奇地走到大黑锅旁边，察看究竟，说道：

"这口黑锅也太厉害了，不知道这熔化的金子有多烫？居然里面能够承受火热的金液，底下还要承受烈火的燃烧！这金子，还真是'真金不怕火炼'啊!"

太子说着,已经很靠近黑锅的锅嘴,看着那流出的金液,如何正确地流进容器里。那容器有一个掌控的仆役,扶着锅柄,控制方向。这个工作一定需要很大的体力,太子正在想。忽然间,锅子一歪,锅嘴竟然偏向太子,金液立刻飞向太子,火热的流金四溅,都扑向太子而来。

义王、孝王、震荣、世廷和官员等都脱口惊呼:

"太子小心!"

事发仓促,太子眼见金液与飞溅的液态金屑扑面而来,立马一式"黑熊翻背"紧急跳跃后翻,撞倒了一排送煤烧火的仆役,仆役像骨牌般往后跌成一团,许多都被液态金子溅到,烫得哎哟哎哟乱叫。太子也被烫到,甩着手,却见金液像一条河流,流向仆役,大惊嚷道:

"大家闪开!大家闪开!"

除了那条金色河流,还有很多液态的碎金,飞溅着往仆役身上洒去。

太子顾不得自己了,救这些仆役要紧!他随手抓了一个陶盘,就奋力挡着金液,试图把金液引向安全的方向。看到金液真的转向了,他赶紧丢掉陶盘,飞跃过去,把那些仆役从地上拉起,一个个抛向安全地带,自己手上都被烫伤,金液又流了过来,燃起了太子衣服下摆。孝王大喊:

"水!赶快拿水来!救太子呀!"

义王找来一盆水,就泼向太子的衣服下摆。

太子跳到安全地带,身手灵活地就地一滚,扑灭了身上的火。抬头一看，金液依旧歪斜地从锅嘴中流出，眼看又要伤人。太子紧张喊道：

"快扶住那口黑锅！"又一跃上了架子，推开掌控黑锅的仆役，用力把黑锅扶正，急呼："快快快！义王！孝王！荣王……你们赶快检查那些运煤的兄弟，看看有多少人受伤？这个铸金房，也太危险了！"

被点名的伍震荣、义王、孝王都赶紧去检查仆役。

义王心痛太子，喊道：

"太子！你的伤势如何？"又急喊："赶快传太医！传太医！"

太子忍着痛，仍然牢牢地扶着大黑锅的柄。虽然是第一次操控这大黑锅，却正确地让金液流向容器。他手里忙着，嘴里喊着：

"宣太医也对！让太医赶快来，治疗一下这些受伤的兄弟！"

仆役们太感动了，被太子亲手相救，还被太子称为"兄弟们"，顿时感动得落泪，七嘴八舌喊道：

"先救太子！先救太子！"

"太子忙着救小的们，肯定受伤了！"

"小的们皮厚，经常被烫到，没关系的，先救太子！"

然后，全部汇合成一句惊天动地的喊声：

"先救太子！先救太子！先救太子……"

一片"先救太子"声，惊动整个太府寺，其他官员也急忙来看太子。

铸金房内乱成一片。

伍震荣和方世廷交换着眼神，两人都有些惊怔。怎么弄成这样？

二十六

　　方世廷急匆匆走进宰相府的花园，只见汉阳陪着寄南和灵儿迎面而来。世廷满脸着急，懊恼地说：

　　"这个太子也太粗心了！看到那口铸金锅，不躲得远远的，还跑过去察看究竟！现在被烫伤了！如果皇上追究起来，就算荣王和本宰相，都得进宫请罪！"

　　汉阳等三人大惊失色。寄南惊呼：

　　"什么？太子被烫伤了？被什么烫伤了？"

　　"铸金锅？难道太子去了太府寺？"汉阳疑惑地看着世廷问，"太子怎会去太府寺呢？"

　　"别管他怎么去的，烫伤得严重吗？"灵儿着急地喊，"哪儿烫伤了？千万别烫伤脸，太子长得英俊，如果脸毁了，就糟大糕了！"

　　寄南打了灵儿的头：

　　"你这口无遮拦的笨小厮，会不会说话？"

"太子是去太府寺调查什么弊端吗?"汉阳却固执地问世廷。

世廷挺着背脊往屋内走去,边走边说:

"太子最近活动多得很,动作也很大!荣王说,太府寺迟早是下个目标,不如请太子先去视察!"

寄南冲口而出:

"这进去一视察,就被烫伤了?"

世廷收住步子,锐利地看着寄南,板着脸问:

"你这话是什么意思?烫伤是意外!难道你以为他被陷害了?你当心'祸从口出'!"

"我才不怕祸从口出!"寄南气急败坏地说,"我只怕太子会被你们那个太府寺生吞活剥,陷进水深火热里!今天是火,明天可能就是水!"

汉阳看世廷脸色铁青,急忙打断寄南,说道:

"窦王爷!你和太子情同手足,这会儿还不赶快去太子府探视一下?"

寄南被提醒了,与其在这儿和方世廷吵架,不如直接去看太子!就十万火急地喊:

"裘儿!赶快跟我去太子府!"说着,往门外就走。灵儿跟着向大门外跑。

汉阳看着两人的背影,再看看父亲走进屋内的背影,眉头深锁地深思着。在花园一隅的绿荫深处,采文静悄悄地站在那儿,目睹了这一幕。她哀叹了一声,转身走进了她的避难所,她心灵的归依处——方家祠堂。

寄南带着灵儿，骑着快马，几乎是用冲锋陷阵的速度，赶到了太子府。在花园里，就撞到正在徘徊深思的太子身上，寄南一见到他，就着急地喊：

"你居然在铸金房被烫伤？太子，你要急死本王吗？这个绝对有诈！一定有诈！以前拼死了也不让你过问太府寺的事情，现在八成是想报复你！你居然中计！也不派邓勇来找我，让我这个有勇有谋的兄弟帮你拿个主意！"

太子双手都包扎着，拼命对寄南使眼色，低语：

"别嚷嚷好不好？不过是一点点烫伤而已，不碍事！"

灵儿冲口而出：

"怎么不碍事？我听吟霜说，受伤最痛就是烫伤！太子大人，要不然你去让吟霜治疗一下如何？你们那些太医御医可能都是些窝囊废！"

"跟你说过了，太子是殿下，不是大人！"寄南瞪视灵儿，再看太子，"到底伤得如何？两只手都伤了，你要怎么使剑用剑？"

"你们不要小题大做！"太子看着寄南和灵儿，走到幽僻处，小声说，"伤是伤了，我故意包扎得这么大，让他们不防我！那左右宰相诱我进铸金房，说不定想把我铸成金人，没想到我逃得快……"

"万一你不够快，现在就是金太子了！"灵儿惊吓地说，"哎呀，我说窦王爷，以后我和你一起当太子的小厮，去那个太府寺当太子的保镖吧！"

寄南稀奇地看着灵儿：

"你有几两重的本事，还能当太子的保镖？如果你在那个铸金房，恐怕已经是金小厮了！何况我们俩还是被管束的犯人！"

太子摇头笑道：

"你们这两个假断袖，简直是一对宝！"就对寄南正色说道，"明知有诈，我也得把握这次的机会，进入太府寺，才能查出更多有关国库的弊端。"

"确实！这个机会真是难逢，太府寺疑案重重，国库亏空屡见不鲜。伍震荣明明是最大亏空的嫌疑人，他居然要让你去查他自己？"寄南问。

"依我判断，他想利用我掩护罪状，若本太子都查不到他的弊案，那么也等于帮他洗清在朝廷贪污的嫌疑。"

"真是老谋深算一把手！太子呀！你可要当心，千万不要中了他的圈套。需要帮手的时候，立刻通知我和皓祯，不能吃亏知道吗？皇后亏空国库的应该也不少！现在很多地方灾荒水患都需要救济，她和乐蓉公主还到处大兴土木盖行宫。太子既然铤而走险，一定要想办法阻止。"

"放心！"太子笃定地说，"我知道自己的责任，你的叮嘱我都放这里了！"比着胸口，"皓祯刚刚大婚，我也不好去打扰他！还真不知道，他这个驸马当得如何？你别为我操心，我比你们年长，自有分寸！你还是多多操心一下皓祯吧！不知怎么回事，我对他这个婚事，觉得隐忧重重呢！"

"皓祯应该会解决他的问题，我担心的还是你！"寄南嘀咕。应付女人有什么难？应付如狼似虎的左右宰相和皇后，才是用性命在赌博！

寄南确实该担心皓祯。因为又到了深夜时分，那个洞房合欢之礼还没解决。

兰馨换了一件更加华丽的寝衣，绾着头发，端坐在床上等待着。崔谕娘和宫女们都在房里列队侍立。终于，门外，小乐和清醒的皓祯大步走来。

崔谕娘伸头一看，急忙跑去对兰馨说道：

"来了！来了！今晚好像没喝酒！"

兰馨微微一笑，赶紧正襟危坐。皓祯进房来，小乐在门口观望着，悄悄地想退下，皓祯喊道：

"小乐！在门口等着！别跑走了让我找不到人！"

"是是是！"小乐无奈地应着，拼命对皓祯递眼色。

"还不上来帮驸马爷更衣！"崔谕娘赶紧喊道。

这次皓祯也不抗拒了，伸着双手，让宫女们帮他换了内褂。兰馨悄眼偷看，心中窃喜着。换好衣服，宫女们就把皓祯拉到床前。在崔谕娘示意下，一个个退到门外。皓祯看了兰馨一眼，又大惊小怪地嚷道：

"怎么还是穿这么少？"一本正经地说，"你知道男女授受不亲，你穿这样成何体统？我到底是个男人！"

兰馨抬眼看皓祯，顾不得害羞了，冲口而出：

"什么男女授受不亲？我是你的新娘，你现在该做什么总知道吧？"

"我该做什么？"皓祯装傻，"睡觉吧？可是我会认床，习惯我卧房那张床，睡这儿我肯定睡不着！又怕挤到了你！"

"那你先上床试试看！"兰馨咬牙说。

皓祯就要上床，忽然间，捂着肚子弯腰大叫：

"哎哟哎哟，不好！我就说酒席太油了，我肚子痛！"大叫："小乐，赶快扶我回去，我要如厕！快快快！"

小乐冲进房，就去扶着皓祯。崔谕娘带着宫女也冲进房，崔谕娘不可思议地看着皓祯说：

"驸马爷！要如厕就在公主这儿吧！我让宫女赶紧准备！"

皓祯捂着肚子，怒道：

"胡说八道！我堂堂男子汉，怎能在公主面前如厕？哎哟哎哟，小乐，快走！再不走我就忍不住了！"

小乐扶着皓祯，就急急出房去了。

兰馨和崔谕娘，面面相觑着。兰馨困惑地低问：

"崔谕娘，这是怎么回事？他不会……不会不懂吧？"

"听说他从来不近女色，那皓祥公子，房里已经有了两个收房丫头青儿、翠儿，他一个也没有！说不定……真不懂！"崔谕娘低语。

"啊？"兰馨惊愕，"这事也不好声张，再观望两天看看！"想想又说，"真不懂也是他的优点吧！"

优点？崔谕娘可不敢说，此事太可疑！看公主一厢情愿地相信所有诡异的事，她这个身份是奴婢、名义是女官的小小谕娘，还是多观察少说话为妙！

皓祯带着小乐，回到将军府自己的卧房，立刻直起身子，肚子也不痛了，如厕也免了！一切恢复正常。小乐看着他，呼出一口气来说：

"公子！你这样过一夜是一夜怎么办？你要如厕就去如厕，

完事了就去合欢!"说完，捂着耳朵喊，"别扯我耳朵，会被公子扯掉的!"

"反正不能跟她合欢! 绝对不能负了吟霜!"皓祯嘟囔着。

"吟霜姑娘不会怪你的!"

"可是，我过不了自己这一关! 我没办法!"

"哎哟哎哟! 上了床，女人都一样，你就把公主当成吟霜姑娘……"

小乐话没说完，皓祯追过来就打他，怒形于色喊:

"闭嘴! 怎可这样比喻? 简直侮辱了我对吟霜的感情! 你不懂就少开口! 不说话没人会怪你!"

小乐不敢再说话了。

第二天夜里。红烛依旧高烧，兰馨依旧坐在床上等待着。皓祯换了内裤，却拿着一本佛经，坐在桌前念经:

"观自在……照见五蕴皆空，度一切苦厄……"

"色不异空，空不异色，色即是空，空即是色……"

"诸法空相，不生不灭，不垢不净，不增不减……"

"无色、声、香、味、触、法……无无明，亦无无明尽……"

"无苦、集、灭、道……"

兰馨的耐力快磨光了，气恼地喊:

"皓祯，你过来!"

"不要!"皓祯说，"你每次穿这么少的衣服，我看着很不舒服! 除非你把衣服穿整齐，我们聊天聊到天亮都成!"

"我哪有那么多话跟你说!"兰馨生气了。

"那么，你穿好衣服，我们到院子里练武去！要不然，我就在这儿念经……"又埋头在佛经里，"色不异空，空不异色，色即是空，空即是色……"

兰馨气得牙痒痒，却无可奈何，这种事，总不能由公主来强制执行吧？

再一晚，小乐扶着大醉的皓祯进房。皓祯站都站不稳，东倒西歪。

兰馨依旧在床上等待着。小乐喊：

"崔谕娘！崔谕娘！公子大醉，站着就睡着了！怎么办？是睡在这儿呢，还是我扶他回房呢？"

正说着，皓祯作呕，显然要呕吐，小乐急得不得了！又喊：

"公子要吐了！是吐在这儿好呢，还是带出去吐……"自己做主，"还是先带出去吧！"扶着皓祯急忙出门去，溜回将军府。

再一晚，皓祯还没换衣服，站在公主房里苦思对策。兰馨也不再坐在床上等待，径自走到皓祯面前来。她紧紧盯着他，有气地说：

"我不管你是装傻呢还是真傻，今晚你别想逃！本公主不耐烦了！"

皓祯倒退了一步，戒备地看着她问：

"你想做什么？"

"做我们早就该完成的事！这样吧！你就站着别动，我来侍候你！"

兰馨就伸手帮皓祯解领子上的扣子，皓祯急叫：

"我的脖子不能碰！我怕痒，绝对不能碰！"

"怕痒也没办法，我已经碰了！"兰馨说。

皓祯开始笑，一笑就咯咯不停，边笑边说：

"不能碰不能碰，哎呀，我的肩膀也不能碰！我警告你哟，我的胸口也不能碰，你再碰再碰……"

兰馨一面解开他的衣服，一面伸手轻触他的胸口：

"你别害羞，我们已经是夫妻了，夫妻该做的事，一定要完成……"

皓祯大叫：

"我说不能碰，不能碰！你怎么不听？哎哟……"

皓祯嘣咚一声，竟然晕倒在地，兰馨大惊。小乐、崔谕娘、宫女们都奔进房。小乐赶紧去看皓祯，说道：

"公主！他太紧张，晕过去了！"

兰馨纳闷、懊恼又狐疑地问：

"怎么会晕过去呢？"

"公主对他做了什么？他怕痒，浑身都不能碰！"小乐硬着头皮说。

"前两晚宫女们帮他换衣服，他也没有怕痒，没有晕倒呀！"兰馨瞪眼。

"他只对尊贵的人怕痒……"小乐胡诌，"我们这些下人没关系！您是公主，就不一样了！"

说着说着，皓祯悠悠醒转，小乐赶紧扶起他。皓祯急促地说道：

"快扶我回房！赶快把我的药熬给我，我不能呼吸了！"

小乐就急忙扶着皓祯出房去。

兰馨一急，想上前阻止，崔谕娘悄悄拉住了她，低声说：

"公主别急，这洞房中事，别闹得人仰马翻的，实在不好看！奴婢再想办法，弄明白是怎么回事？"

兰馨只得按捺着，眼睁睁看着小乐扶着皓祯出门去。

皓祯虽然没跟兰馨合欢，可是，也不便溜出将军府。这样一夜一夜地挨过去，每个晚上都是煎熬。最痛苦的，是见不到吟霜。应付兰馨是苦，见不到吟霜是更苦。真是："有美人兮，见之不忘。一日不见兮，思之如狂。"

这天，皓祯终于找了个机会，一个人都没带，快马来到吟霜这儿。奔到花圃，不见吟霜；奔进大厅，不见吟霜；奔到卧室，才看到吟霜正在那儿整理药草。被他的声音惊动，她从桌前站起身子，惊喜地、两眼发光地看着他。他一步上前，就把她紧紧拥在怀里，感觉到她身子更纤瘦了，就心痛起来。一句话都不用问，也知道这些日子她是如何挨过去的！他的头贴着她的，就在她耳边深情地低语：

"我没跟她圆房，我还是完完整整属于你的！"

吟霜惊讶地把他推开，睁大眼睛看着他，不敢相信地问：

"什么？都这么多天了，你一直没有跟公主圆房？"

皓祯点点头，握住吟霜的手：

"每天都想溜来看你，实在没办法，家里贺客不断，我一面应付贺客，一面想你！晚上又要想尽办法逃避圆房，真是各种办法都用尽了！实在太煎熬，这种日子根本不是人过的！"

吟霜怔怔地看着他，一语不发。

"怎么不说话？怪我太多天没来？我知道我知道，上次我五天没来，你就派猛儿来找我，现在你也不敢让猛儿出现在我家，只能在这儿等我！你的煎熬也不会比我少！我都明白的。"

吟霜依旧看着他不说话。

"不要这样！难得见一次面，别不理我！"皓祯把她拉进怀里。

吟霜又推开他一些，深深看进他的眼里。她的眼神严肃而紧张，开口了：

"皓祯，你对我的心，我都了解！可是这件事你做得大错特错！你如果对我好，就不要让我着急担心！"

"什么事大错特错？"皓祯听不懂。

"你怎能每晚装疯卖傻呢？你要装到什么时候？你把公主当成傻瓜吗？还有公主身边的谕娘、宫女都是傻瓜吗？这事如果传回宫里，你以为皇后和皇上能够放过你吗？你太幼稚了，这样逃避怎么是办法呢？你明明就是要急死我！吓死我！"

"我答应过你，我要信守承诺！"皓祯大声宣告。

"没有人要你答应我，也没有人要你信守承诺！你已经娶了她，就要好好待她！那才是一个君子的做法！"吟霜急得快哭了。

皓祯以为，只要告诉吟霜，他没跟兰馨圆房，吟霜就不会那么伤心，就会感动，会安慰，会更加爱他！没想到吟霜的反应是这样！他每夜逃避圆房，已经心力交瘁；见不到吟霜，已经度日如年。结果见到了，她居然责怪他不和兰馨圆房，就"不是君子"！他这一怒非同小可。甩开了她，他恨恨地说：

"如果连你都不了解我为什么这样做，我真是白费心机，自找苦吃！我不想跟你解释我的心态，我走就是了！"

皓祯说着，往门口就走。吟霜死命拉住了他，喊着：

"你气冲冲地回去，不知道又要出什么事？好不容易来一趟，我才不放你走！"

皓祯站住，回头看她，沉痛地说：

"我们之中，如果会有任何争端，都是同样一个原因！你太宽大，可以和公主共享一个我！我却做不到，共享两个女人！对你是不忠，对她是不义！忠孝仁义，一直是我做人做事的根本！"

"不不不！"吟霜摇头，"你这样对她才是不义！婚姻里，行房是义务！皓祯，不是我宽大，我也会嫉妒，我也会吃醋！可是，我更怕你遭遇不幸，这样下去，我知道一定会出问题！"就哀求地看着他说："皓祯，为了我的担心着急，勉为其难吧！"

皓祯凝视着她，悲哀地说：

"你认为我做得到？当我满心都是你的时候，我还可以对她有那种欲望？当我看到她穿着薄薄的衣服，坐在那儿等我，我想到的是你，是你用哀怨的眼神看我，我对她，就一点欲望都没有了！你懂吗？"

"我懂！"吟霜祈求地说，"那你就把她当成我吧！"

皓祯甩开她，往门外就走，怒冲冲说道：

"你的话跟小乐一样，简直气死我！"

吟霜呆呆地站着，皓祯冲到门口又站住了，瞬间掉头，把她再度拥进怀里，柔声地说：

"用了好多工夫，连小乐都不敢带，才能溜出来看你！我不是来跟你吵架的，你说的我都明白！我只是管不住我自己，说来说去，都是你害的！只要我能不想到你，我大概就可以做到！只要你不从我心里冒出来，我大概可以做到！多少男人都能做到，而且多多益善，我为什么做不到？都怪那朵石玉昙！都怪护送祝大人重逢，都怪东市为你打架，都怪那阵飓风，都怪……你是梅花我是梅花树！"

吟霜眼泪掉了下来，心里翻腾着，痛楚着。感动、担心、害怕糅合着最深刻的爱，像扭麻花一样，把她的心绞扭成一团。

二十七

在皓祯溜去见吟霜的时候，秦妈听到了一些闲话，困惑地对雪如悄悄说：

"那个公主院的崔谕娘也真奇怪，有什么事情应该来找夫人您商量，结果她居然跟二夫人说了一些奇奇怪怪的话。"

雪如心里一震，严肃地问：

"崔谕娘和二夫人说些什么？"

"她告诉二夫人，大公子皓祯……到现在都没有和兰馨公主圆房，每天晚上都有各种状况、各种理由拒绝同床，几乎天天都不在公主房里睡觉。"

雪如大震，怎会这样？顿时又气又急，说道：

"皓祯这个孽子，居然这么对待公主，这……要是传到皇上那儿去，咱们将军府不就大难临头了吗？"越想越气，"你快去把小乐找过来！皓祯干什么事，小乐最清楚，快去把他叫过来！"

秦妈还没动，皓祥的声音就传来：

"不必了！小乐我给大娘带过来了！"

砰的一声，小乐被皓祥摔到雪如面前。翩翩也跟着踏进门。翩翩对小乐吼着：

"还不跪下！你自己告诉夫人，皓祯为什么冷落公主？"

小乐跪着，吓得两眼发直，惊恐地说：

"二夫人，小乐真的不知道大公子的事情，小乐什么都不知道！"

皓祥上前，对着小乐就恶狠狠地踢了一脚：

"你还装蒜！你是他的心腹小厮，你还敢说你不知道？"

雪如控制着脾气，威严地喊道：

"小乐，你好好地老实交代，你要是包庇皓祯，等于害了我们袁家一大家子的人，皓祯每天晚上不在公主院，到底都到哪里去了？快从实招来！"

"就在他原来的房里睡觉，没有出门！"小乐只得说了。

"已经成亲了，怎么还在自己房里睡觉？"雪如着急，"为什么不在公主房？你还不说？难道要等大将军回府，让大将军亲自来审你吗？快说！"

小乐脑子不够用了，不能出卖公子，不能说出真相，就想把问题推给比自己聪明的人，也没细想，就说道：

"好好！夫人，我说我说……大公子他没跟公主圆房，大概……大概窦王爷比较了解！"

"什么？窦寄南？"雪如惊讶。

"窦寄南不是因为行为不检，有断袖之癖，被送到宰相府去管束了吗？"翩翩疑惑不解。

皓祥一想，恍然大悟，这下可找到皓祯的罩门了！就挑着眉毛喊：

"哦！这下我可明白了，"看着雪如和翩翩，"原来皓祯一直不和公主圆房，因为他和窦寄南是同一路的人！也有那个毛病！"

雪如一听，脸色惨白，立刻心慌意乱，满腹狐疑。

翩翩逮到机会，怎能不大做文章，拼命点头说道：

"我就说嘛，皓祯跟寄南走得也太近了！简直是如胶似漆，形影不离！原来是这回事啊！大姐，皓祯从小就不近女色，你就该留意了！现在怎么办？"

小乐着急，摇着手解释：

"不是的！不是的！大公子不是那种人，不是大家想的那样，大公子和窦王爷只是好兄弟！"

"是啊！好兄弟！恐怕好得太过分了！"皓祥嘲讽地说。

雪如怒极了，对翩翩和皓祥厉声一吼：

"闭嘴！皓祯的事情，还轮不到你们母子说三道四，你们再胡说八道，我可不饶你们！"怒瞪小乐，大声地喊："去把窦寄南给我找来！"

寄南和灵儿忽然被鲁超叫到将军府，鲁超也不知道原因。到了将军府，就被带进一间偏厅，雪如、皓祥、翩翩都面色凝重地坐着。小乐却眼泪汪汪地跪在旁边。两人感受着屋里一股肃杀的气氛，糊糊涂涂地彼此对看。灵儿悄悄地踢踢寄南：

"怎么回事啊？叫咱们过来将军府干吗？皓祯去哪儿了？"

"你问我，我问谁去？"寄南踢回去，不解地望向跪在旁边的小乐："发生啥事了？"

小乐跪在那儿，不敢吭声，默默地用嘴型对寄南说话，寄南看不懂。

雪如深吸了一口气，打破沉默，严肃地问道：

"寄南，我今天就跟你打开天窗说亮话，你和皓祯之间，是怎样的感情？你坦白告诉我吧！"

寄南莫名其妙地回答：

"就是兄弟一样的感情，还能有什么其他的感情？"

皓祥在一边插嘴：

"我代我家大娘问你吧！因为大娘说不出口！我哥和你，是不是也和你跟裘儿一样？你们三个都玩在一起吗？"

灵儿脑筋没绕过来，看小乐一直求救使眼色，急忙回答：

"是啊！我们三个常常玩在一起！没错！"

雪如倒进坐榻里，如遭雷击，脸色大变，呻吟着说：

"完了！这下完了！皓祯怎会这样呢？"

寄南瞬间明白了，张大眼睛。

"哦……你们是说……我和皓祯，也是'那个'？"

"难道不是吗？"翩翩咄咄逼人地说，"把公主那样的新娘子冷落着，碰都不碰！原来是因为你！"轻蔑地看看灵儿："你身边已经有一位了，难道还不放过我们皓祯？你的胃口可真大呀！"

灵儿憋着气，忍笑，没忍住，发出"噗！"的一声，又继续憋着笑。

寄南满脸委屈，怒瞪灵儿，心想：

"你还笑！我简直跳进黄河都洗不清了！"心里暗暗叫苦，

"皓祯啊皓祯，我真会被你害死了，一个灵儿不够又要搭上你！"

雪如还抱着一线希望，严肃哀恳地看着寄南问道：

"寄南，你一直不说话，难道是默认了吗？你真的和皓祯有不正常的关系吗？"催促着，"你说话呀！"

寄南一副苦瓜脸，迅速地衡量着目前的局面。万一吟霜曝光，皓祯不但犯了欺君大罪，整个将军府都不保！吟霜是秘密，是和"天元通宝"同样重要的秘密，如果雪如知道了真相，将军府和皇室都容不下吟霜！他心里默念着：

"皓祯，为了保护吟霜，我这好兄弟就做到底了！你也别怨我呀！"想着，就怯怯地对着雪如说道："伯母，就算我说不是，你们也不会相信，那我只好顺应民意，我和皓祯就是你们想的那样！"

翩翩和皓祥胜利地哗然起来，小乐呆住大喊不是，秦妈叫着天，灵儿又在那儿"噗噗噗"忍笑，寄南瞪大眼不知如何是好……在这各种反应中，雪如接受不了，咕咚一声，昏倒了。

满屋子人全部扑向雪如，又喊又叫。秦妈扶着雪如喊：

"夫人，夫人，你醒醒啊！夫人！"向外喊："袁忠，快找大夫呀！"

小乐急忙跪到雪如身旁，哭着说：

"夫人，夫人，不是这样的，不是这样的！你醒醒啊！"

灵儿不"噗"了，慌乱地问：

"怎么办？这承认也不是，不承认也不是，这下会不会闹出人命啊！"

"伯母！伯母！"寄南叹气，"有这么严重吗？早知道这么严重，我就打死不承认了！"

大家喊的喊，叫的叫，急的急。皓祥和翩翩母子站在一旁幸灾乐祸。

灵儿在众人的慌乱中，一拉寄南的袖子，在他耳边低语：

"趁乱逃走吧！赶快去找皓祯商量要紧！"

于是，在吟霜那乡间小屋前，寄南和灵儿找到了皓祯，把经过都说了。皓祯一听，这还得了？上来就是一招"流星赶月"，一个"上步右撑掌"，追着寄南打，寄南也不敢还手，只是没命地逃。吟霜面色惨淡，有如大难临头。灵儿看到皓祯打寄南，不知道兴奋什么，还在一旁煽风点火。只有几匹马儿，悠闲地在旁边吃草。

皓祯气急败坏，追着寄南大骂：

"你什么不好说，偏偏说这个，什么断袖之癖，你让我这少将军还怎么见人啊！你气死我！"

"皓祯，你用力打，顺便帮我教训他，老是欺负我这个小厮！"灵儿喊。

寄南对灵儿喊着：

"喂！我床榻都让你了，哪里欺负你？"一面闪躲皓祯的拳头，一面对皓祯嚷着，"你也怪我？我不都为了保护你和吟霜吗？我硬着头皮承担一切，我好受吗？你们想过我的委屈没有！"

"那你应该抗辩到底，说不是那种关系，何必说我们是那种关系！现在我娘昏倒了，你说到底要怎么收拾呢？"

皓祯说完，又一拳一脚地对付寄南。寄南不敢反击，只是又跳又闪地躲避着。吟霜内疚地看着他们，伤心地说：

"你们有话好好说，别打了，别打了，我知道，所有的错，都是因为我，你们不要再打了！"

皓祯和寄南听到吟霜自责，两人立刻停手。灵儿赶紧安抚着吟霜：

"这事情，跟你有什么关系，你不要自己瞎说啦！反正我们一定会保护你，不会让你被发现的！"

"不让我被发现？"吟霜凄然说，"对，我是应该躲得远远的，我不该让皓祯陷入这样两难的局面，我甚至害皓祯的娘昏倒了！现在问题这么多，我不如远走高飞算了！"

皓祯大惊，赶紧抓住吟霜的双臂摇着：

"什么远走高飞！这念头想都不能想！"

寄南敲了灵儿一记：

"你看，你又说错话！你呀，少开金口！"

灵儿懊恼，猛敲自己脑袋瓜。

皓祯握着吟霜的胳臂，继续对吟霜挖心挖肝地说道：

"我现在千头万绪，焦头烂额。唯一的安慰，就是和你之间的这份感情。只要想到你，即使我在困境里，也能越战越勇！你不支持我，也不要说什么远走高飞来吓我行不行？"

吟霜看皓祯说得如此恳切，忙不迭地点头，懊悔地说：

"刚刚是我急了，冲口而出说了那句话，有了你，我也舍不得远走高飞呀！可是你和公主的问题，越是不解决，你的麻烦就会越大，我不想再看到你过着蜡烛两头烧的日子！"

"反正都已经烧了，就让它继续烧吧！我袁皓祯不是一个轻易放弃和退缩的人。我和公主的事情，你也不要逼我，我有我的原则，我会想办法应付她。"想想，不禁叹气，"只是……没想到这节骨眼，我娘……昏倒了！"

寄南赶紧调和气氛：

"其实，伯母昏倒是我害的，和吟霜一点关系都没有，我等下再去探望她，顺便跟她讲清楚，一切就没事啦！"

灵儿看着身边的马儿，乐观地说道：

"船到桥头自然直！哈哈哈！咱们四个难得在一起，我们再去骑马狂奔，把这些不愉快的事情，暂时都抛到九霄云外吧！"

"我没办法跟你们骑马狂奔！"皓祯说，"我现在必须赶回去看我娘！寄南、灵儿，你们就在这儿陪陪吟霜吧！"

皓祯说完，双手紧握了吟霜的手一下，就跳上"追风"，飞驰而去。吟霜赶紧喊道：

"寄南、灵儿，你们也去将军府，跟皓祯一起面对，解铃还须系铃人，他一个人怎么说得清楚呢？"

"唉！说得也是，我会被你们累死！"寄南喊："灵儿，上马！刚刚从将军府飞驰到这儿来，现在，再飞驰到将军府去解释吧！"

寄南和灵儿也上了马，跟着皓祯飞驰而去了。吟霜站在那儿焦虑地目送着。

　

皓祯、寄南他们，谁都没有想到，就在他们四人又打又吵、商量对策的时候，将军府里面却出现戏剧性的转折。

雪如醒来了，半坐半躺在床榻上，身子后面垫着枕头。拿着手帕，不住地拭着眼泪。秦妈在一边侍候着。小乐在门外伸头张望，充满了犯罪感。雪如边哭边说：

"秦妈，你说这可怎么好？幸好将军出远门，不知道这回事，如果给将军知道了，他一定会气死！但是，皓祥和翩翩都知道了，等到将军一回来，他们肯定去告状，不知道会说得多难听！"

"夫人，别哭了，你已经哭了好久！公子可能只是好玩，不是认真的！"

雪如更是泪不可止：

"别安慰我了，连公主都不肯碰，这么多天都不圆房，肯定就是这么一回事！当初听到赐婚就不乐意，原来也是因为这个，现在我才明白了！哦……还有公主那儿，怎么办啊？皓祯……那孩子，怎么会有断袖之癖呢？"

在门口的小乐，看到闯了这么大的祸，再也承受不了，冲进门去，就在雪如床前跪下了，流泪说道：

"夫人！不是的！不是的！公子没有那样，都是我没辙了，搬出窦王爷来，我以为他比我聪明会说话，谁知道弄成这样！公子没有那个断袖之癖啊！"

"你怎么知道他没有？他明明就是有！"雪如依旧哭着。

"没有没有！真的没有！"小乐一急，冲口而出，"公子不和公主圆房，是因为吟霜姑娘啊……"一说出口，立刻张口结舌："糟了！我说出来了！夫人啊！"大哭起来，喊着："你可要保护吟霜姑娘，保护公子！保护小乐啊！"就咚咚咚地磕下头去。

雪如身子一挺，脸色一变，精神全部集中了，喊道：

"吟霜姑娘？"

所以，就在皓祯他们赶回将军府之后没多久，一辆豪华马车停在吟霜屋外。

小乐跳下驾驶座，大难临头般，颤声喊着：

"吟霜姑娘！吟霜姑娘！我家夫人来了！"一面喊，一面和秦妈扶着雪如下车。雪如站在那儿，看看花圃，看看马厩，看看周遭环境，看看乡间小屋。挺直着背脊，现在她不哭了，她庄重而严肃，集中所有精神，要保护她深爱的独子——皓祯。现在她是一个准备作战的母亲！

吟霜、常妈、香绮全部奔出房。吟霜大惊失色地问：

"夫人？"

小乐哭丧着脸上前说道：

"吟霜姑娘，这是我家夫人，皓祯公子的亲娘，小乐该死，没办法保密，一不小心说出来了！"

雪如就走向吟霜，凝视着吟霜。吟霜被动地站在那儿，迎视着雪如。

两人眼光一接触，雪如心中怦然一跳，心想："这姑娘怎么如此面熟？怎会让我心头发热、血脉加快？"

吟霜看到庄重高贵、典雅威严的雪如，知道大难已至，上前一步，立即跪下了，带着微微的颤抖，说道：

"吟霜叩见将军夫人！"就在花圃前，磕下头去。

常妈和香绮也跪下了。两人战战兢兢地说道：

"常妈、香绮叩见将军夫人！"

雪如这才一震，回过神来。心想，这姑娘如此飘飘若仙，如此脱俗而雅致，难怪皓祯着迷。自己一定要坚定，不能被她那楚楚可怜的眼神打动，不能为她心头发热，更不能有任何怜悯的情绪！就武装了起来，对吟霜郑重地说：

"吟霜，我有话单独跟你说，我们进房去！除了秦妈，其他的人，都留在屋外，不要进去打扰我们！"

吟霜抬头看着雪如，眼神真切而凄楚，雪如竟被吟霜这样的眼光，再次震撼了。她用手压住心口，压住那颗狂跳的心，不能同情！不能妥协！不能软弱！她要快刀斩乱麻，为皓祯和将军府，除去这个白吟霜！

所有的人都留在外面，雪如走进大厅，坐进坐榻中。秦妈站在雪如身边。

吟霜颤巍巍地捧出一杯茶，放在雪如面前的矮桌上。

雪如努力让自己维持尊严，不被吟霜哀哀欲诉的眼神影响，说道：

"吟霜！我今天才知道你的存在！我不跟你客套，直接表明我的立场……"秦妈就上前，把一箱装着金块的红木箱，放在桌上。雪如打开箱子，让吟霜看到里面的金子，再把箱子关上。"这些金子，足够你到任何地方去过一辈子，我以皓祯亲娘的身份，请求你放过皓祯，离开他！去找你自己的幸福！"

吟霜脸色惨变，扑通一声跪落地，跪在雪如面前了。她抬头看着雪如，坚定地、请求地、哀恳地说道：

"夫人！请不要拆散我和皓祯，我们彼此情深义重，实在无法分开！如果夫人一定要拆散我们，只怕会酿成大祸！"

雪如身子一挺，色厉内荏地喊：

"什么酿成大祸？你在威胁我吗？"

吟霜赶紧磕头，心碎心乱，失魂落魄，不知所云了：

"夫人不要误会，我怎敢威胁您？我和皓祯已经已经……我没有回头路，我跟定他了！我不怕夫人笑话，离开他我宁愿不活，我不要名分，不要地位，不要进府，就让我在这儿默默地生活，他偶尔来一次，我也就心满意足！我不会构成威胁的……"

雪如为自己居然有不忍之心而生气，大声喝道：

"胡说！你已经构成威胁了！你知道他现在是驸马爷吗？你知道为了你，他居然不肯和公主圆房吗？我想你对皇室规矩是不了解的，你威胁到的，不只是皓祯一个人，还有我们全家！如果皓祯这样执迷不悟，皇上皇后会放过他吗？我们将军府所有人的生命，等于都握在你手里！"

吟霜一震，点头，急切地说道：

"我会跟皓祯好好谈的，我去跟他说，他会听我的！我已经在这么做了，现在他还接受不了，等我继续跟他分析利害，他会明白的……"

雪如打断了她：

"我想你还没弄清楚我的意思！你以后不会再见到皓祯了，他也不需要你跟他分析利害！只要你跟他一刀两断，只要你从他生命里消失！我有把握他会回到我们身边，变成我原来那个好儿子皓祯！"

雪如这几句话，彻底把吟霜打败了。吟霜咽着气，看着雪如，眼神绝望而惨淡、悲切而坚定。雪如也看着吟霜，同样被吟霜这样的眼神打败了，怎么会有这样的姑娘？那眼神会勾出雪如内心最深的脆弱，她尽量武装着自己，不能心软！不能心软！她不断提醒着自己，却无法把眼光从她脸上移开！两人的眼神纠缠了好一会儿。两人心里，也波涛起伏般翻滚了好一会儿。半晌，吟霜才颤声地问：

"夫人，你有把握，只要我消失，皓祯就会变回原来的皓祯吗？"

"是！"雪如坚定地说，"你口口声声说你是爱皓祯的，如果你真心爱他，你不会愿意他家破人亡吧？他现在为你昏了头，完全没有理智，做事和行为，都变得荒唐无比！我是他的娘，我知道，只要你不存在，他会回到正常的生活，他会变成原来的皓祯，回到我们的身边来！那个皓祯，是我们全家和皇室都引以为傲的！"

吟霜深深凝视着雪如，认真地问：

"那个皓祯，才是真正的皓祯？"

"是的！而且，那个皓祯是快乐的，是积极的，是每个人都尊重的！你如果真心喜欢他，就不要毁了他！"雪如说着，不知怎的，武装撑不住了，泪水冲进了眼眶，哀声地说道，"吟霜，把他还给我们吧！如果我说服不了你，就只能以一个娘的立场，来祈求你！"

吟霜喃喃地重复雪如的句子：

"原来的他是快乐的，是积极的，是每个人都尊重的！"再看向雪如问："你确定只要我消失，原来的他就会回来？"

雪如心一横，一迭连声说道：

"是的是的是的！我确定确定确定！"

吟霜点点头，从地上站起来了，深深地看着雪如，说道：

"好！我相信一位亲娘的信心！如果我的亲娘活着，一定也会对我有这种信心！原来我的存在，只是皓祯的灾难，我明白了！"就直直看着雪如说，"请你告诉他，无论我在何方，我对他的心不变！"

吟霜说完，掉头就向门外疾冲出去。雪如一惊起立，喊道：

"你要去哪里？"

吟霜冲出房，小乐、香绮、常妈全被惊动了。小乐喊：

"吟霜姑娘！你要去哪里？"

只见吟霜，跳上一匹马，就对着旷野，疾驰而去。马厩里已经没有马了，除了雪如来时的那辆马车，所有的马儿，都被皓祯等人骑走了。众人赶紧追着跑，各喊各的：

"吟霜姑娘！吟霜姑娘！吟霜姑娘……"

雪如和秦妈也奔出房。雪如不解地问：

"她要跑到哪儿去？"

常妈看着吟霜的背影，喊道：

"那方向，是三仙崖啊！"不祥的预感，立刻让常妈大急，落泪喊道，"夫人，你跟她说了什么？那三仙崖……三仙崖……"急得舌头打结。

"三仙崖？公子说过！小乐追她去！"小乐大急要跑。

常妈稳住情绪，急忙喊道：

"用马车追吧！总不能用脚追，三仙崖那么高，上马车！我带路！"

雪如惊怔着，大家紧急上了雪如来时的马车。小乐驾着马车飞驰。

在雪如和吟霜谈判的时候，皓祯、寄南、灵儿三人快马奔到将军府门口，就看见鲁超牵着马，和袁忠在慌乱地讨论着。鲁超说道：

"那我就不要耽误了！我赶快去吟霜姑娘那儿，看看情况如何？"

"你去没有用啊！要找到公子才行吧！"袁忠说。

皓祯急忙催马上前，问：

"什么事？你们在门口谈什么？我听到吟霜姑娘几个字！怎么了？"

"公子！小乐招了！"袁忠急喊。

"小乐招了什么？"灵儿不解地问。

"小乐招出吟霜姑娘了，现在夫人带着小乐和秦妈，已经去吟霜姑娘那儿了！"鲁超急急地说。

寄南大叫：

"皓祯，我们赶紧再'飞骑狂奔'到吟霜那儿吧！你娘不知道会跟吟霜说什么。"

皓祯脸色大变，掉转马头，已经飞驰而去。灵儿、寄南、鲁超赶紧跟去。大家谁都没说话，在旷野中疯狂地飞驰，骑着骑着，皓祯抬头，忽见猛儿在天空中盘旋哀鸣。皓祯大震，大叫：

"不好！猛儿……那是三仙崖！"

皓祯一夹马腹，朝前狂奔。寄南驾着马，紧追：

"三仙崖？那是什么地方？"

"就是皓祯和吟霜定情的地方！"灵儿喊着，"吟霜怎么不在家里？跑到三仙崖去干吗？"

皓祯、寄南、灵儿、鲁超用尽全力，随着猛儿盘旋的方向奔骑前进。

不错，吟霜骑着马，来到当初与皓祯一吻定情的三仙崖。她跳下马背，站在高耸危险的悬崖边上。吟霜满面泪痕，抬头向天，心碎地向峡谷旷野大喊：

"爹！娘！这人间容不了我，为了皓祯我应该走！我不该牵绊住他！爹娘带我走吧……带我走吧……"

猛儿在天空狂叫。吟霜抬头看着猛儿，凄然说道：

"猛儿，请你帮我保护皓祯……对不起，爹娘走了，我也要走了！留下你一个，对不起！我要皓祯好，他的亲娘说了，没有我他就会好……"

远处皓祯已策马来到三仙崖，赫然看到吟霜站在崖边上，皓祯惊慌，凄厉大喊：

"吟霜！你要干什么？你站在那儿别动！我来了……"

皓祯催马，急速地奔向吟霜，到了崖下，皓祯跳下马背，不顾一切地施展轻功，冲向山崖。远处寄南、灵儿、鲁超也看到吟霜危险地站在崖边，惊呆了，纷纷奔来。

吟霜满脸泪痕，听到皓祯的声音，就转身对着追来的皓祯，凄喊着：

"皓祯，原谅我！没有我，你才能幸福！来世再让我报答你！"

皓祯一边狂奔飞蹿，一边大喊：

"什么没有你？你别做傻事，没有你还有我吗？吟霜，我不该离开你跑回将军府！你别动……你为我坚强一点……求你求你求你……"奔上了悬崖，就向吟霜蹿去。

"不要过来！"吟霜对皓祯说道，"过来我就跳下去！"

皓祯紧急站住，停在她身边不到五尺的地方，也在悬崖的边缘。

"吟霜！"皓祯语无伦次地喊着，"你说过，你是为我而存在的！你必须为我活着，为我坚强！是我太多事对不起你，我都听你的，你过来你过来……"

吟霜凄绝地看着皓祯，喃喃地念了几句话：

> 不恨世事，
>
> 不怨苍天，
>
> 魂魄总相依，
>
> 不复来相见！
>
> 此心煎，
>
> 此梦断，
>
> 此情绝，
>
> 愿三生石上，
>
> 再续来生缘！

"吟霜，你在念什么？"听不清楚的皓祯急促哀声地问，"什么再续来生缘？你不要动，你等我……我不要来生……我只要此生……"

就在这时，雪如的马车疾驰而来，小乐和常妈在驾驶座上大喊：

"吟霜姑娘和公子都在悬崖边上！"紧急勒马。

"老天爷啊！救苦救难的菩萨啊！"常妈看到那么高耸的悬崖，脱口惊呼。

雪如、秦妈、香绮都跳下马车。雪如看到悬崖上的两人，大震，急喊：

"吟霜，不要……千万不要……"

吟霜再回头，看到雪如，凄然说道：

"夫人，我把原来那个皓祯还给你！"

吟霜说完，转头便毫不考虑地纵身一跃，跳入深谷。皓祯冲向崖边，伸手一拉，连吟霜的衣角都没拉到。皓祯凄厉狂喊：

"吟霜！你回来！回来……"

皓祯探头一看，只见吟霜坠落悬崖，身子翻滚飘浮，白衣飘飘，像一只飞去的大鸟。皓祯想也没想，立刻跟着纵身一跃，也跃下了悬崖。皓祯伸着手，想抓住那只大鸟，却够不着。然后砰然一声，吟霜落水，身子迅速地被卷入激流，不见身影了。皓祯用力向下飞跃，跟着砰然落水，激流立刻将他也一起卷走。

寄南、灵儿、鲁超紧急奔蹿到崖边，眼见着皓祯吟霜双双跳下，三人惊恐万分，往崖下看去，只见万丈悬崖下，激流汹涌中，两人在水中已不知去向。

雪如等人在马车边，目睹了这一幕，雪如身子摇摇欲坠，秦妈、香绮扶着，众人震撼已极。雪如此时，才感到锥心刺骨地痛，哭着痛喊：

"秦妈！我杀了他们两个！"

鲁超看看悬崖下面的激流，急喊：

"大家去下游，上马！赶快追着这条河去下游！或者还有救！"

吟霜在水里，很快地顺水而下，她完全不谙水性，一任激流将她的身子，冲向巨石，卷向瀑布，快速下降，再卷入漩涡……原来死亡就是这样的，强烈、刺激、奔放、淹没……她失去了知觉。

皓祯跃进水里，就飞快地游向吟霜，同样撞到巨石，冲向瀑布，快速下降，再卷入漩涡。皓祯心里在呐喊：

"吟霜！不许死！以前在飓风里，我没放手！今天在这漩涡里，我也不会放手！我来了！"他心急如焚，一招"金樽捞月"，右手暴伸，奋力一抓，抓到吟霜的衣摆，他用尽此生所有的功夫，把她的身子和自己的身子，随着卷动的水，逆向往外冲去。居然，他冲出了水面，把她也拉出了漩涡，正要游过去抱住她，刺啦一声，衣摆裂开，吟霜再度脱手而去，载沉载浮地冲向下游。皓祯再奋力追去，与湍急的河水搏斗。

终于，吟霜、皓祯两人被激流冲到下游，水势因地势而减缓。

吟霜已经失去知觉，任凭河水漂流。皓祯在汹涌的急流中，艰难地、拼命地游向前方的吟霜，一面向吟霜惨烈地大喊：

"吟霜！吟霜……不要抛弃我！为了我挺住！"

漂流在河面上的吟霜，毫无动静，任凭河水冲刷旋转。

马车赶到，雪如等人面如死灰地伸头看着。

鲁超策马过来，一看，就大喊着纵身下水。

"公子还活着！公子公子，卑职赶到了！我们一起救吟霜姑娘！"

皓祯拼命游向吟霜。鲁超下水，也拼命游向吟霜。

雪如、小乐、香绮、常妈、秦妈，看到水中危急的情况，都惊呆了。

灵儿推着寄南喊：

"你赶快跳下去帮鲁超！"

"可是，我不识水性啊！"寄南扼腕地说。

雪如脸色惨白，震撼已极，嘴里喃喃说道：

"这样跳下悬崖，能没事吗？秦妈，他们……他们……"

"公子和鲁超都在救人，还有救……还有救……"秦妈颤声地说。

水中，鲁超和皓祯终于千辛万苦地游向毫无知觉的吟霜。皓祯喊着：

"吟霜！吟霜……我来了，我来救你了！求求你，也救救我！"

"公子！卑职抓到她的衣服了！"鲁超从水里冒出头，喊着。

皓祯奋力游去，抓住了吟霜一只手臂，赶紧游到她身子下面，用手托起吟霜的头，让她的脸孔露出水面。他挣扎着从水中冒出头，吐了一口水，哀声喊道：

"吟霜，呼吸！呼吸！求求你呼吸！"

"公子！"鲁超赶紧说，"你抬吟霜姑娘的头，卑职抬她的脚！救她上岸去！"

皓祯和鲁超就小心翼翼地，两人合力救起了吟霜，将吟霜放在草地上。大家都奔过去看。只见吟霜双眼紧闭，脸色惨白，一动也不动。

皓祯浑身滴着水，拍着她的面颊，心魂俱裂地喊道：

"吟霜！不要吓我！醒来看着我！吟霜，求求你赶快醒来！"

小乐、香绮都连滚带爬地扑向吟霜。鲁超熟练地压着吟霜的胃部，想把水压出来，却毫无效果。寄南急忙去试吟霜的呼吸，灵儿抓住吟霜的手腕测脉搏。

皓祯不断拍着吟霜的面颊，哀恳凄绝地喊道：

"吟霜！醒来醒来，我再也不离开你，我再也不让你面对任何问题，你醒来给我机会！醒来原谅我！求你求你了……"

"皓祯！"寄南惨切地说，"吟霜已经去了！"

"她没有呼吸了！"灵儿哭着，俯身听着，"也没有心跳了！"

小乐伏地放声痛哭，左右开弓打着自己的耳光，香绮也哭倒在小乐身边。

皓祯兀自拍着吟霜的面颊，搓着她的手，千呼万唤喊叫着她的名字。

雪如看着这一切，只觉得自己整颗心都被撕裂了，说不出来有多痛！她看着地上吟霜那张毫无血色的脸孔，悲痛、不忍和震撼让她已经没有思想的能力。只希望，自己不曾来过那乡间小屋，不曾说过那些话！

尽管大家都宣布吟霜死了，皓祯依旧坚持着，喊着：

"不会的！吟霜不会离开我，她一定不会死……"慌乱地想着，"一定有什么办法救回她！一定有的……"忽然想到了，"神药！她给我的神药！"

皓祯就手忙脚乱地从脖子上，拉出吟霜给他的瓷壶坠子，手发着抖，竟然打不开瓶盖。寄南上前说道：

"我来帮你！这小瓷壶里有什么？"抢过瓷壶。

"有一颗救命神药！"看着吟霜说，"吟霜！等我，神药来了，你爹的神药，它会让你活过来！等我等我……"双手重叠，放在吟霜的心脏上，语无伦次地喊："吟霜……我不管我的气功有用没有，我把我的生命力都灌注给你……"就双手运功，压着吟霜的胸部，歪打正着地做了急救动作，一面压着，一面痛喊着："我们不是说好生生世世当共度，你是梅花我是梅花树吗？"

好像是回应皓祯的呼唤，吟霜忽然大大地咳了一声，吐出几口水，睫毛闪动着。灵儿惊喜地、小声地说：

"她醒了，她醒了！她没有死，她活了！用不着神药了！"

"是吗？是吗？"皓祯颤声问，看着睫毛闪动的吟霜。

寄南赶紧把小瓷壶戴回皓祯脖子上。

皓祯停止运功，看到她有了呼吸，赶紧拉起她的手，惊喜喊道：

"她的手热了！她没有死！"急喊道："吟霜！吟霜！"

吟霜睁开眼睛，看到了皓祯。吟霜就衰弱地、颤抖着、做梦般地说道：

"皓祯，原来那个你，是快乐的，积极的，每个人都尊重的……我走了，原来那个你……才会……才会回来……"

皓祯立刻了解发生什么事了，大痛。皓祯就坐在地上，把吟霜上半身拉了起来，拥入怀中，紧紧抱着摇着，泪水夺眶而出。皓祯痛哭说道：

"吟霜！你明知道你上天下地，我都会追随着你，你怎么会做离我而去的事？我要怎样才能让你相信我？怎样才能证明我对你的心？我知道，我为你做的一切都不够，最不该就是娶公主，才会逼得你跳下悬崖，我要怎样做才够？怎样做才够啊……"

所有人都哭了。

雪如后悔已极，早就泪流满面了。

二十八

　　湿淋淋的皓祯抱着湿淋淋的吟霜，从门外一直穿过大厅，往卧室奔去。后面，寄南、灵儿、香绮、雪如、常妈、秦妈、小乐、鲁超都慌张跟随着。

　　皓祯看着臂弯里在发抖的吟霜，急语：

　　"到家了，我马上会让你暖和起来！你撑着，千万别再昏倒！"

　　雪如满脸的不忍和着急，跟在后面紧张地看着吟霜，忍不住喊道：

　　"秦妈！赶快让他们多砍一点柴火烧热水，她最好泡在热水里，让身子暖了再穿上干衣服！"震撼而心痛地说，"怎么性子那么烈，居然会跑去跳崖呢？"

　　"我去砍柴！"鲁超喊着，匆匆奔去了。

　　"那我去井边提水！"小乐喊着，也匆匆奔去了。

　　皓祯已经喉咙都哑了，紧张地交代：

　　"常妈，赶快煮姜汤！要煮一大锅！香绮，来帮忙给小姐梳头，这头发湿成这样要怎么办？还要把所有治伤的神药都拿来，她一定遍体鳞伤！"

"我来我来！小姐的头发我会弄！药箱在这儿，来了来了！"香绮奔走着。

"姜汤！姜汤！我去煮姜汤！"常妈吓傻了，听到吩咐，才匆匆奔去。

一团忙乱中，皓祯把吟霜放上床。吟霜颤抖着，牙齿和牙齿都在打战，面无人色。

秦妈急忙上前想帮忙：

"这湿衣服要赶快脱掉，哪儿有干帕子？越多越好！"

"我也来帮她换衣服……"灵儿眼眶红红地上前。

寄南赶紧一手拉下灵儿，提醒地喊：

"你这小厮不能帮忙换衣服，到底男女有别！我们还是出去帮忙烧热水吧！这房里人已经太多了！"

灵儿这才想起雪如在场，自己还是男装，急忙跟着寄南退出房间。

雪如看着颤抖的、衰弱的吟霜，觉得心如刀绞，站在吟霜床前，伸手想去摸吟霜的脸，嘴里喃喃说道：

"吟霜！你要振作一点，我……"

雪如话没说完，皓祯紧张地一拦，隔开了雪如和吟霜，声音严峻地喊：

"秦妈！把娘扶到外厅去休息，这儿的人够了，不用你们帮忙！"

雪如听出皓祯语气里的愤怒，顿时怔住了。从小到大，皓祯还没用过这样的语气跟她说话。她的心抽搐着，眼中充泪了。秦妈看了皓祯一眼，不敢反抗，扶着雪如去外厅。雪如一面退出去，一面不由自主地回头张望着。

紧接着，整个小屋都陷在一片疯狂忙碌中。

柴房外，鲁超还穿着湿衣服，却拼命地砍着柴。井边，小乐拼命从井里提水出来。寄南急忙拎着水，送到厨房去。厨房里，灵儿不住往灶里送柴火，自己弄了满脸黑。一锅热水在冒烟，另一个灶上煮着姜汤。寄南来来回回地提水进厨房，看到灵儿依旧心惊胆战的样子，放下水桶，拿出帕子帮她擦去脸上的脏。

"放心，人已经清醒了！就不会再有事了！"寄南安慰着灵儿。

"可是我很害怕，看她那么苍白，又一直在发抖！吟霜居然敢从那么高的山崖跳下去，那想死的决心是有多大呀！皓祯也不要命地跟着跳！他们俩真的吓坏我了！"

"我知道！"寄南心有余悸地说，"不是你一个人吓坏了，大家都吓坏了！我还很担心皓祯，跳下那么高的悬崖，拼命救吟霜，下面都是大岩石，不知道他自己有没有受伤？现在，他只顾着救吟霜，完全不管自己！"

"是怎样深的感情，才会让他们这么不怕死！"灵儿喃喃着。

大家川流不息地从卧室出出入入，个个紧张忙碌。只有坐在外厅的雪如和秦妈，无事可做，看着忙碌的人群，雪如不禁落泪。秦妈轻轻拍抚着雪如的手背，无言地安抚着。因为她也被吓住了，这种爱，她一生也没见过，她真担心，万一这姑娘还有个三长两短，皓祯公子怎么办？

卧室里，皓祯把一个大木盆注满了水。香绮和常妈脱去了吟霜的衣服，皓祯一看，只见吟霜浑身都青青紫紫，手肘脚踝腿上还有很多伤口在流血，这一看，简直快要晕倒了。香绮把胜龄留下的治伤药都抱了过来，常妈急忙说：

"先泡热水，她的身子冷冰冰，身子热了，洗干净了才能擦药！"

"可是这么多伤口，泡热水不是会痛死吗？"皓祯问。看到吟霜嘴唇都变成紫色了，也顾不得她伤口的问题，抱着她，轻轻放进浴盆里。

吟霜进了浴盆，热水一浸，顿时呻吟起来。皓祯恨不得以身相替，香绮拿着帕子，不住擦着她的身子，寄南从门外喊：

"皓祯！检查她的头！悬崖下那么多大岩石，不知道有没有撞到头？"

一句话提醒了皓祯，急忙把吟霜交给常妈和香绮，自己去放下吟霜的头发，细细检查着发根，看到头部没有伤口，这才大大松了口气。

接着，香绮又来梳洗着吟霜的头发，一盆热水转眼就凉了，新的热水提进来，换掉凉的，香绮、皓祯、常妈不断用热帕子，搓揉着吟霜的手脚。这番忙碌，简直无法形容。终于，吟霜被弄干净了，手脚也热了。皓祯把她抱上床，再仔细用治伤药帮她擦药，换上干净的衣服，用棉被紧紧地盖着。在整个过程中，吟霜始终没开过口。

"公子！"常妈提醒着，"现在轮到你梳洗换衣服了！"

"是！"香绮说，"你身上一定也有很多伤口，不要吟霜姑娘好了，你又病了！"

"让鲁超把热水提到浴室去，治伤药给我，我去马马虎虎弄一下就好！"

皓祯就深深地看着床上的吟霜，握了握她的手，说道：

"你睡一下，我马上就来！"

皓祯确实用最快的速度，把自己弄干净了，也换了干衣服，随便梳洗的头发，湿湿地随便束着，就赶回吟霜的床边，这才在吟霜的床沿坐下。

皓祯凝视着她，眼里传递着嘴里说不出的千言万语，用双手握着她的手。吟霜迎视着他的眼光，依旧默默无语。皓祯忽然害怕起来，说道：

"你是神医，你是大夫，你会缝伤口，你有治病气功……你一定知道自己的身体怎样？告诉我，你有没有内伤？有没有我忽略的地方？不能瞒我！"

吟霜这才用手回握着他的手，眼泪滚落下来。

"和你在一起，我注定会有内伤……"她这才衰弱地说，"现在最大的内伤是，我该把你如何是好？"

"那是我的内伤……"皓祯哑声说，反问，"我该把你如何是好？"

两人互视，喉头都哽着硬块，死里逃生，两人震撼之余，想说的话都无法出口。然后，吟霜开始咳嗽，这又吓到皓祯。不管怎样，他知道她元气大伤。身体的，内心的，恐怕他怎样都治不好！在他揪心担心中，她忽然想起什么，惊惶起来，无力地喊道：

"我要……我要……"

"你要什么？"皓祯急问。

"玉佩，玉佩……我怕弄丢了，你给我的玉佩！"

香绮急忙拿着玉佩过来说：

"小姐，玉佩在这儿，刚刚从你衣服内袋里拿出来，都清理干净了，那些狐毛不怕水，淹了水马上就干了！"

皓祯接过玉佩，赶紧交给吟霜，吟霜就紧紧攥着。皓祯柔声说：

"把它放在枕头下面吧！一定不会掉的，现在不能塞到口袋里，睡觉时会弄痛你！何况你身上都是伤！"

皓祯说着，从她手里取走了玉佩，塞到枕头下面。

吟霜顺从地躺在枕头上，安心了。皓祯看她如此，一叹，盯着她说：

"那玉佩不重要，我才重要！知道吗？我知道你现在衰弱到连说话的力气都没有！跳崖落水昏迷再醒来，你就什么话都别说，我现在必须去厅里跟我娘说几句话，马上就回来！等会儿姜汤来了，一定要喝完！"

皓祯就从床边起身，吟霜握住他的手不放。

"你不要我走，那我就坐在这儿陪着你！"

吟霜摇摇头，眼睛看进他的眼睛深处，费力却清晰地说道：

"不要跟你娘生气！她是个很爱很爱你的娘！"

皓祯一愣，闭了闭眼睛，用额头抵在她额头上，说道：

"能把我看得这么透，只有一个你！"抬头看她，"是！我在生气，生很大很大的气！想到我差点失去你，我不只生气，我心惊胆战！请你以后也别这样，跟我站在同一条阵线上好吗？别让我这样担心害怕好吗？"

吟霜拼命点头，眼泪盈眶，轻声说：

"以后，再也不会了！我要你生，不要你死！"

"将心比心，我也要你生，不要你死！"皓祯郑重地说。

两人再互视片刻，皓祯吻了吻她的额头，又吻了吻她的唇，才从她身边起身，出房去面对雪如。

骁勇少将军袁皓祯，曾经上过战场，曾经为了护国大业，出生入死。曾经和寄南、太子，大战朝廷里的大鳄鱼……这些，都不是什么难题。直到今天，他才碰到了生命中最大的难题。一边是生死相许的吟霜，一边是生我育我的慈母，他要弄清楚雪如对吟霜说了什么，居然把她逼上悬崖！经过抢救吟霜的种种过程，他知道，他绝对不能没有吟霜！他欠吟霜太多，也没有力量再承受一次今天这样的事！他能为吟霜做的，就是坦白告诉雪如，吟霜才是他今生注定的人！才是他无法失去的人！他到了大厅，在雪如面前，端然跪坐，沉痛地说：

"娘！你对她说了什么？你把她逼到绝路上去了，你知道吗？她是坚强的、能够面对任何困境的女子，但是，今天她选择了一条不归路！你怎么忍心这样对待她？怎么忍心要逼死她？"

"我没想到那么严重，我只是想让她离开你，并没有想逼死她！怎么知道她会去跳崖呢？"雪如惶然后悔地说。

皓祯一眼看到桌上那装着金子的木箱，抬头不可思议地看着雪如：

"你带了金子来？你想用金子打发她？你以为她是谁？我在风月场合中弄来的女人吗？你用金钱就可以解决的女人吗？你就

那么小看吟霜？你侮辱她也侮辱了我！"

雪如看皓祯那么沉痛，又历经两人坠崖落水的惊吓，声音怯了：

"我能怎么办？突然知道你在外面有女人，又不肯跟公主圆房。我只想快刀斩乱麻，解决问题！"

"吟霜不是我'外面的女人'！"皓祯有力地说，"她是我拜过堂的正式妻子！"

"什么？"雪如大惊。

"娘！让我坦白地告诉你，吟霜是我这一生唯一的女人！除了她，我生命里再也不会有第二个妻子！公主和我那个被迫的婚姻，我根本就不承认！"

"什么叫你不承认？"雪如惊喊，"皇上御旨赐婚，怎能不承认？你说你和吟霜拜过堂，这是怎么回事？"

在门外偷听的灵儿、寄南、小乐、鲁超都忍不住了，一拥而入。

寄南急忙说道：

"伯母！我们都是那个婚礼的见证！在四月十五日那天，他们拜堂成亲了！比公主的婚礼，早了好多天呢！"

"那天吟霜也是红色大礼服，少将军也是红色大礼服，郑家邻居都来奏乐道贺，只是'吉祥猪'被吟霜取消了！"灵儿接口。

"没有媒妁之言，没有父母之命，这算什么婚礼？"雪如抗拒地问。

"虽然没有世俗的那些东西，我们有天地为证，日月为凭！还有我们最亲信的人，为我们祝福！在我们心里，那就是最最隆重、最最完美的婚礼！"皓祯坚强有力地说。

雪如心里浮起了怒意，压抑着，瞪着皓祯说：

"你们最亲信的人里，居然没有爹娘吗？皓祯，你要娘承认这婚姻吗？"

皓祯还没回答，鲁超对着雪如嘣咚一声跪下了，热切地说道：

"夫人！鲁超知道这儿没有小的说话的余地，但是，请夫人接受吟霜姑娘！因为她是个神一样的姑娘！她对所有的人都充满了爱，她是位神医，治病、扎针、缝伤口样样精通！这样的姑娘，一定是上天派下来救助苍生的！请夫人接受她！"

鲁超说完，就磕下头去。

小乐见鲁超如此，也跪下了，跟着磕头，落泪喊道：

"夫人！都是小乐不小心，说出了吟霜姑娘！今天，如果吟霜姑娘死了，小乐一定跳到那河里跟她一起死！"

香绮和常妈也奔来跪下了，一起磕头。

"我也是！我也是！如果小姐死了，我也不要活！"香绮落泪说。

"夫人啊！"常妈也泪流不止，"少将军有了吟霜姑娘，是他最大的福气！老太婆我看过多少姑娘，没有一个比吟霜更好！她的医术那么好，还救活了难产的郑家母子！她那么勇敢，血也不怕，苦也不怕，痛也不怕！为了公子，还受过伤！"

雪如太惊愕了，看着跪了一地的人。

这时，一声门响，卧室门开了，吟霜披了一件外衣，摇摇晃晃地走了过来。

皓祯跳起身子喊：

"吟霜！你怎么从床上爬起来了？"冲上前去扶住她。

吟霜来到雪如面前，恭恭敬敬地跪下了。抬眼诚诚恳恳地看着雪如，说道：

"夫人！我爹娘都去世了，每次我去给我爹上香，都会跪在那儿祈求，祈求爹娘保佑我，除了皓祯，我在这世上，什么都可以不要！请夫人成全我们吧！"就颤巍巍地行大礼，"我想我是为皓祯来到这世间的，没有皓祯，我活不下去呀！"

皓祯见吟霜如此，就在吟霜身边跪下了，同时用手扶起匍匐于地的吟霜，撑着她摇摇欲坠的身子。他的声音，从愤怒转为肺腑之言：

"娘！吟霜跪了，我也跪了！现在娘已经知道真相，如果成全我们，就帮我把吟霜弄回府里去！这样我也不会天天往外跑！如果不成全我们，我只好去向公主坦白一切！要砍头就砍头，要送命就送命！"

灵儿热情迸发，也冲过去跪下了：

"小的裘儿也请夫人高抬贵手，接受吟霜吧！"

寄南手足无措地喊道：

"这……这……本王是不是也要跪一跪才算够义气呢？"就看着雪如说道，"伯母，您还不点头吗？"

秦妈早就在擦泪，这时喊道：

"夫人！不管怎样，接受吟霜姑娘，还是好过眼看他们跳崖好！他们是大难不死，一定有后福！"

雪如一声长叹，眼泪落下来，沉吟说道：

"好了好了！你们都起来吧！要进府，也得让我安排一下！

没有那么容易，总不能在大婚几天之后，再变出一个妻子来吧！吟霜如果入府，只能算是我的丫头！"

皓祯抗拒，喊道：

"什么？丫头……"

"当丫头，吟霜已经心满意足！"吟霜急忙磕头谢恩。

"那我也要进府，我侍候小姐已经习惯了！我也要进府！"香绮喊着。

"丫头还要带丫头吗？"雪如心乱如麻。

"夫人！"秦妈提醒，"这事要做就要快！趁大将军没回来以前，把她们两个弄进府吧！府里多了两个丫头，谁也不会注意的！"

雪如就脸色一正地看着皓祯，说：

"皓祯！娘同意把吟霜和香绮接回家当丫头，但是有个条件，你一定要和公主圆房，你同意吗？"

"啊？"皓祯一惊，还想说什么，看到吟霜跪久了，脸色更白，身子摇摇晃晃。想到她膝盖上还有伤，连说话都没力气，是硬撑着下床出来的。心里一急一痛，什么都顾不得了，急忙把吟霜拉起来，横抱着她，匆匆地说："她支持不住了！就知道她元气大伤！"对雪如，"你怎么说就怎么办！只要赶快把吟霜弄进府！她在这儿太不安全，我会被她吓死！这四五天，我都不能回府了，我要在这儿陪着吟霜！公主那儿，娘随便跟她怎么说！"

皓祯说着，抱着吟霜就进房去了。

雪如一脸惊怔，心里想道：

"还要我去跟公主说？我该怎么说？"

事实上，吟霜这儿天翻地覆的时候，公主院里的兰馨和崔谕娘，也陷在震惊的情绪里，因为她们从翩翩那儿得到了惊人的消息。

"断袖之癖？这怎么可能？"兰馨瞪着翩翩，无法置信地问。

"公主啊！"翩翩奉承地装着歉意，"我……我这个二夫人还真没脸来见你，但是夫人都因为这件事情气得昏倒了，现在又出门去……大概去观音庙为皓祯烧香去了！大将军又不在家，我也只能暂时当个家，来向你通报！"

"是是！"崔谕娘心慌意乱地说道，"进了将军府就只有二夫人最照顾公主，这种事情当然不能瞒着我们公主啊！"看着兰馨，着急地说："公主，咱驸马选来选去，是不是真的选错了？"

兰馨回忆着皓祯种种，在屋里绕着圈子，并没有被翩翩这个消息吓倒，说道：

"我不相信，皓祯绝对不是这种人，他霸道、他正义、有思想，他是一个顶天立地的大男人，绝对不会和寄南乱来！"

皓祥在一边插嘴：

"可是寄南他自己都承认了，他的小厮裘儿也承认了！"

兰馨想通了，突然笑了起来：

"寄南那张嘴，我最清楚，一定是他不正经在胡说八道！他和他的小厮怎么回事本公主不管，但是和皓祯一定是清清白白的！"说着，就对着翩翩和皓祥，脸一板，气势汹汹地喊："你们不准再到处说皓祯的闲话，要不然本公主割了你们的舌头！"

翩翩和皓祥一惊，自讨没趣地委屈着。两人气呼呼地赶紧离开公主院。

"这公主也太不识抬举！"翩翩气得脸色发青，"咱好心给她通风报信，还要挨她的骂！真是好心没好报！"

"公主八成被皓祯迷得团团转，什么话听不进去就算了，还威胁我们！"皓祥越想越生气，"这事情等爹回来，我一定要抖出来，让爹认清皓祯的真面目！"

翩翩看着皓祥，想着皓祯与寄南的怪事，忽然对皓祥警告：

"你呀！也小心点，离寄南远一点！"怀疑地说，"这断袖之癖，难道会传染？那个从小就上战场，被皇上封为'骁勇少将军'的袁皓祯，怎么会断袖呢？"

兰馨在公主院里，虽然嘴上对皓祥、翩翩说得漂亮，心里却是七上八下。暗中下了决心，今晚，就算用强迫的，也要把圆房的事完成。她派崔谕娘穿梭于公主院和将军府，等着皓祯回来，等来等去，没等到皓祯，却等到了雪如。

雪如从吟霜那乡间小屋回来，不知该怎么跟公主说，也得硬着头皮去说。看吟霜那样子，确实几天都不可能复原。回到将军府，雪如就带着秦妈，直接去了公主院。见到兰馨，也不兜圈子，干脆地说道：

"公主！这几天皓祯出门去，不会回家睡，所以晚上请公主不用等他！"

兰馨一怔，疑心顿起，眼神锐利地看向雪如：

"皓祯去哪儿了？是不是和寄南在一起？"

雪如硬着头皮撒谎：

"不是的！是大将军派人来把他叫去了！"

"那……大将军去哪儿了?"兰馨问。

"这个我也不清楚!男人在外,总有很多大事要讨论,总有很多男人的聚会!我们女人知道得越少越好!平时我都待在家里,偶尔出门上香,对大将军和皓祯的行踪,是不太过问的!"雪如一板一眼地说道。

"哦?"兰馨一挑眉毛,"婆婆是在教训兰馨,少管丈夫的行踪,是吗?他出门也不需要向我报备,是吗?"

"教训不敢!"雪如不卑不亢地回答,"咱们将军府的规矩,一向就是这样!公主想,那男人有自己的腿,爱去哪儿就去哪儿,要管也管不了呀!"就喊道:"秦妈!咱们走吧!别打扰公主!"

"是!"秦妈应着,赶紧扶着雪如出门去了。

兰馨目送雪如离去,眼光顿时锐利起来,回头在床边找到自己的鞭子,一鞭子抽在桌子上,把桌上的茶杯都抽到地上去了,一阵杯子破碎声。宫女们全部吓了一跳。

"公主!少安毋躁!"崔谕娘喊道。

"什么少安毋躁?我现在可躁得很!"兰馨恨恨地说,"每晚在房里,什么状况都有,现在更好,干脆不回家!崔谕娘,你说这中间没问题,我是死也不相信的!"咬牙切齿地咒骂:"袁皓祯,你磨光我的耐性了!我等着你呢!有种,就一辈子别回来!"

二十九

太子烫伤的手已经好得差不多了，这些日子，他可没有闲着，在太府寺，他认真地核对着每本账册，检查着每个漏洞。真是一丝不苟！伍震荣和方世廷冷眼旁观，由着他去调查。孝王、义王陪着他，被他弄得团团转。两人也心甘情愿陪在旁边，就怕再发生铸金房的事。至于太府寺那些仆役，对于太子，个个恭顺佩服，看到太子，全部行大礼，就像看到皇上一样。至于送茶送水送点心，更是发自内心地殷勤。伍震荣不禁有点彷徨，把太子诱进太府寺，会不会又助长了太子的威望？一切只得静观其变！

这天，太子来到伍项魁的驸马府，在大厅内，拿着摊开的账册，对乐蓉说道：

"乐蓉，虽然你是我妹妹，我也得公事公办！在太府寺发现这账册，你欠下的五百两银子，请马上归还吧！"

乐蓉变色，怒上眉梢，喊着说：

"什么！要本公主归还五百银两？你开什么天大的玩笑？办

不到!"

伍项麒赶紧上前,恭敬地说道:

"公主先别生气,咱们先听听太子的说法,相信太子一定会秉公处理的。"

"这些账目和金额都记得清清楚楚!"太子说,"太府寺奉令拨款给驸马府的款项,每一次都是乐蓉拿着令条,亲自盖印签字领取的。但是,三月十日这一天的五百银两,是乐蓉说先取款,后补令条,至今已经时过多日,也没把令条拿来。这还只是近期的一笔,还有数笔以前的也交代不清……"

乐蓉傲慢地说:

"你这是打算清算驸马爷吗?是谁给你权力让你上府来抄家的?"

"抄家可是言重了!"太子淡定地说,"本太子也是看在家人一场,尚未诉诸朝上,只是代表太府寺拿回公主借用的钱罢了!"

"是父皇赐给本公主的钱,是父皇忘了下敕令给太府寺,难道还是我的错?本公主没有借用,你说的本公主一概不认账!"乐蓉开始要赖。

"你取钱都有盖印签字,你怎么样也赖不掉!"太子威严地说。

"我就不还,你能拿我如何?"乐蓉怒吼。

"敬酒不吃,就别怪本太子不客气!"太子大喊:"来人!把乐蓉公主和驸马爷带到大理寺调查!罪嫌是诈骗和贪渎!"

邓勇立刻带着许多卫士冲入大厅,抓住了公主和伍项麒。邓勇说道:

"太子殿下!卑职这就押着公主、驸马去大理寺!"

"大理寺哪儿管得了本公主？"乐蓉大闹。

太子义正词严地说：

"大理寺管不了，还有刑部呢！难道要我直接送刑部？"

"太子！"伍项麒镇定地说，"有话好好说，我们怎么会是诈骗贪渎了呢？大家都是一家人，怎么可以把我们带到大理寺？"与邓勇、卫士挣扎着："放手！"沉稳地一嚷："太子，公主不认账，我认就是了！不就是五百银两的事！"

"不可以认账！"乐蓉大吼，"你若认了，你爹也不会原谅你！"

说时迟那时快，伍震荣已闻讯赶来，一脚迈入大厅，威严地喊道：

"通通住手！借债还钱是天经地义！"一眼见到太子行礼："臣叩见太子，一听说太子突然造访驸马府，老臣就尽速赶来，就怕小犬怠慢了太子！"

"荣王宫里宫外真是消息灵通啊！本想是家务事一桩，找公主解决便了，并不想惊动荣王的，结果还是让您又辛苦了！"太子说，心里有点狐疑，怎么伍震荣立刻赶到？

"太子客气了！刚刚说是驸马府应还太府寺五百银两，我们即刻就还！"伍震荣喊着："项麒！"向伍项麒使眼色，"快进去连本带息拿出六百银两。"

太子从容地、气势不凡地说：

"利息就不用了！咱们太府寺也不是放高利贷的地方！"看着项麒："借五百两就还五百两！"又命令邓勇："先放开公主驸马！"

邓勇和卫士就放手站立一旁。

伍项麒见风转舵，识时务地拉着气坏的乐蓉进屋：

"是是是！下官立刻去拿钱，太子请坐稍候！"大喊："来人！好好侍候太子！"

"果然老臣没有看错，太子真是贤能呀！不出几天就查出不符账目的事情，不过公主只是没把银子交代清楚，还请太子对今日之事网开一面！"狡诈地注视着太子，"千万别闹到皇上面前去！"

太子看着伍震荣，心想："这个老狐狸葫芦里卖的到底是什么药？怎么突然如此谦卑？我就跟着他走，看看他想做什么？"说道：

"多亏荣王明事理，及时赶到化解纠纷，本太子也不愿家丑外扬！"

"太子说得极好！就是这个道理，家丑不外扬，哈哈！太子请用茶！"

太子小心应付着伍震荣，眼神犀利地注视着伍震荣。两人互视，眼神中似乎有什么火光正在交战之中。

乐蓉在卧室里，从柜子里拿出装满五百银两的宝盒，笑着对伍项麒说道：

"真亏你给爹献了这一策，看来太子真的上钩了，一步步照着我们的计划走。"

伍项麒从容地笑着：

"今天他拿回去的，早晚我们还是会要回来的！只有太子，会斤斤计较这五百两！你今天表演得可真精彩！"

"我是真的生气了！"乐蓉说，"你和爹铺了那么多条线，太子居然先对我下手，果然不是同一个娘生出来的，一点感情都没有，日后我也不会对他仁慈！"

"这世上你只能相信我，别指望别人了！连父母兄弟都不一定信得过，这点你最好早点想清楚！"伍项麒说，指着宝盒，"去吧！给太子尝点甜头，让他越陷越深！"

乐蓉点点头，开心笑着。

于是，太子"成功"地要回了乐蓉亏空的五百两银，回到太府寺继续查账，心情良好地伸了个懒腰，看着面前的账册，给自己打气："来！再接再厉！"查过账册，又去金库房，太子仔细清点一箱箱的银两、元宝。

一盒盒铸造出的金块，被官员盘点装箱，贴上写有重量的官印封条。太子清点刚铸好的金块，发现实际数字和敕令诏书上核准铸造量不同，喊道：

"邓勇！赶快去把铸金监传到书房来！本太子有话要问！"

官员们立刻七嘴八舌喊道：

"太子传铸金监！太子传铸金监！"

铸金监来到，恭恭敬敬站在太子面前，行礼说道：

"微臣铸金监刘成叩见太子，太子金安！上次太子受伤，不知好了没有？"

"那点小伤，不碍事！"太子指着敕令诏书，"问你一件事，这上面核准铸造一千两，为何你铸造了一千两百两呢？"

铸金监刘成一听，甚为惶恐，赶紧翻出身上的铸造工条，一看说道：

"不对啊！太子！我拿到的铸造工条是一千两百两没有错

啊！"凑近将工条交给太子，"请太子过目。"

太子一看，工条上书写得很清楚，是铸造一千两百两。太子疑惑地问：

"这工条是谁发给你的？"

"一直以来，工条都是由出纳使义王和孝王签发给铸造房的，上面有他们两位出纳使的大印才能开炉。"铸金监说道。

太子看着工条上义王和孝王的清楚印鉴，心里大惊，想着：

"义王和孝王？不应该啊！皇叔义王和孝王都是清廉之人，怎会出此差错呢？"立刻喊道："邓勇！备车！"

事情牵涉义王和孝王，就事关重大。太子不敢耽误，驱车到了义王府，才知道义王和孝王结伴去探视忠王了，太子立即赶到了忠王府。幸好忠王只是小恙，已经痊愈，忠孝仁义四王，都在大厅里说说笑笑。太子心急，也不客套，立刻问到重点：

"本想只是找义王和孝王问点事情，没想到大家都来探望忠王，那么就长话短说。"拿出敕令和工条给义王看："皇叔，您下的工条怎么会和敕令不相符呢？相差两百两？"

义王仔细端详着工条，说：

"这确实是微臣下的一条，是前日拿到的敕令，我清楚记得敕令写着一千两百两没错呀！怎么太子手上的敕令变成一千两呢？"

孝王也认真看着敕令日期：

"微臣是和义王一起接到敕令的，我们两个人四只眼睛，绝对没有看错！太子这份敕令哪来的……"疑惑着，"不可能同一天会有两份铸金的敕令。"

"以往照惯例，七天铸造一炉，皇上只会下一道敕令。"义王说。

"这么说来，有一份敕令是假的？"太子思索，明白一笑，"原来有人刻意考验本太子。"

忠王愤怒地接口：

"应该说有人故意让太子来质疑我们四王的操守，朝廷上下都知道，四王是一体的，谁出错了，就有理由可以把我们几位大臣，罗织罪名一网打尽！"

"就算太子拿到了假的敕令，可是库房终归是没少金块呀！对方的目的是什么呢？"仁王不解地问。

太子在厅内踱步想着，这又是一步什么棋？目标确定但又声东击西？太子对义王说道：

"皇叔，在太府寺，你们还有什么把柄在他人手上？孝王，你也想想啊！"

义王一怔，变得心虚犹豫，和孝王面面相觑，说：

"这……这个……"

"吞吞吐吐，难道你们真有问题？"太子一凛，严肃地问。

忠王大力拍桌，豁出去了！大声说道：

"义王、孝王！咱们也不是龟孙子，太子我信得过，你们老实告诉太子吧！咱们问心无愧！"

突然间义王、孝王匍匐跪下。义王惶恐说道：

"禀告太子，微臣每次在铸造金块的时候，会收集残余的金液，再打成金叶子，集成一定数量之后转卖黑市换取粮食。"

太子大惊震怒：

"什么？你们好大的胆子，这是盗取公物贪渎呀！你们怎敢如此胆大妄为？"激动起来，"你们怎么对得起皇上的信任？难道连那几位铸金监都是你们同伙？整个太府寺在包庇你们？还是说……你们控制了太府寺？"

"太子！"孝王说道，"请你听我们解释，金叶子换回的粮食不是我们自己拿去享用，是全部拿去赈灾了！"

仁王也跟着下跪诉说：

"漳州水患、平阳干旱、柊岭山崩压死了不少村民，百姓没有了家，到处流离失所，挨饿受冻，民间百姓各种疾苦真是惨不忍睹呀！"

忠王也从柜子里拿出许多卷轴，散落在桌子上，说道：

"这些都是各地的灾情报告，上面也标注了我们赈灾出去的金钱数目，太子您亲眼看看吧！每一条都经得起调查，我以我的项上人头保证！"

太子又惊又急地看着一卷卷的文卷，震撼地说：

"民间居然发生了这么多苦难？为何都没有朝臣禀报皇上？"

"当然是有人刻意隐瞒皇上，让皇上过着歌舞升平的日子，才能控制更大的权力。何况就算有人禀报了，最后赈灾的粮食和金钱也是落入贪官的手里。"义王说。

孝王悲从中来，说道：

"我们一点一滴收集铸造房残留的金液，根本换取不了庞大的赈灾物资，我们四王每月的俸禄几乎都捐出去了，但还是喂不饱饥饿的灾民。"

太子赶紧扶起跪着的王爷们。

"各位王爷快起身，刚才失礼了，没想到四王为朝廷和百姓做了那么多事情，真是错怪你们了！现在我终于明白，伍震荣会让我进太府寺，就是想借由本太子的手，揭发金叶子的事，以贪污偷盗名义，除掉四王！"

四王面面相觑义愤填膺。太子继续踱步深思，这事，要不要和皓祯、寄南讨论一下？

寄南管不了太子，他全心都在吟霜和皓祯身上。这天，他和灵儿终于从吟霜那儿，回到了宰相府，两人满怀心事地走在庭院里。灵儿忧心地问寄南：

"你说，我们现在回宰相府，吟霜安全了吗？我们是不是应该在吟霜那儿多陪她几天？"

"吟霜现在需要的不是你也不是我！是皓祯！皓祯陪在那儿，比谁都强！何况鲁超守着！我们还是安安分分回宰相府比较好！"寄南说。

"吟霜住进将军府这事可靠吗？"灵儿又担心地问，"我怎么感觉很不安呢？那公主就住在隔壁的公主院，能不被发现吗？"

"总比把她一个人放在乡间小屋里好呀！"寄南直率地说，"万一她又胡思乱想，又想消失了，那下回我们恐怕怎样都救不回吟霜了！"

"唉！"灵儿烦恼，"我应该进去将军府当小厮才对呀！这样我才能就近照顾吟霜！"扯寄南的衣服，"你这个臭屁的王爷，快想办法，让我去将军府吧！这个宰相府真的快憋死我了！"

"你以为我喜欢待在这儿，凭我窦王爷哪是一道圣旨就可以摆布我的?"寄南看看四下无人,低声地说,"咱们进宰相府是'将计就计',你懂吗?"

"什么'将计就计'?你快说啊!"

寄南更加谨慎,看着四周,确定无人之后,悄声地说:

"咱们进宰相府有三个任务,第一,监视汉阳在大理寺的行动;第二,策动汉阳,加入我们的'天元通宝';第三,探听宰相和伍震荣的动静和密谋!"

灵儿恍然大悟说:

"啊?有这么多原因呀?你还想吸收汉阳加入我们?他会愿意吗?这右宰相和左宰相就像你和皓祯一样,是分割不开的兄弟!"

"所以要见机行事啊!他们在监视我们,我们也要监视他们!"

两人说着说着,在花园中一个转弯,差点撞到带着女仆的采文。寄南赶紧拉着不安分的灵儿。采文庄重地对寄南说:

"你们上哪儿去?到处找不到人。"看向灵儿,"裘儿,不管你和窦王爷的关系如何,你的身份毕竟是一个小厮,不可以在人前人后和窦王爷勾肩搭背的,太不像话!"

灵儿委屈地搔头搔脑,低头低语:

"是!夫人!"

寄南见灵儿委屈,就直言不讳地说:

"夫人,您也别生气!我的小厮,还是让我自己调教!"

采文一脸庄重,决定要帮世廷调教一下二人,就不苟言笑地说道:

"我们宰相府是奉旨办事,要管束你们两个,裘儿既然在我们宰相府,就要守宰相府的规矩,现在开始……"看着灵儿命令："你和那些小厮仆人一样，该打扫庭院的就去打扫，该清马槽就去清马槽，不要整天黏着你们家王爷！"

"啊！还要打扫？还要去清马槽？"灵儿诧异，转眼偷瞪寄南，低声叽咕，"我真命苦！"

"夫人，反正本王闲着也是闲着，我也去打扫和清马槽吧！"寄南嬉皮笑脸地说。

"不必了，你是王爷之尊，还是在房里多看一些圣贤书，多检讨自己的行为吧！"采文一本正经地说。

三人正在说着，庭院一角，汉阳和世廷带着伍震荣走进屋里。汉阳礼貌地说着：

"荣王，那么到我书房里去密谈吧！"

寄南、灵儿、采文同时望向汉阳他们远去的背影。采文匆匆说道：

"我有客人来了，裘儿，快去干活去！"

灵儿机灵地拿起墙角的扫把，爽快明朗地回答：

"是的，夫人，小的立刻扫地去！"

见采文离开，灵儿挨近寄南，悄声对寄南说：

"这个伍震荣不知为啥突然来宰相府？我去打探打探如何？"

寄南敲敲灵儿脑袋，欣喜地笑道：

"聪明！不过你要小心行事，虽然你现在是男装，但千万不要被伍震荣认出来！"

灵儿点头，一溜烟地跑向汉阳的书房方向。

书房里，汉阳正无法相信地看着伍震荣说：

"荣王说，太子发现了四王在太府寺偷金子，却把案子压下来了！没跟皇上备案，也没通知大理寺查办！这事可靠吗？"

"难道本王还会诬陷太子不成？"伍震荣看着汉阳，威胁地说，"你这个大理寺丞，你倒是给本王一句话，这案子你是接手还是不接手？"

汉阳挺直背脊，严肃地回答：

"太府寺又不归大理寺管！这事应该上呈到刑部才对！除非皇上有令，让汉阳接手，否则汉阳有何资格接手查办？毕竟牵连到四王和太子！层级太高，这是会天翻地覆的大事！"

门外，灵儿一面扫着地，耳朵几乎已经贴到门上，听到一些零零碎碎的话，已经十分震惊，暗中想着："四王和太子？偷金子？天翻地覆的大事……"更加靠近门。

门内，世廷看着震荣，打着哈哈，嘴角带笑地说：

"荣王！显然这次太子进太府寺，掌握了很多不为人知的秘密吧？"

"可不是！"震荣难掩得意，"太子连太子府都不回，整天埋在太府寺找弊端！累了就在书房打盹，这样下去，只怕皇室很多机密，都会落到太子手里！"

汉阳忧心地说：

"太子身份不同，亲自去太府寺查案，实在不妥！何况查到的都是皇室的机密，他这样查下去，不是得罪皇后，就是得罪公主，听说乐蓉公主对他已经很生气！再查下去，太子会面临四面楚歌的境地！不知是谁把太子带进太府寺里去的？"

"汉阳！你不要死脑筋！"伍震荣得意地说，"每次让你办事，就拉扯出一大堆律法！那太子进太府寺的这步棋，可是你爹右宰相出的主意！"

汉阳大惊，看着世廷，着急地问：

"什么？爹！你为什么要蹚这浑水？干吗让太子去得罪皇上皇后呢？"

"你多长点脑筋，少做点书呆子的事！"世廷瞪着汉阳，"你爹自然有道理！那太子是个闲不住的人，让他多了解点世事，也是好的！"

汉阳一呆，忽然有力地说道：

"荣王！只要你给汉阳一个命令，汉阳就去接办四王偷金子的事！"

"那可好！但是，你不会偏袒太子吧？"伍震荣一愣，问。

"公事公办！天子犯罪也和庶民同罪！"汉阳硬邦邦地回答，"如果太子果真和四王有勾结，汉阳一定查办到底！"

"好！不过目前还不急，等太子继续调查下去再说！"伍震荣拍着汉阳的肩，看着世廷，若有所思地笑着，"若是太子继续包庇四王贪赃枉法，那废太子也就近了！"

门外的灵儿耳朵贴着门，愤愤不平想着："贪赃枉法？还想废太子？这浑蛋！"

门内伍震荣拿出一个纸卷递给汉阳，说道：

"现在本王就向汉阳你这位大理寺丞举报，仁王贪赃枉法、贩卖私盐的证据就在这儿，有了这个铁证，你立刻可以将他打入大牢，满门抄斩！"

"仁王？"汉阳一震，"四王已经牵涉太府寺的案子，怎么还会贩卖私盐？"

伍震荣眼神凶恶，说道：

"朝廷那四王，就是朝廷里的乱源，汉阳你是聪明人，本王相信你知道该怎么办！话不必挑得更明白，你就按证据办事吧！本王知道，汉阳办案一向讲究证据，为了让你师出有名，证据也到你手上了，就先办私盐案吧！"

"荣王，这事情就交给本官吧！"世廷笃定地说，"小犬会懂得怎么办事的，请您安心！"

"世廷啊！咱就像亲兄弟一样为朝廷尽忠，这一切就看你的了！"伍震荣笑，突然感觉门外有人，立刻开门，大喊："什么人？"

倚着门口偷听的灵儿，听得太专心，来不及反应，便扑倒在伍震荣的怀里。伍震荣没看清灵儿，抓住灵儿的手腕，开骂：

"你是谁？竟敢在门外鬼鬼祟祟！"

灵儿即使男儿装扮，也怕被认出，死命低着头，立即跪地求饶，用男声说道：

"大人，对不起，对不起，小的在扫地，没有鬼鬼祟祟，没有！没有！小的忙着扫地呢！"

"你分明是躲在门外偷听！"伍震荣凶恶地抓起灵儿，想看清灵儿的脸，"说！你这浑小子听到了些什么？"

伍震荣看到灵儿脸，立刻认出是寄南的小厮裘儿。汉阳和世廷也一惊！汉阳喊：

"裘儿？"

"原来是你？窦寄南身边的小厮？"伍震荣瞪着大眼，大怒，"好啊！好大胆的小厮，来人啊！把这个小贼给我抓回荣王府去！"

刹那间，书房四周被大批卫士包围，两名卫士进房准备抓走灵儿！灵儿挣扎求饶：

"大人！大人！我又没有犯错，你要把我抓走干吗？不要不要！"大喊："窦王爷！窦王爷！快救命啊！窦王爷！"

寄南闻声冲进书房，但是一进门就被卫士拦阻。寄南对着伍震荣大喊：

"喂！荣王，你快放了我的人，他只是本王身边的小厮，听从夫人的命令在宰相府打扫，你抓他要做什么？"

"本王要抓这个小贼回去问话，看他是不是想图谋不轨！"伍震荣凶悍地说。

寄南立刻发难，一招"强渡关山"使出"左右开弓"，拳脚齐出，连踢带打，冲破卫士的拦阻，冲到伍震荣面前，怒目而视，气势汹汹地说：

"你想带走我的人，先把我撂倒再说！"

"寄南，你快退下去！小小一名仆人，还值得你对荣王吹胡子瞪眼睛吗？"世廷威严吓阻，对卫士喊："快把裘儿带走！"

寄南捍卫灵儿，摆开架势，用"鹞子钻天"起手式，把灵儿上下左右护定，说道：

"今天是你们逼我在宰相府出手，那我就不客气了！"

寄南话才说完，又出手和卫士打斗抢人。"鹞子钻天"施展开来，拳快如风、腿如闪电、拳拳到位、脚脚倒入。几名卫士被寄南打得东倒西歪，书房乱成一团。汉阳见场面大乱忍无可忍，威严地大吼：

"通通住手！谁都不可以在宰相府里动手！"

寄南收兵，卫士们也停手观望。汉阳恭敬地对伍震荣说道：

"荣王，纵使裘儿有错，也是在宰相府里犯的错，不如将裘儿交给下官审理，毕竟下官身为大理寺丞，办案调查也是本官的职责所在。"不等伍震荣回应，向门外大喊："来人啊！把裘儿带下去关起来，待本官亲自审问！"

宰相府的卫士又冲进来，压制着灵儿，强迫她跟着汉阳走出书房。寄南、灵儿彼此慌乱地互视一眼。寄南急追着汉阳喊：

"方汉阳，你要把裘儿带到哪里？我警告你，不可以对她用刑！"

汉阳对门外众多卫士使眼色，大批卫士向前一冲，架住了寄南。寄南动弹不得，只能在汉阳身后大吼：

"方汉阳，你要把裘儿带到哪里？你要是伤害了她，我跟你方汉阳没完没了！"

灵儿求救地回头望着寄南，无奈地被架着带走，嘴里大叫着：

"王爷！快救你的裘儿呀！王爷……王爷……"

寄南被大批卫士阻拦着，只得眼睁睁看着灵儿被带走。

灵儿被卫士架着，大力地甩进一间房间里，原来是宰相府的柴房。灵儿脚步没站稳，踉跄地倒在柴堆里。汉阳对灵儿说道：

"今天这场风波是你自己引起的，你没事到我书房干什么？你就在这柴房里好好思过吧！"

灵儿不服气地起身喊：

"思什么过呀？小的只是去清窗户、扫地，小的哪里错了？"

"宰相府那么大，你偏偏在那个时候去清窗户扫地，你以为本官是个糊涂虫，可以让你糊弄的吗？你安安静静地在这里待着！本官晚一点再来审你！"

汉阳说完便转身离去，门外的卫士们把柴房门上锁。汉阳在门口对卫士说：

"没有我的命令，谁都不许靠近柴房，不许打开柴房的门！"

卫士大声应着：

"是，遵命！"

灵儿敲着门大喊：

"大人，那你要把小的关多久啊？小的想要上茅房啊！大人！大人！"

灵儿见门外无声无息，来回踱步想对策，焦躁地自言自语：

"怎么办？怎么转眼就被关起来了？今天是什么日子啊！怎么这么倒霉！对，只要碰到姓伍的那一家子的人，我就倒霉鬼上身！气死我了！"踢门大吼："气死我了！"

灵儿继续敲门、踢门，吵闹着喊：

"放我出去！放我出去！"

汉阳回到书房，仆人正在打扫擦桌，整理着刚刚一场大乱的残迹。汉阳忙着收拾自己的书卷。突然寄南怒气冲冲地冲进书房里，对着汉阳吼道：

"你到底把裘儿带到哪里去了？为什么我找遍了宰相府，就是找不到人呢？"

汉阳冷静地继续收拾东西，说道：

"他是一个待罪之人，自然在一个他应该待罪的地方。"

"这么说，你们宰相府还设有秘密监牢？"寄越南越想越糟，"你要对裘儿严刑逼供吗？"

"如果有必要的话！"

"什么？你还来真的？"寄南怒冲冲喊，"想不到你方汉阳居然也是那种对老百姓屈打成招的狗官！"

汉阳用力地放下书卷，生气地说道：

"什么狗官？你讲话客气一点！今天犯错的是你的人，你管教下人不周，还骂起本官，你真是无耻！"

寄南觉得情势不利，不管怎样，非得把灵儿救出来不可！忽然瞪着汉阳说道：

"我真是不明白，我们家裘儿，到底犯了哪条罪？你倒是给我说说啊！是你无耻，还是我无耻，我们来讲清楚啊！"

汉阳书呆子毛病又犯了，板着脸说：

"《论语》你读过没有？'子曰非礼勿视，非礼勿听，非礼勿言，非礼勿动。'裘儿就是犯了这四个非礼！他鬼鬼祟祟在门外偷听、偷看，这就是罪！"

寄南不以为然大笑起来：

"哈哈哈！方汉阳，你以为裘儿是千里眼、顺风耳？就站在门外扫扫地，什么都能听到了？你这个分明就是栽赃，根本无凭无据！"走近汉阳身边，吊儿郎当地窃笑，说道："汉阳你记不记得，兰馨公主问过你一个问题，偷什么东西不犯法？"

汉阳神色一紧，想起来就惭愧，不情不愿地说：

"偷笑不犯法！"

寄南用力一拍汉阳的肩，大声说道：

"是嘛！偷笑既然不犯法，那偷听、偷看算犯什么法呢？顶多就是比较不礼貌，失礼而已！咱们大事化小，小事化无吧！你今天没把裘儿交给荣王，算本王爷欠你一个人情，你就放了裘儿行吗？"

"可是……可是……"汉阳想想不对劲。

寄南推着汉阳往门外走，一面说：

"不用可是了，走！快走！快放了裘儿就对了！要不然，我明天就到长安城的大街上，把公主考你偷笑的事，传遍整个长安城！"

汉阳睁大眼，着急尴尬，面红耳赤地说：

"你……你这人真可恶！我怎么感觉……好像又被你算计了！"

"哈哈哈！"寄南再大笑，拉汉阳，"快走快走！救人要紧！"

汉阳无可奈何，只得带着寄南向柴房走去。

灵儿仍在柴房吵闹，把一段段砍好的木材，拿来对着墙上门上乱丢，大吼大叫：

"快放我出去！凭什么关着我呀！你们当官了不起，随便就可以欺负小老百姓吗？"拼命地拿木头砸门："放我出去！放我出去！我要见大人！"

就在灵儿拿起一段木头，用力砸向门口之时，柴房门居然打开了。灵儿砸出的木头，不偏不倚地就砸在站在门口的寄南脑门上。寄南措手不及，挨砸大叫：

"哎哟！裘儿啊！你搞什么鬼，我是你主子呀！"

寄南说完，一阵天昏地暗，应声倒地，额头立即出血。

灵儿见房门大开，而且还砸伤了寄南，立即冲出，着急蹲下检视寄南：

"王爷！王爷！你怎么那么傻，就站在那儿被我砸呢！王爷你醒醒啊！"

汉阳看向柴房里，见到木柴全部丢得乱七八糟，摇头叹气：

"唉！裘儿，怎么只要你走过的地方，就天下大乱，一片狼藉呢！"对卫士喊："快把窦王爷扶到他房里疗伤！"

晚上，寄南从昏迷中苏醒，半坐半躺在床榻上，大夫帮他的额头诊治过后，包扎了一圈疗伤布条。仆人把一些沾有血渍的布条和药品收拾好，离开了房间。灵儿见屋里没人了，就关心地上前问道：

"怎么样？头还疼吗？"

"本王爷活到今天还真窝囊，好心去救人，还被人打成这样，没良心！"

"好啦！别骂我了，我今天也倒霉透了！"收起笑脸，正经地看着寄南，"我们谈正事要紧！"

灵儿在屋里检视门窗，察看屋外有没有人监视，确定安全后，回到寄南床边，附在寄南耳边报告，寄南越听越沉重，越听越惊：

"什么？伍震荣要借太子的手，除掉四王？什么偷金子？四王是多么清高的人，怎么可能偷金子？你这小厮有没有听错？"

"听得模模糊糊的，也不知道有没有听错。还说有证据，仁王在贩卖私盐！还说什么朝廷那四王，就是朝廷里的乱源！"疑惑地问，"什么是'四王'呀？"

寄南一边头痛，一边解释：

"四王就是帮助皇上登基的四大功臣，当年皇上有感他们的功绩卓越，就分别以'忠、孝、仁、义'四个字将他们封王。他们是朝廷和民间，拥护李氏江山非常强大的一股力量。仁王他一向清廉，绝对不可能贩卖私盐！这分明就是左右宰相联手，想利用太子，借刀杀人！怪不得让太子进太府寺去查账！"击掌大叹，"我就说有诈！太子还是中计了！"

"这么说他们想除掉四王？"灵儿义愤填膺。

"没错！就是这样！看来伍震荣又要展开大屠杀，涂炭生灵！"急切起来，"这件事情，要赶紧通知皓祯才行！"

"皓祯现在为了吟霜和公主的事情，已经忙得昏头昏脑！他还能应付得了这些事情吗？"灵儿忧心地说。

"不能找皓祯的话，咱们也要想办法如何拯救这四大功臣，这四大功臣实际上和我们'天元通宝'也是息息相关的！还得赶紧通知太子，退出太府寺！"

"听说太子都不回太子府，留在太府寺，你能进太府寺吗？"

"还真不行！我这小小靖威王，有什么屁用？"寄南泄气地说。

"要不然，我们一不做二不休，先做掉伍震荣再说！"灵儿异想天开。

"你以为自己是谁呀？'天元通宝'那么多兄弟，'木鸢'那么能干，都做不掉伍震荣！你我怎么做？"

"这个不行，那个不行，那到底要怎么办呢？"突然一想，"如果我们把伍震荣给汉阳的证据偷走，那汉阳就没有理由、没有证据可以捉拿仁王了不是吗？救一个是一个！先偷走证据，至于四王偷金子的事，再想办法！"

"你说得有道理，汉阳这个人特别死脑筋，办案一定讲求证据，你果然聪明！"寄南点头思索，"但是要如何偷走证据呢？"盯着灵儿说："你今天才大闹宰相府，咱们不能乱来……"皱眉用手抚着头上受伤的地方："我头痛！最好再想想……"

"还想什么？人命关天呀！"

"要偷东西也要有高明的偷法呀！唉！我现在头疼得厉害，无法思考，或许睡一觉起来，就有好办法对付伍震荣了！"寄南躺下身，"我先睡会儿！"

灵儿无奈地帮寄南盖被，嘴里叽咕：

"唉！只好这样了，今天也够折腾了，你快睡吧！"

寂静的夜晚，寄南熟睡了。

灵儿穿着一身黑衣，又悄悄摸黑来到汉阳的书房门口，蹑手蹑脚地，看向四周，见四面无人，嘴里嘀咕着：

"偷东西就偷东西，还要等什么高明的偷法，等你这寄南想到法子，那仁王都升天了！我非要马上偷出来不可！"

灵儿顺利地潜入汉阳的书房，靠着窗外的月色，小心翼翼地东张西望，到处找纸卷。窗外，仍包扎着头部的寄南也一身黑衣，悄悄来到书房外，从窗户的缝隙里看到屋里的灵儿，寄南埋怨：

"这丫头还真不死心，一个人又自作主张地行动，也不先问过我这个主子，真是让人操心的家伙！"

寄南身手矫捷，轻轻打开窗子，一翻身就翻进了书房。房里，寄南翻窗的动作，惊吓了灵儿，灵儿快速地躲藏到书桌下面。两人彼此反方向地摸黑着，不小心头撞头，灵儿惊吓，捂着自己的嘴，差点尖叫出来。寄南额上的伤口一痛，低声喊疼，小声地说：

"裘儿！我的头是和你有仇吗？"捂着头，"疼死我了！"

灵儿发现是寄南，松了一口气说：

"你怎么也来了？我明明看你睡得跟猪一样！"

"废话少说，既然来了，咱们赶紧行动！"

灵儿、寄南就继续翻箱倒柜寻找那份"证据"纸卷。灵儿忽然看到一堆堆成卷的公文纸卷，傻眼说：

"这么多卷，都长得一样，不知道哪一个才是？"突然翻到一个纸卷，惊喜地打着寄南，"你看看是不是这一个？"

寄南就着窗下月光，打开一看：

"果然是！居然给仁王安了那么多罪状，太可恶了！"

灵儿一高兴抢回证据想看一眼，结果被矮凳绊倒，眼睁睁看着那证据纸卷掉落在地上，滚到了门口。寄南想帮忙捡回纸卷，突然门外一串声音传来，寄南和灵儿一慌，手忙脚乱，赶紧抱起散落在桌面上好多的纸卷及卷轴，躲藏于书柜后。

方世廷、汉阳，带着油灯，走到书房门口。就在汉阳一只脚要踏入书房，会踩到掉落的那个纸卷时，千钧一发之间，寄南长手一伸给捡了回去，把"证据"纸卷放在灵儿胸前一堆相同的纸卷里，继续躲藏着。

世廷检视四周，疑惑地说道：

"刚刚好像是书房里传出什么声音，汉阳你听见了吗？"

"找一找看，说不定是老鼠！"汉阳说。

汉阳和方世廷就分头在书房里检视，汉阳快要发现灵儿之时，寄南赶紧捂着灵儿的嘴，拉着她悄然无声地爬到一个矮柜后面。当方世廷走近寄南和灵儿躲藏的矮柜之时，两人又惊险地爬向门口。当汉阳转身看向门口，寄南和灵儿眼见快要曝光，迅速地抱着一堆纸卷夺门而出。

汉阳只看见黑影，大喊：

"什么人！站住！"对外面喊着："来人啊！有窃贼呀！"

突然宰相府的卫士通通赶到书房门口。卫士们慌乱喊着：

"窃贼在哪儿？"

汉阳快速指挥：

"跑向水池了，快追！"回头对世廷喊："爹，我去抓贼，你检查书房有没有丢了什么？"

一切发生得太快，方世廷来不及反应，愣着。汉阳说完便和卫士奔向水池。

黑夜里的庭院，因为有月光，并不是很黑暗。灵儿手抱着一堆纸卷和寄南在庭院飞奔着。汉阳带着一队卫士，追向寄南和灵儿。汉阳指着前方的黑影，喊着：

"小贼！站住，不要跑！竟敢乱闯宰相府！"

寄南和灵儿远远地听到汉阳追来的声音。灵儿边跑边说：

"这次千万不能被逮到，否则咱们俩就要再进去柴房啦！"

寄南跑着，有气地说：

"你还知道不能被逮到，都是你，叫你等我想到高明的办法，你不听，这下我们要往哪儿跑呀！"

灵儿喘息着，四面张望：

"我们好像跑错方向了，这不是回咱们厢房的路呀！"看向前方，"前面树丛多，我们先去那里躲一躲！"

寄南和灵儿眼见追兵赶到，赶紧躲于池塘边的树丛里。背后就是池塘，无法后退。

汉阳喘息地追到树丛前，喊着：

"绝对不能放过任何地方，快把小贼抓出来！"

卫士们拿着长枪对树丛乱打乱刺，灵儿寄南有惊无险地闪躲长枪。

一个长枪突然对着灵儿的胸口刺来，灵儿一个大弧度地后仰弯腰，手里的纸卷全部抛向了池塘里。由于动作太大，灵儿脚步不稳，眼看就要摔进池塘，寄南眼明手快，一招"小擒打"，快速伸手一拉一抱，便将灵儿抱进怀里，寄南毫不迟疑，抱着灵儿连翻带跳，便飞也似的逃离了水池。

汉阳眼见池塘里散落着他的公文卷，气急败坏，大喊：

"完了完了！快救我的文卷！来人啊，跳进池塘，快救我的文卷啊！哎呀！多少案子在里面，快救我的文卷！"

"大人，是先抓小贼，还是先救文卷呢？"卫士们糊涂着。

汉阳也急糊涂了：

"这……这……"看向池塘，"先救文卷要紧啊！唉！"

三十

　　莫尚宫走进阙楼，皇后正独坐沉思着。莫尚宫恭敬地说道：

　　"殿下，崔谕娘传回消息了，兰馨公主在将军府一切安好，目前，没有传出什么不好的消息。"

　　皇后望着阙楼下，那重重叠叠的宫廷和屋瓦发呆，自言自语地说道：

　　"那个坏脾气的丫头，就这么离开皇宫嫁出去了，突然没有人三天两头和本宫斗嘴，还挺不习惯的！"

　　"殿下是想念兰馨公主了，她毕竟是殿下的亲生女儿！"莫尚宫笑着说。

　　突然伍震荣走进阙楼，莫尚宫识相地对伍震荣施礼，就退出了阙楼。

　　"不是跟你说了吗？除非有大事，暂时不要到这儿来，皇上最近怪怪的，卖官的事，本宫也只好交出了十几个名字，尽量找不会动到项麒的！现在风声很紧，我们还是小心一点好！"皇后警告地说。

"下官怎么忍得住不来？你那皇帝现在怪怪的，等到我把太子的棋布好了，看他还怪不怪？"

"太子还在鱼钩上吗？"皇后小心问。

"那当然！世廷给我的这条计策实在太好！项麒的鱼饵也用得不错！不过……"脸色一变，"也有不好的消息！最近民间忽然传出两句歌谣，完全针对咱们而来！"

"针对咱们？什么意思？怎么说的？"

"歌词中有两句话是'五枝芦苇压庄稼，万把镰刀除掉它'！这'五枝'是指'伍家'，'芦苇'是指卢皇后您哪！这明明是有叛乱分子，在发动暗杀我们伍家和卢家的行动！你要让卢侍郎、卢御史他们都小心一点！"

卢皇后大惊：

"那还得了？居然这样公开传唱吗？"着急地说，"你还不赶快去把散播这些歌谣的人，通通抓起来！谁敢唱就宰了谁！"

"已经传到民间了，事情就不好办！"伍震荣愤恨地说，"那帮人不只想对付我伍震荣，实际上是要铲除殿下苦心经营的势力。上回项魁失手，不就是遭遇了什么武功高强的农民兵团吗？我猜就是袁柏凯和太子帮搞的鬼！跟他们亲近的人，全体有嫌疑！"

"先看看太府寺的进展如何再说吧！"卢皇后阴沉地说，又看向伍震荣，"你还是早点离开这儿比较好！不过，现在皓祯是兰馨的驸马了，你动谁本宫都不管，千万别动皓祯！"

卢皇后不想动皓祯，当然还有她的想法。既然将军府没有传出小两口不和的消息，这个皓祯说不定会被兰馨收服，万一哪天兰馨想明白了，亲娘总是亲娘，那么，这个皓祯会不会见风转舵，成为她的助力呢？上次伍震荣也提过，现在看来，确实有点道理！且走且瞧吧！

皇后对皓祯的如意算盘，跟实际差了十万八千里！

这天，皓祯兴冲冲、甜蜜蜜，他终于如愿了！吟霜顺利地进了将军府。雪如和秦妈，小心翼翼地带着皓祯、吟霜，到了将军府正房后面一个僻静的角落，那儿有一进小小的院子，看起来残破而荒凉，名字叫"小小斋"。院子里有几丛竹子、几棵芭蕉，围墙上杂乱地爬着使君子和爬墙虎，使君子正开着粉红色的小花。爬墙虎却嚣张地欺压着使君子，两种植物长得乱七八糟。鲁超、小乐、香绮拎着简单的行李跟着入内。

院子里面的房间是简单的，一间小厅，放着桌子坐榻，还有两间卧房。雪如说：

"这偏院最安静，就在我房间的后面，一共三间，够你们主仆两人住的，当然不能跟你们乡间那栋房子比，那儿是仙境，这儿是人间！"

皓祯一看，高兴的情绪都冷了，非常不满地说道：

"娘！不能让她们住我书房后面的'画梅轩'吗？"

"你想呢？"雪如问，"画梅轩像丫头房吗？既然入府当丫头，就该有丫头的样子！这三间已经太考究了！无论如何，我们不能惊动公主，不能让全家冒险！"

吟霜赶紧说道：

"谢谢夫人安排！能有这样三间房，吟霜已经感激不尽！"就对皓祯使眼色。

"好吧！"皓祯无奈而心痛地说："鲁超、香绮，你们帮吟霜姑娘整理一下，看缺什么，赶快出去买！"

"是！"香绮应着，"我去卧室看看！先把小姐的药瓶整理出来！"

吟霜就催促地对皓祯说：

"你快离开这儿吧！免得被别人看见，会有闲言闲语的！"

"什么闲言闲语，以后这三间房，就是我的仙境了！"皓祯说。

雪如瞪了皓祯一眼，正色说道：

"吟霜说得对，你快出去吧！最好到公主那儿转一下！"

皓祯像是没听见，径自走进房里去，在两间卧室门口看了看，立刻皱着眉头说：

"鲁超！驾马车去常妈那儿，把吟霜所有的棉被枕头日常用品通通搬来吧！这样简单，让她怎么睡？"

"是！我这就去！"鲁超转身而去。

"皓祯，你……"吟霜想阻止。

"吟霜，你一定要改一改称呼！你是丫头，要叫皓祯公子！记住了！还有香绮、鲁超、小乐这些知情的人，只能喊吟霜名字，再别带姑娘小姐这种称呼！"雪如说道。

吟霜赶紧对小乐求救地说道：

"小乐！请带公子回他自己的房间吧！"

"是！"小乐拉着皓祯就走："公子！快走吧！"

皓祯无奈，对吟霜说道：

"你整理整理东西，我有空就过来！"

吟霜点点头，皓祯就被小乐拉出房间去了。

吟霜情不自禁跟到小院来，目送他离去。

皓祯一脚跨出"小小斋"的院门，就撞到正在往院子里察看的兰馨身上。皓祯大惊，提高声音喊：

"兰馨！你怎么不在公主院，跑到我们这小偏院来干什么？"

"原来驸马回家了！"兰馨惊愕，立刻大声地说道，"本公主也想问你，你回家不到公主院，跑到这小偏院来做什么？"伸头往院子里看，"我还不知道你们将军府，居然有这么简陋的地方！这儿很久没人住了吧？是做什么用的？小小斋？我进去看看！"

小院内，雪如、吟霜、香绮、秦妈听到皓祯的大叫声，全部一震。雪如一听兰馨要进来看，赶紧把吟霜往房里推去。吟霜大惊之下，拉着香绮就躲进一间卧房内。

小院门口，小乐一听兰馨要进去，就飞快地拦住门，胡乱找理由说：

"这儿是禁地，不能进去！"

兰馨大疑，突然给了小乐一个响亮的耳光，怒骂道：

"居然敢拦着本公主？什么叫禁地？你这鬼头鬼脑的小厮，我早就看你不顺眼了！大声呵斥，"让开！"

皓祯看兰馨打了小乐，大怒，又怕吟霜曝光，一个箭步，就拦在兰馨面前，怒喊：

"你敢打小乐？打小乐就等于打我！你知道打狗也要看主人面吗？到底谁招惹了你？公主院才是你的范围，我们将军府，根本不是你应该过来的地方！"

兰馨瞪着皓祯，所有压抑的愤怒瞬间爆发，气冲冲喊：

"你知道谁惹了我吗？就是你！你这个一堆毛病，莫名奇妙的驸马！今天别说这将军府，就算整个长安城，本公主要去哪里就去哪里！至于这个小乐，我就打了，你要怎样？"

兰馨说着，飞快地又给了小乐一个耳光。

皓祯再也没想到兰馨又动手，居然没拦住，这下怒不可遏。皓祯一伸手就抓住了兰馨的手腕，威胁地说：

"你想动手是吗？你以为你能打得过我吗？"

崔谕娘急坏了，赶紧喊道：

"公主！公主！千万不要跟驸马爷生气呀！万万不可呀！这儿既然是禁地，公主就去别的地方逛吧！"

小乐被打得脸也肿了，眼泪直流，却紧紧拉着皓祯的衣摆说：

"公子！是小的该打！小的该打！公子别生气……"

就在这争吵中，院子门忽然大开，雪如带着秦妈出来。雪如镇定地说道：

"什么事在门外吵吵闹闹？"看到兰馨，就惊讶地说："兰馨，你怎么来这儿？这小院好久没人住，因为……老房子总有一些关于神鬼狐怪的传说，大家都说这儿是禁地，我可不以为然，今天想把它布置一下，干脆变成佛堂什么的！怎么？公主想看看吗？进来吧！"

秦妈就把院门大大打开，说：

"公主！请！"

兰馨大大一愣，没料到小院里居然是雪如和秦妈。心想：

"这下糟了！我还以为藏了个女人呢！怎么是他的娘？"

皓祯跟雪如交换了一个眼光，知道吟霜和香绮一定隐藏好了，就拉着兰馨的手腕，把她大力地拉进院子。皓祯说：

"这是小院，仔细看看吧，看完了吗？"

皓祯又拉着兰馨进房间小厅。

"这是小厅，看到了吗？欣赏过了吗？还要不要看里面的房间？"打开一间卧室的门，"看到了吗？"又要去开另外一个房门，兰馨挣扎地说：

"好了好了！看够了！"迅速地改变脸色，对皓祯嫣然一笑，"你都不在家，本公主无聊，到处逛逛就逛到这儿来了，打扰了娘，对不起啦！"去摸小乐的头，小乐以为又要挨打，把脑袋缩进了脖子里："小乐，打痛了吗？"

"不痛不痛！"小乐一迭连声回答。

兰馨好脾气地逗弄小乐：

"不痛？那就再打一耳光试试？"

小乐慌慌张张回答：

"痛痛痛！公主息怒，不要再打了！"

"公主还想看哪里？我带你看！"皓祯严肃地说。

"是！"兰馨朗声地应道："崔谕娘！我们跟驸马逛逛去……哦，要说名字，不能说驸马……我们跟皓祯去吧！"

皓祯就带着兰馨和崔谕娘走了，临走，给了雪如一个托付的眼光。

雪如目送她们走远，才呼出一口气来。

另一间未开的房间，紧贴在门背后的吟霜和香绮，都吓得脸色发白。

这就是吟霜初进将军府，碰到的第一件事。紧接着，这天都安安静静，吟霜和香绮也忙着布置新居。到了晚上，小乐拎着一个考究的食篮，跟着皓祯迈入吟霜的小厅。

厅中已经简略地布置过了，窗上垂着窗帘。吟霜和香绮还在忙，吟霜在灯下缝纫着。香绮把配套的靠垫放在坐榻上。小乐一进门就嚷着：

"停工！停工！开膳了！公子亲自给你们送晚膳来了！"

吟霜慌张地起立，看着皓祯，不敢相信地问道：

"你怎么来了？"四面张望，非常紧张地说，"有没有人发现你来这儿？你就这样冒险到我房里来，给公主发现怎么办？今天听到那公主的声音和气势，到现在心还怦怦跳呢！"

皓祯心头一紧，伸手就握住她的手，歉然地说：

"刚刚进府，就让你被吓到！这个公主真是我的心头大患！现在不谈公主，我猜，你还没吃晚膳，所以让小乐去厨房拿了几盘好菜，你在将军府吃的第一餐，我要跟你一起吃！"

"难道你不去跟公主一起吃吗？她会不会又大发脾气？"吟霜着急。

"你才是我的妻子，我为什么要跟她一起吃？"

"我觉得这样不大好，我是个丫头，哪有公子帮丫头送饭，还跟丫头一起吃的道理？饭菜放下，你和小乐快走吧！"吟霜更急。

两人谈话中，小乐和香绮早已把饭菜都拿了出来，摆在方桌上。

"吟霜姑娘，你别让公子着急了！"小乐说，"这菜色都是公子叮嘱我去选的，炒鸡丁，豆苗虾仁，凉拌干丝，咸菜蒸黄鱼……都是姑娘最喜欢的菜！”

"小姐就快来吃吧！凉了就不好吃了！"香绮说。

皓祯拉着吟霜的手，就把她按进桌前的坐榻里说道：

"将军府有将军府的规矩，少将军爱在哪儿用膳就在哪儿用膳，今晚一定要跟你一起吃！"

"好吧！"吟霜无奈而感动地说，"我们就快快吃吧！吃完，你赶快去公主那儿，把你答应你娘的承诺完成！"

"我答应我娘什么？"皓祯一愣。

"跟公主圆房！"

皓祯刚拿起筷子，立刻把筷子往桌上一放，脸色一变，微怒地说：

"我特地来陪你吃饭，找了一大堆理由去搪塞我娘，才能溜到你这儿来，鲁超把守着小院门口，让我们可以安安静静吃这顿饭不被打扰，你还什么都没吃呢，就要说这些让我扫兴的话吗？"

吟霜见他生气了，就低头不说话了。皓祯叹了口气，声音软化了：

"吃饭吧！总算把你弄进府了，我要把你养胖一点！"

吟霜就拿起筷子，默默地拨着碗里的饭粒。皓祯夹了菜到她碗里去，悄悄地看着她。吟霜拿着饭碗，手微微地颤抖着，接着，有一滴泪落到饭碗里去了。皓祯呆了呆，再叹了口气，站起身子，走到吟霜身后去。

皓祯就伸出双臂，从吟霜身后圈住她的脖子，说道：

"我知道了！这事不解决，你一定不会安心的！算我败给你，现在我们快快乐乐地吃这顿饭，我答应你，今晚我会把'圆房'

那件事彻底解决！怎样？"

吟霜这才透了口气，伸出双手，分别握住皓祯搂住她的双手，幽幽说道：

"我已经太快乐了！进了府，感觉离你很近，今晚没料到你还特地给我送饭来，亲自陪我吃饭，我真的觉得很幸福！在这么深刻的幸福里，我怎会在意其他的事呢？我只希望我们这样的幸福，可以维持下去！不会因为你的原则、坚持而打破，我就谢天谢地了！"说着，仰头看他，语重心长地说，"何况你身上还有很多更大的事要做，不能因为我再耽误下去！"

"是！"皓祯转动眼珠，思索着，"那么，我们可以吃饭了吗？"

吟霜拼命点头，皓祯就心情良好地喊着：

"小乐，香绮，一起吃吧！"

"公子……"小乐恭敬地说，"离开这个小院，吟霜姑娘就成了丫头。但是，在这小院里，她是公子的夫人，是小乐和香绮的主子，在这儿，我们不能坐下，我们两个要侍候公子和夫人吃饭！"

"是！小乐说得对！"香绮接口。

两人就愉快地给皓祯、吟霜斟酒，布菜。

吟霜和皓祯愉快地举杯，愉快地吃着，愉快地笑着，愉快地谈着。甜蜜幸福的气氛，满溢在整个房间内。吟霜喝了点酒，面颊就绯红起来，眼睛也蒙眬起来。不是酒让她醉，是这样的晚上让她醉！《诗经》里的句子，就跃进她的脑海，她微醺地看着他，听到自己在低低背诵：

"绸缪束薪，三星在天。今夕何夕，见此良人？子兮子兮，如此良人何?"

皓祯听了,心情激荡,伸手握住她的手,凝视着她,柔声说道:

"你知道吗?这是以前新婚时,在洞房里,新娘对新郎唱的歌词,你既然念出新娘的词句,我怎能不念新郎的呢?何况,你刚刚搬进这儿,正是我们的新房!"就充满感性地念道:"绸缪束楚,三星在户。今夕何夕,见此粲者?子兮子兮,如此粲者何?"

两人唇边,都涌起了微笑,醺然的微笑,幸福的微笑,深情的微笑。"良人"是丈夫,"粲者"是美人。还有哪一首诗,更能描绘出此时的情调?真是:"今夕何夕,如此绸缪何!"[1]

绸缪的时辰飞一般地过去了,面对兰馨的时辰就到了。对皓祯来说,真是强烈的对比。走出那"小小斋",到了这"公主房",那儿的简陋,这儿的豪华,简直是两个不同的天地。吟霜的薄醉和诗意还在眼前,兰馨的微嗔和不耐一直逼着他!这两个女子,也完全是不同的境界!"今夕何夕,如此矛盾何!"

兰馨依旧穿着她华丽的洞房装,坐在床上。皓祯还没换衣服,在室内来来回回踱步。心里各种的感慨,各种的挣扎,把他弄得头昏脑涨。但是,他知道今晚一定要解决圆房这问题,他已经答应了吟霜,他也无法再拖延了!

---

1. 出自《诗经·唐风·绸缪》。这两段译文大致为:
   "把柴草绑紧一点吧,三星正挂在天空。今天是什么日子,让我见到这么良好的人儿?你呀你呀,你这么好,让我该怎么办呀?"
   "把柴草绑紧一点吧,三星正挂在门户。今天是什么日子,让我见到这么灿烂的人儿?你呀你呀,你这么美,让我该怎么办呀?"

崔谕娘喊着：

"宫女们，快去帮驸马爷更衣！"

宫女们上前，皓祯伸手一挡。

"等一下！"皓祯就对兰馨说道："我们能不能先谈谈？我有很重要的话要告诉你！"

"很重要的话？"兰馨一惊抬头。

"是的！"皓祯严肃地说，"如果我们要行这个'洞房合欢之礼'，有些话我要先告诉你！"

"好吧！你说吧！"

皓祯就拿起床边兰馨的外衣，披在她身上。

"说过好多次了，别穿那么少！过来！到这儿来坐着谈！"

兰馨看他一脸郑重的样子，满心狐疑，赶紧起身，坐到皓祯身边去。崔谕娘和宫女们都关心地竖着耳朵听。皓祯就一本正经地说道：

"自从跟你成亲，你一定发现了，我在千方百计逃避圆房这事！其实，我有很大的苦衷！我可以陪你做任何事，教你武功都可以，只要我们免除这个'洞房合欢之礼'！"

兰馨警觉地、尖锐地说：

"我知道了！你要告诉我，你有断袖之癖是吗？"

"不是！那是寄南胡诌的！"

兰馨松了口气，微笑起来：

"我就知道他乱掰，那么，你的苦衷是什么？"

皓祯更加慎重地说道：

"我有一种病，从十四五岁就有了！大夫也说不出这个怪病的名字，我们就叫它'恐女症'！"

"什么'恐女'？本公主从来没有听过！"兰馨惊讶地道。

"我知道你没有听过，任何人都没有听过！这病只有我有，而且很严重！"

"有多严重？"

"只要我一接近女体，我就会停止心跳，一命呜呼！"皓祯说得煞有其事。

兰馨疑惑地、定定地看着他。皓祯也正色地、定定地回看她。

"你在开什么玩笑？"兰馨问。

"不是开玩笑，哪有一个男人，会承认自己有这种病！这是我最难启齿的苦衷！"

兰馨忽地从坐榻里跳了起来，大声说道：

"我告诉你！袁皓祯，你说的话，我没有一个字相信！什么'恐女症'，我看你是害了'欠揍症'！要不，你就是还没开窍，居然连这件事都害怕！看来，本公主只好当你的大夫，来帮你治好这个绝症！"

兰馨说着，就让外衣滑落到地下，伸手把正在喝水的皓祯从坐榻里拉了起来。皓祯抗拒地说：

"你要做什么？"

"先看看你这个病有多么严重。"

兰馨说完，就一把抱住了皓祯。皓祯手里的杯子落地打碎了，脸色大变，拼命挣扎。皓祯急道：

"松手松手！你会后悔的，现在就当寡妇，你还太年轻！我们当不成夫妻，还是可以当亲人……"

"我不要跟你当亲人，就要当夫妻，何况我已经嫁给你了……"

兰馨一面说，把皓祯抱得更紧了，用面颊去贴住皓祯的面颊。

皓祯忽然脸色苍白，呼吸急促，喘不过气来，接着，就砰然倒地了。一直在外竖着耳朵警觉偷听的小乐，感觉不妙，从门外直冲进房。小乐急喊：

"公子！公子！"扑过去看皓祯，颤声地喊道，"公子别吓小乐！你怎么了？"

小乐这样一喊，崔谕娘和众多宫女都冲了过来，蹲下身子去看皓祯。

兰馨高傲地站着，不屑地问道：

"小乐！你们主仆这是在演哪一出戏？"

小乐没有回答，只是紧张地去拉皓祯的手，皓祯躺在那儿一动也不动。小乐急着去试他的鼻息，又去把脉。怎么没有呼吸也没脉搏？小乐放声痛哭起来：

"公子！千万不要死！千万不能死啊！公子公子……"

崔谕娘急忙也探测着皓祯的呼吸脉搏心跳，吓得直跳起来，苍白着脸喊：

"公主！驸马断气了！"

"什么？"兰馨大叫，急忙蹲下身子去测试，摇着皓祯喊："皓祯，你起来！我不碰你就是了！你赶快起来吧！"

宫女们四散奔逃，大家狂叫着：

"不好了！驸马爷死了！大夫在哪儿？赶快请大夫呀……驸马断气了……"

这一团混乱惊动了雪如、秦妈、皓祥和翩翩，全部拥入公主房。雪如惊喊：

"什么驸马断气了？不许瞎说……"

雪如一眼看到倒地的皓祯，就急忙匍匐到皓祯身边，拉起皓祯的手，只见那手又沉重地垂了下去。雪如吓得魂飞魄散，再去试呼吸，大震，顿时撕心裂肺地痛哭着喊：

"皓祯！皓祯！你不能这样撇下娘走啊！这是怎么回事？好端端的，怎么会变成这样？皓祯，你别吓娘！皓祯……皓祯……"

翩翩、皓祥都傻了。翩翩不相信地，问皓祥：

"他真的死了？"

皓祥上前再度探测，眼眶红了，毕竟兄弟一场，不禁悲从中来，说道：

"娘，他真的死了！"

立刻，公主房里一片哭声震天。将军府的丫头仆人都拥入了公主房。看到断气的皓祯，人人无法相信，个个哭断肠。袁忠及丫头仆人们边哭边喊：

"公子公子！公子回来呀！公子不能死呀……"

在众人包围哭喊中的皓祯，毫无生命迹象，一动也不动地躺着，一任众人摇着他、喊着他。皓祯死了？就这样莫名其妙地死了？怪不得他千方百计地逃避圆房！

兰馨吓傻了，吓得魂不附体，面无人色。瘫在一张坐榻里，她全身都软了！

三十一

夜色里的"小小斋"，几乎是遗世独立的。将军府已经闹翻了天，小小斋依旧静悄悄。忽然间，小乐连跌带撞地扑奔过来。埋伏在夜色里保护的鲁超，迅速地一跃而出。

"是谁？"鲁超低声问。

"是我小乐，赶紧让我去见吟霜姑娘！"小乐哭着说。

"你哭什么？"鲁超惊愕。

"公子……他……他在公主院断气了！"小乐泣不成声地说。

鲁超大震，赶紧把小乐带进房内。吟霜睁大眼睛，无法置信地喊：

"你说什么？公子断气了？"

小乐哭着，拼命点头，抹着眼泪说：

"公主要跟他亲热，他说他有什么'恐女症'，公主不信，去碰公子，哪知一碰之下，公子就倒地断气了！吟霜姑娘，赶快带着你的银针去救他呀！你是神医，只有你能救他呀！"

鲁超疑惑地说：

"吟霜姑娘，这和上次灵儿假死实在太像了！"

吟霜立刻冲进卧室，去检查她放在架子上的瓶瓶罐罐。那假死药罐是红色的，和大部分青瓷色的不同，她打开假死药罐检查了一下，就赶紧拿起绿色的药罐，里面有解药。她取了两颗解药，急奔了出来，喘息着说道：

"他一定是跟我吃晚膳的时候，偷了那假死药丸！"心慌意乱了，"小乐！他吃下去多久了？吃了几颗？"

"不知道他什么时候吃的？倒地已经好久了，大家都围在那儿哭呢！"

吟霜吓坏了，什么都顾不得了，颤声问：

"公主院在哪儿？他在哪儿？赶紧带我去！晚了就来不及了！香绮，带着我的银针，我们得双管齐下！"

香绮赶紧抱着药箱，小乐带路，吟霜心慌意乱地奔了出去。鲁超不放心，也跟着去了。到了公主房，只见无数的人围绕着躺在地上的皓祯，哭声震天。

吟霜、小乐、香绮急急忙忙奔进来。吟霜什么人都看不见，眼中只有躺在地上一动也不动的皓祯。小乐哭着喊着：

"大家让一让，救命的活菩萨来了！"

吟霜扑奔到皓祯面前，去试了试他的鼻息，摸了摸他的手腕。

兰馨瘫在坐榻里，被惊动了，抬眼想看吟霜，但是太多人围着，她也没看清楚。整个人还陷在巨大的惊吓中，身子没有移动。

吟霜就急忙一手托起皓祯的头，对小乐喊道：

"水！赶快拿杯水来！"

小乐在桌上拿了一杯水过来。吟霜便把药丸外面的蜡封捏碎，再把里面的药丸也捏碎，塞进皓祯嘴里，小乐急忙喂水。只见水都从嘴角溢了出来。吟霜一手捏着他的嘴，用另一手顺着他的喉咙，祈求地低语：

　　"吃下去！吃下去！"

　　雪如停止哭泣，求救地看着吟霜。吟霜见皓祯没有反应，大急。

　　"香绮，给我银针！你捏着他的嘴，一定要让他吃下药丸！"

　　香绮递上银针，接手去捏着皓祯的嘴。吟霜急忙为皓祯扎针。

　　秦妈擦着泪，祈祷地低语：

　　"活菩萨，神医姑娘，救命呀！"

　　崔谕娘擦着泪，困惑地问：

　　"人都断气了，扎针还有用吗？"

　　将军府、公主院的人都围绕着，忽然有了希望，个个期望着奇迹出现。只见吟霜忙碌地为皓祯胸口运气推拿，忙碌地探测鼻息，忙碌地把脉。看到那颗解药始终没有吞下，吟霜双手按在皓祯胸前，拼命运气，虔诚地低声念道：

　　"心安理得，郁结乃通。治病止痛，辅以气功。正心诚意，趋吉避凶。心存善念，百病不容！"念到第三次，皓祯喉中咕嘟一声，水和药都咽下去了。围观的人都发出一声惊呼，喊着：

　　"药灌进去了！有希望，有希望！"

　　兰馨震动了一下，迷惘地看过来。

　　吟霜匍匐在皓祯身前，第四次在皓祯胸前运功，刚刚念完口诀，皓祯忽然咳了一声，眼睛睁开了，眼光和吟霜着急的眼光接个正着。

众人一片哗然惊呼。雪如捂着嘴，哭着低喊：

"他活了！他醒过来了！"

众人各喊各的：

"眼睛睁开了！有呼吸了，活了活了！活了……活了……"

一时之间，叫菩萨的，叫公子的，叫驸马的，哭的，笑的，赞叹的……各种喊声都有。

皓祯一睁眼，就看到吟霜那对祈求惊惧含泪的眼睛，他还没全醒，怎么？自己又把吟霜弄哭了？就神思恍惚地去拉吟霜的手，嘴里喃喃地说着：

"今夕何夕，见此粲者？子兮子兮，如此粲者何？"

吟霜蓦然醒觉了，抽出手来，迅速地拔针，一面低喊：

"香绮！收好银针！我们走！"

鲁超趁着大家的注意力都在皓祯身上，急忙对吟霜低语：

"跟我走！你们会迷路的！"

吟霜和香绮就悄悄跟在鲁超身后，消失在一团乱的房间里。

到了门口，吟霜不放心地再回头，却突然接触到兰馨困惑的眼神，兰馨那身服装和那种气派，让吟霜立刻知道了她是谁。兰馨的双眼正直直地看着她，一眨也不眨。吟霜一惊，心脏狂跳，掉头飞快地跑走了。

经过如此惊心动魄的一幕，这公主房是不能再停留了。袁忠和卫士们把皓祯抬回了他自己的卧房，让他躺在床上休息。公主和崔谕娘余悸犹存，心惊胆战，不敢再有任何异议，就怕这恐女症还会复发。

皓祯躺在自己的床榻上，脸色依旧有些苍白，觉得整个人虚弱无力。此时才惊觉这"假死药丸"力道不小。雪如坐在他的床沿，惊愕地看着他。

"恐女症？"雪如喃喃地问，"怎会有个恐女症？"

"你就跟兰馨说，我害了这个病，碰到女人就会像刚刚那样死掉，只要你咬紧是这样，兰馨就不会再来烦我了！"皓祯说。

"但是，这到底是怎么回事呢？你和吟霜在一起，就没恐女症？你把娘吓死了！"

"我知道！我知道！"皓祯说，"我吃了两颗毒药，这叫铤而走险！如果没有吟霜及时来救我，我就真的死了！可是，我知道她在将军府，小乐会通知她的，她会立刻赶来救我的！"

"这是一出戏吗？你们串通的吗？"

"不是戏！"皓祯正色说道，"除了我知道我会死之外，小乐、吟霜都不知道，所以，今晚吓坏的，不只娘，还有吟霜他们！总之，我活过来了！"

雪如惊魂未定地看着皓祯：

"我那天看着你和吟霜死里逃生，还余悸犹存，今天又被你吓得魂飞魄散！"疑惑地问，"那吟霜……果然是神医？居然把你救活了！"

皓祯正色地、诚挚地说道：

"娘！慢慢地你就会知道吟霜的医术有多高明了，不过，要是我命中该绝，谁也救不活我！"疲倦地一叹，"娘！你去安抚一下兰馨吧！我刚刚死过，现在好累！"

"你吃了毒药？只有吟霜能救你？为了逃避圆房，你宁可吃毒药？"雪如越想越怕，"恐女症！兰馨会信吗？唉！要说谎也只好说了！总之好过你死掉！"

雪如又是摇头，又是疑惑，又是不放心地看着皓祯，出门去了。小乐立刻溜了进来，眼睛还是红红的。皓祯立即问道：

"怎样？看到吟霜了吗？她是不是被我吓坏了？"

"她吓得脸色惨白，到现在还在发抖！她要公子好好休息，说是睡一觉就会好！她还问公子，值得这样冒险吗？"

皓祯一叹，说：

"你去告诉她，值得！这是我的原则，我的坚持，我的笨！但是值得！"

"还要我跑一趟？"小乐睁大眼睛说，"我没被公子吓死，还要我累死？"

"你不去我去！"皓祯掀开被子，就要下床。

小乐赶紧把他压在床上说：

"好好好！公子快躺着休息，别真的弄出病来，我去！我去！"嘴里嘟囔背诵着，"值得……坚持……原则……还有还有……大笨蛋！"

"不是大笨蛋！一个笨字就够了！"皓祯纠正着。

"小的帮你加几个字不好吗？这圆房闹成这样，不是大笨蛋是什么？"小乐说着，迅速地跑走了。

雪如一清早就到了公主房。自从眼见吟霜跳崖，两人死里逃生以后，她就像着魔般，和皓祯一样，陷进吟霜的魅力里去了。

这次皓祯又死里逃生，眼看吟霜把他救活，她心里就隐隐地明白，吟霜和皓祯，这两人的命运是紧紧相系的。虽然违背了她的原则，也只好按照皓祯的吩咐去做。

在大厅里，雪如见到了兰馨。她有点神思恍惚，脸色不佳，雪如就说道：

"昨晚你一定跟我一样，吓得都没睡好吧！"

"几乎整晚都没睡！"兰馨坦白地说，"娘！皓祯这到底是什么病？"

雪如闪烁地回答：

"从他十四岁就开始了，大夫也说不清楚。我总以为隔了这么多年，应该好了，谁知道还是发病了！"对兰馨诚挚地道歉，"真对不起你！"

崔谕娘忍不住上前说：

"夫人，这病难道不能治好吗？或者让公主去传宫里的几位太医来，给驸马爷治治！"

雪如一惊，急喊：

"不要吧！"

兰馨也一瞪崔谕娘，说道：

"这种'隐疾'，还是不要张扬的好！或者调理一下身子，就会好起来！好在昨晚没有酿成大祸，还是把他的命救回来了！"忽然脸色一正，问道："昨晚那两位救命的姑娘，是谁？"

"是我房里的两个丫头，吟霜的爹是个神医，可惜去世了！吟霜就学会了一些她爹的医术！昨晚是病急乱投医，家里没大夫，就把她叫来了！"

兰馨沉吟地、心神未定地徘徊，低语：

"吟霜！嗯……吟霜……"

就在兰馨念叨着吟霜的名字、苦苦思索吟霜的面容和医术时，吟霜正在她那"小小斋"里辗转徘徊，害怕地想着，不知道那假死药丸，吃了两颗，会不会造成后患？她被公主看到，会不会引起麻烦？正想着，听到门响，一个回头，居然看到皓祯神清气爽，大踏步走进房来。

"这么早，你不躺在床上休息，跑到我这儿来干吗？"吟霜担心地问。

"我没事了！上次灵儿假死，也没有休息多久，何况我是个大男人！又是练武的身子，你放心，我有分寸的！"

"你还说有分寸？"吟霜瞪着他，"那药丸吃一颗都很冒险，你居然吃了两颗，我差点救不回你，我快要急死，快要吓死！现在你身上还藏了两颗，赶快还我！昨晚特地来陪我吃晚膳，根本不安好心，是来偷药的！"

"你有点良心好不好？"皓祯说，"陪你吃饭是正事，偷药是临时起意的！"就赔笑着，"别生气，如果我跟你要，你肯定不会给我，我只好偷！"

"把另外两颗还我！你藏那么多假死药丸干什么？"吟霜摊开手。

"我留着！说不定公主又要跟我圆房，还可以再用！"

吟霜脸色一正，深深地看他说：

"你还想再用吗？你知道这是有害的，会影响你的身体，而且会出事的！"急得脸色都变了，"你存心要让我害怕，让我着急，让我夜里不能睡吗？"

"你昨晚没睡吗？"皓祯关心地问。

"你这样一闹，我还能睡吗？"吟霜眼睛一红，把手伸到他面前，"快把那两颗药还我！放在你那儿，我时时刻刻都会担心！"

"好好好！还你！"皓祯无奈地说，就从口袋里掏出一个小锦盒，还给吟霜。

吟霜拿着锦盒往卧室走，皓祯从她身后一把抱住她，求饶地说：

"不要生我的气，以后不冒险了，如果再碰到这种局面，还是见招拆招吧！"

这时，小乐闯进门来，急喊：

"公子！听说公主带了大批补品，要去你房里'探病'啦！"

"什么？"皓祯大惊。

小乐拉着皓祯就走。吟霜回头，惊怔地看着皓祯和小乐的背影。

回到卧室，皓祯急急躺上床，小乐用棉被盖着他，再把他的头发解开拨乱。

"装得衰弱一点！说话要一点力气都没有，刚刚死过，不能这么开心啦！眉头……眉头……眉头皱起来！"小乐轻声叮嘱着。

门外传来敲门声，崔谕娘的声音从门外传来：

"驸马爷，公主带着皇上钦赐的各种珍贵药材，要来给您进补了！"

小乐用询问的眼神看着皓祯，皓祯点头，小乐就打开房门。兰馨带着崔谕娘进房，崔谕娘手里捧着各种补品。兰馨四面张望了一下，就走到床前。皓祯赶紧闭着眼睛装睡。兰馨检视着皓祯说：

"小乐，驸马睡多久了？中间有没有醒来过？"

兰馨情不自禁伸手想摸皓祯，立刻被小乐用双手拖住她的手阻挡。

"公主，公主！您千万不能再碰驸马爷，驸马不能再断气一次！"

兰馨见小乐拖着自己的手，发飙怒骂：

"放肆！居然敢碰本公主的手，你不要命了吗？"

小乐一惊，立刻下跪磕头：

"公主饶命，公主饶命，小的刚刚一时情急，请公主原谅！小的掌嘴就是！"

就在小乐准备自动掌嘴时，皓祯睁眼醒来了。皓祯伸懒腰：

"怎么一大早就闹哄哄的？"望向小乐，"小乐，你犯了什么错干吗跪着，快去打水来给本公子洗脸！"转眼看到兰馨，故作惊愕地问："兰馨，你怎么来了？"

"你醒了？你身体好点没有？"兰馨就想坐在床沿上。

小乐抬头，忽然看到皓祯的脚还穿着鞋子，棉被也没盖到脚，不禁大急。小乐冲过来，挡住兰馨，站在兰馨和床的中间，对皓祯拼命使眼色，同时对公主急道：

"公主！你……你不要过来，你们俩最好离远一点……"

"放肆！你退开！"兰馨怒瞪小乐，"本公主只是来探望一下自己的夫婿，为什么还有重重关卡？连一个小厮都可以挡着本公主的路！"

"是是是！小的退开！退开……"小乐向着床尾退开时，把棉被一拉，遮住了皓祯的鞋子。

这一幕却全部落入兰馨眼里，她不动声色，在床沿上坐下了，看着皓祯说：

"以前在宫里选驸马，我打扮成羽林军出来大闹，你一把抱住我，大喊抓到刺客了，你记得吗？"

"是！我记得！"

"那时，你也有这个'恐女症'吗？"

"只要你穿好衣服，我们和平相处，相敬如宾，我想，就什么问题都没有！并不是我们连手都不能碰！"皓祯心虚地看着兰馨，带着歉意地说，"所以我一直说，我们可以做亲人，就是不能做夫妻！也曾希望你选中别人，免得我的隐疾耽误你！"

"我明白了！"兰馨点头，"可以做亲人，就是不能做夫妻！我会遵守这个原则来迁就你！希望你这个病，早点好起来！"就起身说道："崔谕娘，把补品放下吧！我们走！让皓祯好好休息！"

皓祯带着歉意地叮咛：

"早上风大，下次出来要多带件衣服！"

兰馨回头一笑说道：

"你生病的人，更要注意，早上出门别太早！上床别忘了脱鞋子！"

兰馨掉头就带着崔谕娘大步而去。皓祯惊看自己的鞋子，小乐跌脚大叹，还是被兰馨看破。主仆两人再瞪大眼互视。

兰馨回到公主院大厅，在房里来回踱步，苦思自己面对的各种状况。崔谕娘说：

"公主，这次驸马爷的病，实在太离奇！奴婢觉得，公主应该回宫一趟，把这情形告诉皇后娘娘，现在驸马明摆着就不能圆房，这事不能瞒着皇后娘娘！"

兰馨站定了，郑重地看着崔谕娘。

"崔谕娘，你给我闭紧嘴巴！这事我自有道理，不管驸马是真病还是假病，死过一次是千真万确的！我不希望这事传出去，更不希望母后知道，再来嘲笑我选错了驸马！你去帮我把将军府里的夫人、二夫人、皓祥都找来，我要跟他们一次讲清楚！"

就这样，雪如、翩翩、皓祥、秦妈都被叫进公主房内，看着兰馨。

兰馨正色地，带着一股不容抗拒的傲气，严肃地吩咐着：

"关于驸马生病这件事，希望大家管着自己的下人丫头，个个守口如瓶！本公主自然会有解决和治病的方法，不用大家多事！假若这事传出去，对将军府和本公主都是伤害！谁多嘴乱说，给我抓到了，本公主绝对不会放过你们！"

"这事要保密，恐怕也不容易！太多人亲眼目睹！"皓祥抗拒地说。

兰馨怒瞪皓祥，气势汹汹地说道：

"不能保密，本公主第一个就找你开刀！在这将军府，你和你娘，就是著名的大嘴巴，唯恐天下不乱！不要以为本公主嫁过来没多久，对你们母子就不了解！"

翩翩一惊，急呼：

"公主！我和皓祥，才真正为公主想，为公主抱不平……"

兰馨有力地打断：

"你们的好意我用不着！什么抱不平？我兰馨公主的事，会需要你们来打抱不平吗？话说到这儿为止，你们可以回去了！"

皓祥和翩翩相视一眼，脸上愤愤不平，一副好心没好报的样子。

雪如和秦妈也相视一眼，却如释重负地呼出一口气。

三十二

御花园里，伍震荣和进宫的太子狭路相逢。

四顾无人，双方卫士都在远处相随，伍震荣就开门见山地问：

"太子是去见皇上吗？关于四王在铸金房那点破事，太子为何至今不禀告皇上，难道是想包庇四王？"

太子立即一针见血地反问：

"本太子倒想问荣王，你是在我身边安了密探吗？为何本太子的行踪你了如指掌？你故意让我去太府寺查弊案，目的就是想借刀杀人，你有能耐怎么不亲自去向皇上禀报，绕这么大一圈你不嫌累吗？"

伍震荣神色一凛：

"依太子的意思，是准备包庇四王到底，不揭发四王的不法勾当？"大声地说，"好！那请太子以后也不要再干涉皇后金钱用度的问题，是卖官还是建筑行宫，皇后想怎么开支，太子尽管让太府寺拨款就是！"

"听荣王口气，好像本太子都应该听从你的命令是吗？四王的事情，你若有证据你尽管拿去向皇上禀报，本太子一点都不在乎。但是皇后挥霍无度，浪费公帑，本太子一个碎银子都不会放过！何况皇后的事，与你荣王何干？"

伍震荣大怒，锐利地看着太子：

"太子想清楚了？确定要与本王为敌？"

太子有力地回答：

"我郑重地告诉你，本太子绝不与正义为敌，但与邪恶誓不两立！荣王站在哪一边，荣王自己有数！"说完，一甩袖子，霸气地离开。

伍震荣气得两眼冒火。

太子丢下了伍震荣，就直接到御书房见皇上。和皇上才谈了几句话，得到消息的皇后就奔进书房。带着满脸的伤心和哀怨，委屈地说道：

"听说太子在这儿，本宫就赶了过来，当着皇上的面把话说清楚。"看向太子："本宫问你，东郊别府需要的经费，为何你压着太府寺迟迟不拨款？"

皇上疑惑地问：

"东郊别府？皇后什么时候又在东郊弄了个别府？不是西郊才盖了个行宫吗？"

"如果不是为了皇上，确实不需要东郊别府！东郊那儿有温泉，别府是为皇上特别盖的，皇上一向怕冷，平时膝盖又不好，太医说皇上若能定时泡泡温泉，一定能治好体内湿寒，臣妾都是为了皇上的龙体啊！毕竟皇上也不年轻了！"皇后感性地说着。

"难得皇后处处为了朕的身子着想！用心良苦啊！"皇上看着皇后，感动起来："太子，你就尽快拨款给皇后吧！不要让你的母后伤心才是！"

太子着急说道：

"连父皇都不清楚有个东郊别府，可见这奏章行令一定大有问题，这笔款子还是得再详细审度核计一下才行。款子数目太大，可以喂饱很多百姓……"

皇后打断了太子的话，急促说道：

"最后的工程不能延误，再延误下去雨季马上就来了，也就无法完工！本宫今天就需要这笔款子，太子，看在你父皇的面子上，赶紧拨给本宫吧！"

"恕儿臣无法照办！"太子对皇后行礼如仪，但态度坚定。

"皇上呀！"皇后眼泪夺眶而出，"您看看太子，在您面前居然敢这么对待臣妾，欺负臣妾，皇上您要为臣妾做主呀！难道还要臣妾卖了自己的首饰，典当衣裳才能给皇上治病吗？"拭泪哽咽，楚楚可怜地说："皇上，我这皇后还要听太子的命令行事吗？"

皇上看到皇后落泪，就六神无主了。最近，对皇后也太严厉了。就走近皇后身边，搂着皇后安抚，转头严厉地对太子说道：

"太子，不许再闹，这笔款子朕说了算，你就今日速审速决，赶紧拨下去，不得延迟！快去快去！"

太子压抑着怒气，无奈极了，只得回到太府寺去拨款。

这东郊别府，正是乐蓉公主和伍监工建造的。这日，乐蓉得意扬扬，招呼卫士把一箱箱的银两金块，从太府寺抬上卫士押着的马车上。太子面无表情，傲然地站在门口，监督财物的运送。乐蓉故意酸太子说道：

"哎呀！当初本公主被没收了五百银两，没隔几天，今天拿回了一万两黄金！哈哈哈！"挑衅地瞪着太子，"驸马你说，这是不是天意啊！"

伍监工监视着装银两的马车，见万两黄金都上了车，就把车门上锁。另外一辆富丽堂皇的马车在等待着。伍监工从容地说道：

"好了，财不露白，金子都装上马车了！乐蓉，我们也上车，亲自押送去东郊吧！"对太子行礼："太子，今天辛苦了，微臣告辞！"

伍监工扶着乐蓉公主上了豪华马车。乐蓉边上车边大声地讽刺：

"这做人还是要厚道一点，不要太刻薄！否则很快就中了回马枪！"拉高声调，"哎哟！这一枪肯定疼死了！哈哈哈！"

太子气得脸色铁青，眼睁睁看着伍监工骑着马和十多位卫士护驾，带领乐蓉车队，缓缓离开。车队刚走，邓勇就拿了一张纸笺，匆匆走近太子，递给太子。

"刚刚小白菜那儿紧急送了这金钱镖来！"邓勇说。

太子急忙展开一看，只见上面写着：

"富者富，贫者贫，何以济贫？——木鸢。"

太子精神大振，把纸笺一揉，看看四周无人注意，对邓勇说道：

"邓勇！去通知皓祯和寄南，本太子有事相商，不论他们多忙，要抽出两天给我！大家先到'四面不靠'的地方相见！"

皓祯接到太子的命令，就赶紧先去雪如那儿找吟霜。

吟霜和香绮，在雪如的卧室里，提了一桶水，正在仔细地清理窗棂。纸糊的窗子，有无数个小格子。吟霜细心地擦拭着每一个格子的灰尘。已经清理到高处，两人不够高，都搬了梯子，站在梯子上，清理着上端。

皓祯面色凝重地跨进门来，看到吟霜在擦窗子，就喊道：

"吟霜！你爬那么高干吗？还不下来？"

"就快擦完了！剩下这几格，灰尘还不少呢！"吟霜说。

"虽然说是回府当丫头，并不是真的让你当丫头，你还真当一回事，干起活来！"皓祯上前，不由分说就把她一抱，抱下地。吟霜紧张四顾，说：

"你不要这样子，我们身份悬殊，千万不要给人看出端倪好吗？"

"你别这么紧张，娘让你在她房里工作，就是把你藏着。娘的房间，除了秦妈，很少有人进来！我来找你，是要告诉你一声，我马上要出门去……"附耳低语，"木鸢有金钱镖来，要我立刻去见寄南和太子！"

"太子？事情牵涉到太子，那一定非常严重！"吟霜跟着紧张起来。

"就是！现在太子和伍震荣，等于已经公然为敌了！我得去帮忙！"皓祯说。

"有危险吗？你们不会像上次那样动手吧？"吟霜担心地凝视他，立刻明白是有危险的，就急促地说，"你一定一定要小心，不能受伤，答应我！"

皓祯握住她的手，凝视着她说：

"我知道你在担心我，千万不要担心，我会照顾好自己，因为家里有一个你！你也照顾好自己，知道吗？事态紧急，鲁超我要带走！小乐留在家里，那小厮还有点鬼聪明，有事时他能帮点忙！"

"如果你晚上回不来，你会给我消息吧？你可以呼叫猛儿，它一定在这附近，它对你很熟悉了！呼叫它，写个字条，只要一个'安'字，我就安心了！晚上我会在小院子里等它！"

"好的好的！我先写好纸条放在怀里，到时候只要交给猛儿就成了！"就把她拉进怀里，紧抱着。吟霜感觉到他的不舍，不禁也紧紧依偎着他，说道：

"如果需要我，也让猛儿来报信，那鸟儿有灵性，你跟它用说的，它也会懂，我会带着香绮赶过去！"

"希望不会……"

皓祯话没说完，门外响起雪如紧张的声音：

"公主！你怎么来我这儿了？"

皓祯和吟霜一惊，两人乍然分开，同时，雪如和兰馨也跨进了门。

吟霜的脸色立刻吓得雪白。站在梯子上还在擦窗格的香绮一惊，竟然连人带梯子一起摔倒，室内一阵乒乒乓乓响。香绮摔得直喊哎哟，跟在后面的秦妈赶紧去扶起香绮。秦妈喊着：

"香绮！怎么连擦个窗子，也会摔下来！"

兰馨锐利地看着皓祯和吟霜，说道：

"哦！原来驸马在这儿！将军府房间多，小院多，驸马行踪神秘，简直是神龙见首不见尾！"

皓祯恢复了镇定，不接兰馨的话，说道：

"兰馨，你来了正好，我来找娘，就是要告诉娘，我等会儿要出门，晚上可能不回来过夜！"

"又要出门？驸马好像很忙，这次又要出门几天呢？"兰馨语气尖锐。

皓祯脸色一沉，雪如看了呆呆站在一边的吟霜和香绮一眼，说：

"你们两个杵在这儿干吗？下去吧！"

"是！"吟霜和香绮回答，两人正要走，兰馨一拦。两人一惊站住。

"咦？这不是那晚救皓祯的活菩萨吗？见了本公主也不打个招呼？"兰馨嚷着。

吟霜赶紧行礼：

"吟霜叩见公主！"

香绮跟着说：

"香绮也叩见公主！"

兰馨的眼光，在两人脸上巡视着。皓祯紧张地旁观，眼里充满了戒备的神色。

兰馨对吟霜一笑，说道：

"那晚见识了你的神奇医术，长得这么楚楚动人，当个丫头太委屈了！看到本公主，很紧张是不是？脸色都变了？"就轻松地挥挥手，"下去吧！"

吟霜和香绮如皇恩大赦，赶紧行礼退下。

皓祯也呼出一口气来，跟雪如交换了一个"托付"的眼光。

皓祯和寄南快马赶到了苍澜河，上了太子的船。太子一刻也不耽误，开始对两人说他的行动计划，两人都大惊失色。皓祯惊喊：

"什么？抢劫东郊行宫的金子？这是木鸢的意思，还是太子你自己的意思？木鸢不会有这种想法吧！"

太子拿出揉皱的纸笺：

"木鸢的字，你们都认得吧？这木鸢真是我的知己，和我的想法不谋而合！这位高人到底是谁，你们知道吗？"

寄南敲着自己的脑袋，头痛地说：

"别管木鸢是谁了？这个行动太大了吧？抢皇后和公主的金子？万一失手，我们三个会被一网打尽！何况这木鸢的指令有点不清不楚！可能指的不是抢劫，而是要我们'智取'！我们应该想个智取的办法！"

"你们不要再犹豫，再晚就来不及了！"太子说，"四王他们为了各个灾区到处筹钱，甚至不惜铤而走险，盗取铸金房那少得可怜的金液。而我却要眼睁睁地把大笔的黄金送给那些贪得无厌之人，我不甘心！我绝对不能让他们浪费百姓的民脂民膏，不能让他们狡猾得逞！"气极了，大声问："本太子就问你们一句话，去还是不去？"

"好好好！去去去！太子哥哥别生气啊！我都被你吓坏了！"寄南看着皓祯，"既然木鸢有了指示，天元通宝一定会出动，不会让我们失败的！"

"好吧！"皓祯干脆地说，"别寄望木鸢，这几句话我分析也是'智取'！要干，我们得自己干，寄南召集你的黑衣军，我让鲁超回将军府带上我的人，我们一律乔装为普通百姓，往东郊抢回黄金！"

太子兴奋地，拍桌说道：

"就是要这么干！你们不愧是我的好兄弟！我们抄捷径，快点出发！"

"不行！这事只许成功，不能失败！邓勇，拿纸笔，我们画张图，如何抢，如何分散对方的注意力，如何退……都要有计划，不能莽撞！"

"还是皓祯头脑清楚，死过一次，还有这么周全的考虑，不简单！"寄南说。

"什么'死过一次'？"太子一惊问。

皓祯一面画图，一面说道：

"计划抢金子要紧！那事以后再谈！"

"太子，这临时计划太危险，你不能去！交给我和皓祯吧！"寄南说。

"他们车队的卫士只不过十多人，如果我们速战速决，很快就可以完成任务，不会有危险，还是让本太子一起去吧！毕竟这是因我而起的行动！"太子说，见皓祯、寄南摇头，就大吼道，"这是本太子的命令！"

"好吧!"皓祯无奈,就霸气地说道,"那行动中一切听我的命令!邓勇一路贴身保护太子!"

邓勇强而有力地回答:

"邓勇遵命!誓死保护太子!"

这"太子抢公主"的行动,就真的开始了!

乐蓉车队先行出发,已经走了一程。伍监工骑马领队,后面跟着运金车,再后面是乐蓉乘坐的豪华马车,再后面是驸马府的卫士护驾,一行人不疾不徐地在郊道上前进。

皓祯、寄南、太子、邓勇等大队人马已追上乐蓉公主车队,众人乔装,都穿着棕色的平民服装,下马后小心翼翼埋伏在草丛间,并缓缓接近乐蓉的车队。从车窗外,都可以看到乐蓉端坐在马车里,心满意足地笑着。

皓祯、寄南、太子、鲁超、邓勇压低身子,讨论作战。皓祯低声地说道:

"再说一遍我们的计划,大家记牢了!太子的代号是'太阳星',记得不要呼叫彼此。鲁超负责带着大队抢夺目标,到手后直奔竹寒山岩洞,那儿已有人接应!我和寄南、邓勇带着太阳星引开卫士,并且负责把追兵引进附近的红树林迷宫!好!大家分头进行!"

"等等!"寄南看着两辆马车,"是抢运金车,还是连乐蓉的马车一起抢?"

"这乐蓉狡诈,两辆一起抢!"太子说。

"你听到了?"皓祯对鲁超说,"让手下两辆一起抢,抢到手就知道哪辆有金子，一万两够沉重，然后放弃轻的那辆！知道吗？"

鲁超笃定地点头说：

"鲁超得令！"

众人众志成城点头呼应。皓祯等人见时机成熟，都用棕色布巾蒙上口鼻。

皓祯大喊：

"行动开始，攻下目标！"

皓祯大队人马，迅速冲出草丛，围攻了乐蓉公主的车队。双方立刻兵戎相见。皓祯、寄南、邓勇、太子锐不可当，连续撂倒好几个抵抗的卫士。

鲁超人马快速地拉下两辆马车的车夫，双方人马开打。

这儿打得天翻地覆，在另一条郊道上，皇上和皇后穿着微服出巡的服装，坐在华丽的马车里。伍震荣骑马带剑护着皇上，马车向前急奔。车子速度飞快，车子内的皇上被颠得头晕，不解地问：

"什么事情那么着急，还要朕和皇后微服出巡？皇后你知道什么事情吗？"

"荣王说有大事发生，一定要皇上亲眼见证，那就跟他去看看吧！"

在项麒那儿，鲁超已经抢得装有黄金的马车，正是乐蓉公主乘坐的那辆。公主在马车里大惊失色，大喊大叫：

"强盗呀！抢劫啊！来人快抓住强盗呀！"

鲁超一跃翻上车辕，一招"燕子抄水"，眼明手快地抓住公主的衣袖，一使劲，毫不客气地将乐蓉公主拉下车，公主跌进草堆里。鲁超检查了一下车子，得意地点头自语：

"果真不错！那辆运金车是假的！这公主根本坐在黄金上面！"

乐蓉被摔得七荤八素，狂喊：

"哎呀！真是大胆狂徒！项麒，救命啊！项麒！"

伍监工紧急勒住马匹，拔刀应战，得意地说道：

"就算准了你们一定会上钩！如果抢走那辆就更好了！"突然大声吹响口哨。

岩石后，树林间，突然拥来了无数的羽林军。项魁骑在马背上，威风凛凛地对着羽林军命令道：

"快去抓住这帮抢匪，抓住首脑者皇上有赏！"

"抓抢匪！抓抢匪！抓抢匪……"

四面八方的羽林军喊声震天，飞马奔向皓祯、寄南、太子的队伍。皓祯、寄南惊讶，瞪大眼珠。寄南说：

"糟了！他们有羽林军埋伏，我们中计了！快撤！"

"保护太阳星！不要撤！"皓祯喊着，"第一计划行不通，用第二计划！"

"第二计划是什么？"太子问。

"第二计划叫'见机行事'加'自求多福'！"皓祯喊，就一马当先地冲上前去，力战乐蓉身边的卫士。太子、寄南、邓勇等人明白了，不管羽林军，全部上前，砍死无数伍家的卫士。鲁超人马反应迅速，抢得了载有黄金的马车，在太子等人的砍杀掩护下，驾着马车突破重围迅速奔离。

伍监工策马追着大喊：

"拦住那辆马车！车上有黄金，不能让他们真的抢走！"

伍监工带着一批卫士，就直追鲁超。

忽然之间，一排袖箭激射而出，打在项麒和众卫士的马腿上。马儿狂嘶，纷纷倒地，项麒和卫士全部落地。

只见冷烈面无表情，拦路而立，看着倒地众人，冷静地说道：

"多行不义必自毙！"说完，纵身一跃，身形凌空而起，飞一般地消失了。

鲁超早已夺得马车，跑得无影无踪了。

皓祯见运金车已经离开了，就和寄南、邓勇一边保护太子，一边奋力迎战羽林军，双方缠斗激烈，刀光剑影、人喊马嘶，烟尘四起。棕衣大队人马，绕着圈子和羽林军缠斗，皓祯等人，剑气凌空，如秋风扫落叶，棕衣大队众人，个个刀法精妙，似电闪划长虹，羽林军的战术，显然全部被棕衣大队识破，棕衣大队在武艺上，更胜羽林军一筹！羽林军虽多，居然围不住棕衣大队，转眼间，棕衣大队奋力杀出血路，个个快速蹿上马匹。飞马奔驰，紧急往红树林方向奔去。

伍项魁不知从哪儿蹿出，带着羽林军，大喊：

"来人哪！快追抢匪，一个都不能让他们跑掉！快追！"

双方人马奔驰追逐，飞沙走石。

皇上马车已经赶到混乱现场的外围处。皇上从窗内望出，被打斗场面震慑。

"怎么羽林军和百姓打打杀杀？"生气地问伍震荣，"这是怎么回事？"

伍震荣来到皇上的窗户下说道：

"启禀皇上，微臣得到密报，太子勾结强盗，想要抢夺拨款给东郊别府的款项，黄金万两！"

皇上怒喝：

"大胆！不许污蔑太子，你可有证据？"

"就是怕皇上不信，才让皇上微服出巡，让皇上亲眼看看太子干的好事！"皇后说，"等到项麒抓到太子，皇上就明白了！"

"今日重兵围捕，很快就能逮到这帮抢匪，一切证据都会摊开在皇上眼前。"伍震荣呼应着皇后，"有人抢金子，已经是事实，就等下官那两个儿子，把犯人逮捕过来！让皇上过目！"

皇上气得脸色发青，瞪眼说道：

"如果事后证明是你们诬陷太子，朕也不会饶了你们！如果太子要抢金子，难道还会先通知你们？这事太离奇！"

皓祯、寄南、邓勇、太子蒙着脸，带着棕衣大队，一路狂奔。皓祯和寄南，在太子左右两侧骑着骏马奔驰。太子边骑边自责：

"真没想到这是一个陷阱！伍震荣真是太可恶了！他怎么知道我想抢黄金？"

太子话才说完，众多羽林军的射箭大队冒了出来。个个箭已在弦上，瞬间万箭齐发。皓祯等人见状，皓祯立刻勒马，手中乾坤双剑变招，一式"旋风的天"，舞起一片剑幕，护定了太子。剑幕所及之处，利箭纷纷断裂。棕衣大队也各自挥刀撩拨利箭，四散躲避箭雨攻击。

冷烈蓦然出现，双手齐挥，一招"日月无光"，无数袖箭，如繁星点点，直奔众羽林军持弓之手而去。

众羽林军甩着手狂叫，弓箭落了一地，喊道：

"有埋伏！有埋伏！有埋伏……"四散奔逃。

冷烈冷冷地说道：

"埋伏之人喊埋伏，愚昧愚忠不可饶！"立刻拔身而起，转眼消失在岩石之中。

"冷烈？他怎么知道我们又遇难了？"皓祯惊喊。

"红树林！快往这边走！快跟我走！"寄南看看四周喊道。

太子等众人跟着寄南、皓祯冲进了树林里。后方伍项魁带着人马急起直追，也冲进了树林里。项魁余悸犹存喊着：

"大家小心那个暗器小子！本官的伤刚好，他居然又来了！"

皓祯、寄南、太子、邓勇大队进入繁茂的树林。皓祯喊道：

"大家紧跟着我！千万别走散！"

众人跟着皓祯疾驰。棕衣队员赶来通报：

"报告少将军，鲁超目标已得手，也成功逃出去了！"

"太好了！"皓祯欣慰，检视地形后对大队指挥，"我们大队就在这儿分散，免得目标太大，大家想办法各自突围之后，立刻换装回到城里。若有伤者，出城避避风头。"

"是！"棕衣大队听完，各自驾着马匹四处飞奔而去。

"我们三个要不要也分散，冲出去之后，各自回府？"太子问。

"不行！我们得紧紧跟在你身边！"寄南说，"而且，今天只得委屈太子，我们杀出重围后，大家去靖威王府做客！"

远处伍项魁追捕的声音也越来越靠近，气氛紧张。皓祯大喊：

"继续保护太阳星，快走！"

太子、寄南、邓勇随着皓祯开路，往更深的树林飞驰。

忽然面前出现一个大山沟，皓祯、寄南、邓勇都飞驰跃过，太子的马却紧急刹住，人立而起。太子差点落马，赶紧勒住马，身上掉落了一个腰束钩子——"玉带钩"。

皓祯看了，一提内力，右手一拍马鞍；从追风背上飞跃而起，使出"凌虚御空"，身形如箭，反身一个倒翻，居然跃过大山沟，轻巧地落到太子马背上，对马儿命令道：

"这点山沟你都跳不过去，还算东宫十卫训练出来的战马？"大喊，"驾！驾！"

马儿突然奋勇无比，长嘶一声，载着两人，竟然跃过山沟。

到了山沟对面，皓祯又飞跃到自己马背上，喊道：

"全力冲刺！跟着我冲出这红树林！否则就会陷进迷宫里面去！"

四人疾驰冲出树林。

伍项魁听到马嘶声，又再次追去，喊着：

"盗贼往那个方向跑了，追！"

伍项魁带着大队进入茂盛的树林里搜捕。不知怎的，伍项魁人马在树林里像是鬼打墙，追着追着又跑回原处，却不见棕衣大队人马。再骑马追去，又回到了原处。连续冲刺，却连续回到原点。伍项魁气喘如牛：

"咦！真是撞邪了！怎么老是在这地方打转。"

"不好！这是著名的红树林迷宫，陷在里面可能好几天出不去！"卫士说。

"那要怎么办？"伍项魁大惊。

一个羽林军骑马过来，喊道：

"左监大人，在追缉盗匪的路上，发现了这个！"将太子遗落的玉带钩递给伍项魁。

伍项魁细细审视玉带钩，自言自语：

"做工如此精致的玉带钩……"透着阳光看，"这玉可真是稀世珍品啊！除非皇室的人，谁戴得起这个？哈哈！逮不到太子现行犯，这物证也会要了他的命！"对大队喊道："收队，回宫！"对送来玉带钩的羽林军说道："快从你的来路，带我们离开这片红树林！"

三十三

这晚，在靖威王府的宴会厅，摆着一桌丰盛的酒席。本来，宴会应该每人一桌，但是，太子、皓祯、寄南等人太兴奋了，都换了平日的服装，正在亢奋的状况下，同坐在一个大方桌前喝酒。太子说道：

"真是惊险呀！皓祯，你那个'第二计划'突然而来，真是冒险至极！你怎么知道大家要做什么？竟然敢不理羽林军，去专门对付伍家的卫士！"

"确实冒险！"皓祯笑道，"当时就是一个念头，非抢到金子不可！先保护鲁超突围最重要！至于羽林军，万一挡不住，太子就只好用真面目出现，也来帮伍家抓抢匪了！难道羽林军还敢杀太子不成？"

"哈哈哈哈！"寄南大笑，"你这主意，应该先知会我们，你临时转变方针，我们还真的应变不及，只能盲从地跟着你冲！"

"我怎么知道临时会杀出那么多羽林军？除了第二计划，已经没辙了！什么盲从？你们就是跟我一样，豁出去了！"

"哈哈！皓祯，你是奇才！"太子说，"居然对马儿也用威胁的，奇怪的是，马儿也会被你的激将法给收服了，你和动物之间会通灵吗？"

"说不定！启望哥，你们东宫那十卫、十率、参军、中候、郎将……一大堆的武官，居然连马儿都训练不好，确实应该检讨！"皓祯笑着说。

太子喝着酒，愣了愣说道：

"皓祯说得也是！我那东宫别说武官了，文官也不少！自从我进了太府寺，这才发现皇室的人，用钱简直是奢侈至极！我那东宫也是一个！"

寄南兴奋，带着酒意地说：

"哈哈！今天有惊有险，幸好达到目的！你们两个别检讨来检讨去！喝酒喝酒！"挥手让丫头仆人通通退开，小声说道，"本王实在想不通，皇上皇后怎么也会来赶这场热闹？"

"伍震荣故意带皇上皇后来，他知道太子会上钩去劫黄金，也有把握会把我们逮个正着！没料到我们逃得快。现在，他丢了金子，又戏耍了皇上，不知道皇上责怪下来，他会怎么样？"

太子喝酒沉思：

"没见到木鸢来支援！那个发暗器的少年，难道是木鸢的人吗？"

"应该不是，那个人是江湖上的暗器高手，名叫'玉面郎君冷烈'，这已经是我们第二次遇到他来帮忙杀敌，奇哉怪也！"寄南说。

窗子上传来轻叩的声音，众人警觉，全部住口。

皓祯急忙到窗前去，推开窗子察看，只见猛儿站在窗棂上。

"哦！居然忘了吟霜还在等消息！她一定急死了！"皓祯赶紧掏出折叠的纸条，交给猛儿，猛儿叼着纸条飞走了。

太子惊呼道：

"你真的和动物通灵！什么时候学的？这才奇哉怪也！"

吟霜确实在等猛儿，她站在"小小斋"那小院落里，已经在夜色中等了很久。香绮拿了一件衣服给她披上，说道：

"小姐，进来吧！晚上起风了，你已经等了一个时辰了！"

"没事！我一点都不冷！"抬头往天空看。

矛隼在夜空中盘旋。吟霜眼睛一亮，猛儿正在低飞过来。吟霜伸出手腕，不敢惊动将军府里的人，低低喊道："猛儿！嘘！别叫！"

猛儿停在她手腕上，嘴里衔着折叠得小小的纸笺。吟霜摊开另一只手，猛儿把纸笺放进她手心中，用脑袋磨蹭着她的面颊，然后振振翅膀飞走了。

吟霜急忙拆开纸笺，拿到窗前的灯光下去看。只见纸笺上写着"安，勿念"三个字。吟霜一叹，自语："平安就好，勿念哪儿做得到？"就把纸笺珍惜地藏进衣襟里。

就在这时，小乐忽然冲进院子，喊道：

"吟霜姑娘，大将军回府了！夫人要你过去拜见一下！"

"哦！那我赶快换件衣服！"吟霜心中一跳，这是皓祯的亲爹呢，是鼎鼎大名的将军呢！该如何应付是好呢？皓祯又不在家。

她转身就向室内跑。

"不用换啦,这件挺好的!快去吧!大将军性子急,别让他等!"小乐紧急地喊,又提醒地说,"还有,公主也在那儿!"

吟霜脸色一变。又是将军,又是公主!镇定,镇定!

怎能镇定呢?在大厅里,吟霜忐忑地带着香绮走进去,一眼看到柏凯,就本能地知道是大将军,上前对着柏凯一跪,两人同声说道:

"奴婢吟霜、奴婢香绮叩见大将军!"

"哦?这就是新进府的两个丫头?"柏凯看着吟霜和香绮。

"是的!我房里要用的,让你过目一下!"雪如轻描淡写地说。

兰馨坐在一边,盛装的她,带着夺人的美丽和气势,接口道:

"爹!这两个丫头可不简单,那晚皓祯生病,是她们两个救回来的!"

"哦?一回家就听说皓祯生病的事,原来你们两个就是会医术的丫头?"柏凯的注意力集中了,命令道,"抬起头来,让我看看清楚!"

吟霜和香绮都抬起头来,两人都战战兢兢,不安着。

柏凯的眼光和吟霜一接,顿时一怔,问道:

"这丫头好面熟!以前来过府里吗?"

"没有!以前没来过!"雪如说。

柏凯再仔细地看吟霜,看得吟霜更加不安了。柏凯对雪如笑道:

"长得不错,跟你年轻时有几分相像!"

"是吗？"雪如怔了一下，就喊道："吟霜！香绮，你们起来吧！"

吟霜和香绮赶紧起身。柏凯就看着吟霜问：

"既然你会医术，那晚又救活了少将军！依你看来，少将军害的是什么病？还会复发吗？"

吟霜小心翼翼回答道：

"吟霜懂得不多，看情形是某种突发状况，可能少将军对什么食物或是花草适应不良，会瞬间不能呼吸，发生闭气的现象！只要赶紧扎针，把气血打通，就可以醒过来！"

兰馨关心地插嘴了：

"原来是这样！那么，只是'闭气'，不是'断气'，是吗？"

"公主，应该是这样吧！"吟霜回答。

"原来是这样，回来听翩翩说得挺严重，吓了我一跳！既然不是大问题，我也放心了！"柏凯松了口气，注意力回到吟霜身上，"好了，什么名字？什么霜？"

"吟霜！"吟霜立刻回答。

"嗯，吟霜！那么你们就下去吧！"柏凯说。

"吟霜遵命！"吟霜赶紧行礼，低着头，带着香绮就往门口走去。

忽然间，兰馨一拦，就拦住了两人。

"不忙，等一下！"兰馨就对柏凯、雪如说道："公公婆婆，兰馨可不可以请两位帮一个忙？"

"当然可以，你说！"柏凯大方地说道。

"我要这两个丫头，到公主院来当差！"兰馨干脆地说。

吟霜和香绮一听，脸色惨变。雪如脸色也跟着一变，急忙说：

"这是我房里的丫头，跟我挺投缘，公主想要丫头，我再送两个去！"

兰馨一笑，理所当然地、振振有词地说道：

"我就要她们两个！公公婆婆想，驸马爷上次在公主院发病，是这两个丫头治好的！以后，驸马爷肯定在公主院的时辰多，有这两个丫头在旁边，我比较安心！"

雪如着急，还来不及说什么，柏凯已经爽快地回答：

"公主说得也是！那么，就这样吧！公主带走就是了！"

柏凯答应得那么快，雪如来不及挽回，心中懊恼，赶紧接口：

"公主，白天让她们去公主院，晚上不当差了，就让她们回我这儿吧！我也挺需要她们的！"

"就这样吧！"兰馨回头看着吟霜和香绮，胜利地悄笑了一下："你们两个，现在就跟我走吧！崔谕娘，我们走！"再对柏凯、雪如说道："兰馨谢谢爹娘恩典！"

吟霜脸色苍白，求救地看了雪如一眼，无奈地和香绮一起，跟着兰馨走了。

在另外一道门口偷听的小乐和秦妈，惊慌得手足无措，小乐大急，低语：

"这怎么办？公子回来会天翻地覆的！"

"先瞒着他！"秦妈低语，"你去门口堵着他，他一回家，就拉他回房睡觉！"

小乐哭丧着脸说：

"那'小小斋'已经是公子的'安乐窝'，他每次回家就直奔那儿，他会听我的吗？"

吟霜和香绮，就这样毫无预警地被兰馨带进了公主院。兰馨抬头挺胸，崔谕娘扶着兰馨的手，进入大厅。吟霜和香绮战战兢兢跟在后面。大厅里的宫女都请安喊道：

"公主金安！"

兰馨一回身，就对吟霜厉声喊道：

"吟霜丫头！抬起头来！"

吟霜一惊，赶紧抬头。兰馨说道：

"所有人都下去！我要跟这两个神奇的丫头，好好地谈一谈！崔谕娘，你留下！"

崔谕娘赶紧对宫女们说道：

"你们通通都退下！等我叫才能进来！"

宫女们都退下了。吟霜和香绮惶然不安地看着兰馨。兰馨走近吟霜，讽刺地说：

"吟霜活菩萨，请你告诉我，你到底用什么方法，救活了驸马？"

吟霜尽量稳定自己，勇敢地看着兰馨说道：

"那晚，公主房里的人很多，宫女都在，还有将军府里的人，多少双眼睛看着，我就是那样救的！用银针和我爹留下的救命药丸！"

"嗯，说得很清楚！那么，我再问你，今儿个驸马出门前，你跟驸马手拉着手儿说些什么？抱在一起说些什么？他不是有'恐女症'吗？对你就没有？"

吟霜大惊失色，颤声地回答：

"一定是公主看错了！没有没有！吟霜怎敢和驸马抱在一起？"

"你是说我眼睛瞎了吗？"兰馨厉声问，忽然就给了吟霜一个耳光，"虽然夫人高声给你们报信，可是，不该看到的事，本公主还是看到了！"大声喊："跪下！"

吟霜扑通一声跪下了，香绮一吓，也跪下了。

兰馨就绕着两人行走，用阴沉的眼光，打量着两人。

"吟霜，我再问你一次，你是不是在勾引驸马？"

"没有！没有！我没有勾引他！"吟霜拼命摇头。

"那么，是他在调戏你？"

"没有没有！"吟霜痛苦地回答，"驸马不是那样的人，他不会调戏奴婢的！"

兰馨已经走到吟霜背后，伸脚一踹，吟霜就扑跌出去。这样一跌，吟霜衣襟里的纸笺，就飞了出去，落在地毯上。吟霜赶紧爬过去，用手一把盖住那纸笺，想拿回来。兰馨眼尖，已经看到了，上去就用脚死命踩在吟霜的手上。吟霜大痛，急呼：

"哎哟！公主……"

香绮吓得一直磕头：

"公主饶命！公主饶命！"

兰馨抬起脚来，吟霜立刻握住纸笺不放。兰馨厉声喊：

"把手里的东西给我！"

"不不不！"吟霜拼命摇头，"那是我私人的东西，是我的！"

兰馨大怒，喊道：

"崔谕娘！去把她手里的东西给我拿来！什么私人的东西？

你这条烂命都是我的！我要你活你就活，我要你死你就死！明白了吗？崔谕娘，去拿来，不用对她客气！"

"是！"崔谕娘说着，便从桌上拿起一个烧着的香炉，用小火钳把烧着的檀香木夹起来，放在吟霜手背上："放手！"

吟霜被烫，大痛，"啊……"地喊了一声，手就松开了。

崔谕娘就从吟霜手中拿到那张纸笺，交给兰馨。兰馨念着：

"安，勿念！"沉吟地问，"这是什么？就三个字？"走到吟霜面前，把吟霜从地上抓了起来："站好！"

吟霜爬起身，勉强地站着。兰馨甩着纸笺问：

"这是什么？"

吟霜努力挺直背脊，回答：

"公主看到什么，就是什么！"

兰馨大怒，噼里啪啦，耳光拳脚齐下。吟霜又被打倒在地。崔谕娘提醒：

"别打脸！用鞭子抽下身！"

崔谕娘把兰馨的鞭子递给她。兰馨握着鞭子，就对吟霜一阵猛抽。吟霜痛得惨叫。

香绮痛哭磕头不已：

"公主！公主饶了吟霜吧！"

"忘了还有一个！"兰馨看看香绮。

兰馨就转向香绮，鞭子抽向了香绮。吟霜大惊，急忙扑过来抱住香绮，凄然喊道：

"公主！高抬贵手，香绮还小不禁打！要打就打我吧！"

兰馨收鞭，就对吟霜浑身狠踹。崔谕娘上来帮忙，就对香绮狠踹。吟霜和香绮，彼此抱着，想帮对方抵挡，却谁也帮不了谁。两人倒在地上，头发散了，泪水和汗水爬了一脸，狼狈至极。

皓祯没回将军府，吟霜已经陷进水深火热中。寄南也没回宰相府，在吟霜受苦的时候，灵儿正不服气地在花园里挥舞着流星锤，一面东张西望等寄南，嘴里叽里咕噜：

"不知道这个臭屁王爷又去干什么了？神神秘秘的，丢给我一句今晚大概不回家就走了！也不知道是不是和皓祯商量去救四王？"

汉阳从门外急匆匆跑进花园，灵儿正自言自语，流星锤对着汉阳脑袋飞去。汉阳惊险而狼狈地闪开了，差点摔了一大跤。汉阳仓促站稳，看着灵儿叹气：

"哎哎，深更半夜，你不睡觉，还在这儿玩球？你的王爷呢？发生天大的事情了！我得赶快去找我爹商量一下！"往门内匆匆就走。

灵儿一拦，惊问：

"什么天大的事？赶快告诉我！"

"今天真是不吉，皇后运到东郊别府的黄金居然碰到抢匪，抢得一干二净！这算是皇室破财，也就罢了！可是，十条人命，关系就太大了！"汉阳沮丧叹气。

"皇后被抢了？"灵儿先一喜，接着又一惊，"什么十条人命？"

"你不懂，别拦着我！"汉阳不耐地要走，急着摆脱灵儿。

灵儿好奇已极，左拦右拦，说道：

"裘儿懂！汉阳大人，你是最好的大人！快告诉裘儿什么十条人命？你不说我就去宰相窗子外面偷听，免得我偷听闯祸，你就说了吧！"

汉阳逃不开纠缠的灵儿，只得说道：

"本来是我的案子，被皇上判了一个解甲归田！这祝大人回到咸阳，居然在两天前，全家被盗匪毒死了！"

"祝大人？哪个祝大人？"灵儿糊涂地问。

"唉！你不认识的人！歹徒如此心狠手辣，连那五岁的孙子，也没逃过！简直就是灭门！"汉阳懊恼，急急地说，"不跟你谈了，祝大人是太子的手下，也是太子重用的人，这案子是盗匪还是冲着太子而来？事关重大！我得赶紧去调查！"说完匆匆而去。

灵儿看着汉阳的背影发呆，嘴里又开始叽里咕噜：

"皇后的金子丢了，太子的人手死了？哎呀，还是太子的事大！人命关天呀！何况死了十个！"她望着天空低喊："臭屁王爷，你还不赶快回来！发生大事，你死到哪儿去了？深更半夜还在外面逍遥！"

确实已是深更半夜，在公主院，兰馨还没睡，她拖着吟霜的长发，吟霜躺在地上，被她一路拉着走。崔谕娘拎着香绮的衣领，跟在后面。崔谕娘一面走，一面不断给地上被拖行的吟霜踢去一脚。吟霜痛喊：

"公主，手下留情啊！明天给夫人看到我遍体鳞伤，对公主也不好呀！如果吟霜做错了什么，请公主原谅吧！"

"你能救活驸马，就招惹了我！你跟他手拉手，就招惹了我！你还跟他抱在一起，更加招惹了我！你那张纸条，八成是他写给你的吧？勿念？他知道你在念着他？"兰馨越说越气，"这更加更加招惹了我！"

"哎哟哎哟……公主请松手……请松手……"吟霜呻吟着。

香绮吓得一直哭。到了二楼一间房间门口，兰馨踢开房门，把吟霜拖进门去。崔谕娘也把香绮一推进房。吟霜喊道：

"让我回夫人那儿吧！我晚上不回去，夫人会生气的！"

"让她生气去！看她能把我怎样？"兰馨回身出房。

崔谕娘把房门关上，而且上了锁。

"先关她一夜，公主，你也打累了，先去睡觉吧！这两个丫头，等明天再来收拾！如果夫人跟公主要人，尽管说她们侍候得好，舍不得还给夫人就行了！"崔谕娘说。

吟霜被推进房，躺在地上喘息，痛得缩成一团。香绮也浑身是伤，爬到吟霜身边。

"小姐！小姐！你怎样？"香绮害怕地问。

吟霜挣扎着起身，看看房间，公主院没有密室刑房，这是一间普通的小房间。房里居然还有一张床榻。吟霜看到窗纸上还透着月光，就急急把香绮拉到窗前。

"香绮，听我说，我要你帮忙，我很怕皓祯回家，发现我被带到公主院，会跑来大闹！不能让他看到我这样子，也不能让他看到你这样子，我们要赶快把自己弄干净一点！否则，会天翻地覆的！"

香绮拼命点头。

当皓祯和鲁超离开靖威王府，骑马回到家门口时，已经是四更天了。小乐提着灯闪身出现，匆匆忙忙地说道：

"公子！你们可回来了！"

"你怎么在门口？等我吗？"皓祯狐疑地问，立即一凛，不祥的感觉袭上心头，紧张地，"家里发生什么事了？"

"是大将军回来了！但是老早就睡啦！"小乐避重就轻地说道。

皓祯下马，鲁超拉着马说道：

"公子，我去马厩！"

小乐就不由分说地把皓祯往门里拉。两人走进院子，小乐急急地说：

"小的知道公子很累了！公子赶紧回房去睡觉！别吵醒了将军和夫人！小的提着灯，公子直接回房，别绕路又绕到别的地方去！走！"

"你很奇怪，什么绕路？"皓祯疑惑地说，"这家里我早就摸得滚瓜烂熟，为什么要在门口等我还帮我掌灯？"

"哎呀！"小乐急了，"这就是小厮的用处！哎哎，公子、公子，你走错了，回房间要走这边，你去哪儿？"

"你明知道我去哪儿！吟霜肯定在等我，也不知道猛儿把我的信带到没有？如果不见她一面，我怎么可能去睡觉？"

"别去！别去！吟霜姑娘早就睡了！"小乐着急地拦着他，"你就回房吧！"

"你知道什么？"皓祯亢奋着，"今天，我们做了一件大快人心的事，过程惊险无比。如果不是为了要弄点障眼法，我老早就要回来和吟霜分享！就算会把她吵醒，我也顾不得！"说着，径自往小小斋走去。

小乐见再也拦不住了，这才哭丧着脸，说了出来：

"公子，我老实说吧！但求您别大喊大叫，冷静一点！"咽了口气，"吟霜姑娘和香绮，今晚都被公主带到公主院去了！公主跟大将军说，要了她们两个当丫头！"

皓祯这一惊非同小可，大震。

"什么？公主要了她们当丫头？"

皓祯就急急往公主院走去，心惊肉跳，毛焦火辣地说：

"娘怎么不拦着？到公主院当丫头，这不是羊入虎口吗？早知道就不应该让她入府！我赶快去救她！"

小乐紧紧拉住他。

"现在已经四更，夫人叮嘱过公主，要吟霜姑娘和香绮晚上回她那儿，公主也答应了！现在，说不定吟霜姑娘已经回到小小斋了！咱们先去小小斋看看吧！"

"你怎么不早说！"皓祯赶紧转身，"我们先去小小斋看看！如果吟霜有任何差错，我跟公主没完！"

皓祯几乎是飞一般地冲向小小斋。小乐提着灯，追得气喘吁吁。两人冲进了院子，但见院子一片静悄悄。

"吟霜！香绮！"皓祯一面喊，一面冲进了房间。小乐也冲进了另外一间房间。但见两个房间都空空如也，皓祯转身就向外冲。

"我去公主院要人！"

"公子呀！可别和公主打起来，吟霜姑娘是丫头身份，这会儿去要人，不是暴露了公子和吟霜姑娘的事情了吗？要不要再想一想？"小乐急喊。

皓祯头也不回向外冲，心乱如麻地说道：

"想一想！我现在怎么想？我已经昏了！我要去把吟霜救出

来！她被带走多久了？还要我想一想，我只要一想，就浑身寒毛直竖，连头发都站起来了！"

皓祯说着，疾冲出去，小乐赶紧跟着，急得手足无措地嘟嘟囔囔：

"连头发都站起来了！严重严重……不好！一定会打起来！小乐太笨，不知道怎么办了！"

蓦然间，鲁超出现，一步就拦住了皓祯。

"公子！请冷静一下！"

"这个关头了，你们还叫我冷静？我怎么可能冷静？吟霜和香绮这会儿有命没有命都不知道，我怎么冷静？我要到公主那儿去要人！"

"公子听我说，那公主院是我们将军府装修的，没有密室也没刑房，每间都干干净净的。如果现在吟霜姑娘在公主院，不用公子出面，小的去把她们悄悄地偷出来！那公主院，小的熟悉得很！"鲁超说。

皓祯这下听进去了。

"偷出来？"

"公子相信卑职吧！鲁超一定能救出吟霜姑娘和香绮！"鲁超一点头。

"好！就这么办！不过，不是你一个人去偷，是我们两个人去偷！我的武功也不会输给你！"皓祯眼中发光了。

"我去帮你们把风！"小乐说。

三人便急急往公主院走去。转眼来到公主院，小乐躲在一旁。

鲁超和皓祯交换了一个眼神，点了点头，两人便迅速地上了屋顶。两人在每间房窗外，倒挂金钩地向窗内窥探，碰到窗子关着，就戳破窗纸。

就在皓祯探索着每个房间的时候，吟霜的头发已经梳好，只是没有簪环。她把香绮按在床榻上，正挽起香绮的袖子，用手在香绮瘀伤处运气治伤。香绮低喊着：

"小姐，不痛不痛了！你不要对我运气，消耗体力，我真的不痛了！身上的伤都被你治好了！可是你呢？你浑身都是伤呀！你能不能运气给自己止痛呢？"

"我从来没有运气给自己治过伤，不知道有用没有？让我看你另外一只手！"

吟霜卷起香绮另外一只手的袖子，对着伤处再度运气。忽然窗子上咔啦一响，两人一惊，只见窗子开了，皓祯和鲁超先后翻窗而入。

吟霜轻声惊喊：

"皓祯！"

皓祯的眼光迅速地从她脸上身上一扫而过，问：

"你在做什么？"立即明白了，"给香绮治伤吗？"

"嘘！别吵醒公主院的人！"吟霜紧张地说。

"我带你们离开这儿！"皓祯说着，把吟霜一背，就翻窗出去了。

鲁超也背着香绮，翻窗而去。

三十四

　　皓祯背着吟霜，鲁超背着香绮，小乐跟在后面，大家进了小小斋的院子。小乐赶紧把院子门关好。鲁超放下香绮，就对皓祯郑重说道：

　　"公子，鲁超在院子里守着，你们快进去吧！公主没有带打手过来，几个卫士也身手平常，何况她丢了丫头，想必不敢大肆声张！"

　　小乐拉着香绮，急急问道：

　　"你们有没有吃亏？有没有受气？有没有被虐待？"

　　"没……没……没什么……都都都……还好！"香绮吞吞吐吐地回答。

　　皓祯背着吟霜，没有放下，直接进了卧房，这才把吟霜放下来。皓祯就低头检查着吟霜，急切地问道：

　　"她对你们做了些什么事？不许瞒着我！你头上的头饰呢？"把她的身子转了一圈，"你的衣服为什么破了？背上的衣服为什么磨损了？"着急地说，"你脱下衣服，让我看看伤在哪儿？"

"没有没有！你看我哪儿有伤？"吟霜急忙掩饰，"公主只是叫我去问问如何帮你治病，我糊弄了一下，也就糊弄过去了！你和鲁超，怎么把我们偷出来了？这样，明天一早，公主发现我们不见了，怎么办？"

"你先回答我，她有没有打你？"皓祯就把灯提过来，照着她脸孔，大发现地怒道，"手指印！她打你耳光吗？身上给我看！"

吟霜挣扎着跳开身子，说：

"不要！我跟你说没有就是没有！"

"别瞒我！我发现你们的时候，你明明在帮香绮治疗！"皓祯一把就把她拉回自己身边，再仔细地看她鬓角，惊喊，"你的发根都在出血！"

皓祯倒抽了一口冷气，就去卷吟霜的衣袖，又去拉起吟霜的裤管，只见遍体鳞伤，到处瘀青。吟霜见瞒不住皓祯了，只好站着让他检查。皓祯见到吟霜浑身伤痕累累，气得脸色铁青。

"告诉我，她怎么对你的？怎么把你伤成这样？"气得满屋子转，冲到吟霜放药罐的架子前，"哪种药可以止痛？哪种药可以让你马上好起来？"

吟霜赶紧上前，自己找了药丸，倒了水吞下。

皓祯怒气冲冲，往门外就冲去，咬牙切齿地说：

"我去跟那个公主，把一切说清楚讲明白！你不是丫头，你是我的原配！她再打你，我要休了她！马上休了她！"

吟霜一急，死命抱住皓祯的腰，滑跪在皓祯面前，痛楚地、急促地说道：

"皓祯，我没怎样！你知道我自己是大夫，我有我爹各种治伤的神药，我还有一点推拿功夫，可以治疗自己！公主很生气，因为她看到你拉我的手，看到你抱我，但是我都否认了！你听我说，现在朝廷里正是多事之秋，你忙着天元通宝的事，已经心力交瘁。公主有一肚子的气，你也明白是怎么造成的，如果我成了她的出气筒，也是我应该的……"

皓祯盯着她，要把她从地上拉起来：

"什么你应该的？我现在就去跟她说清楚！我娘把你弄进府里当丫头实在是大错特错！你明明就是我的妻子，怎么变成丫头？住在丫头房，还要挨打挨骂？我受不了！你让开！"

吟霜死命抱住他的腿，落泪喊道：

"不能去不能去！公主伤害不了我，你才会伤害我！"

"什么？"皓祯大震。

"公主顶多打我几下，不会要我的命！你这样不顾后果，弄得我很紧张，会把我吓得要死，提心吊胆！如果你在乎我、心疼我，就不要再追究这事了！我求你行吗？要以大局为重啊！护国是你的大爱，我是你的小爱，别为小爱而牺牲大爱！公主不单单是个女子，她是你拼命保护的李氏王室啊！"

皓祯被吟霜说中心里的隐痛和无奈，踉跄一下，跌坐于地，一把抱住了吟霜。

"是，大爱重于小爱，就因为这份大爱，我娶了公主，委屈了你！但是，我不能为了这份大爱，让你去给公主欺负、去给公主打呀！"

"不会的！"吟霜诚挚地说，"公主也是人，她也有人心，我相信我爹给我的教诲，正心诚意，趋吉避凶！"哀恳地说，"听我的，不要再把我逼到悬崖边上去！"

皓祯一个寒战，眼前闪过跳崖的一幕，心惊肉跳地看着她，知道她说的都是实情。他痛楚深思，急道：

"不要再提悬崖，我不逼你，我要想办法！"

"现在天快亮了！先想办法，怎样跟公主解释我半夜失踪的事！"

"我去解释，你以后不用去了！"

吟霜哀恳地看了皓祯一眼：

"那你就帮我树立了一个最大的敌人！你要上朝，你要出门，你不能天天守着我！你让我用我的方法，化解仇恨吧！我跟她，命定要长期相处，我逃避不了的！"

皓祯怜惜地看着她，深思起来。吟霜说得不错，他不能时时刻刻守着她，她逃不开公主！他要怎样才能保护好吟霜呢？

公主院里，兰馨起床后，宫女正在帮她梳头上妆，崔谕娘急急进门，对兰馨说道：

"那两个丫头不见了！窗子开着，她们从窗子逃跑了！"

"怎么可能？她们不是关在二楼吗？窗子离地那么高，怎么可能逃走？"

"可是，就是不见了！奴婢也整个公主院找了一遍，都没找到！"

就在这时，一个宫女进门禀道：

"公主！将军府的夫人过来探望公主了！"

"这么早？"兰馨又一惊，"赶紧帮我把头发梳好！"

宫女和崔谕娘急忙帮公主梳头。梳好头，整理好服装，公主走进大厅，就看到雪如站在那儿，带着一股气势，庄重而严肃，见到兰馨，就训斥地说道：

"兰馨！昨晚你要去的那两个丫头，深更半夜都没有回来！在我们将军府，说话要守信用！既然你没有让她们回到我身边，我只好让人到公主院，把她们接回将军府去了！怕你找不到她们会奇怪，过来跟你说一声！"

兰馨惊愕，张口结舌地问：

"接回去了？怎么接回去的？"

"我们将军是带兵的人，将军府高手云集，要接回两个丫头，当然是轻而易举的事！因为时辰太晚了，就没有打扰你！"雪如板着脸说。

兰馨一呆。雪如继续说道：

"两个丫头接回去，才发现遍体鳞伤，这又犯了将军府的大忌！在这将军府，我们从来不虐待下人！现在，这两个丫头正在养伤，暂时不能来公主院当差了！"

兰馨气得瞪大眼睛，尖锐地问：

"您就直说吧，这两个丫头到底是什么来历？有劳婆婆半夜接人，一早又亲自到兰馨这儿来，还警告我不能动她们！难道，以后她们都不到公主院了吗？"

"等到她们的伤好了，自然会送过来让公主调教！至于她们的来历，我也不是很清楚！总之都是可怜人，才会到别人家当丫头！咱们身份高贵，存一点怜悯之心，算是为子孙积德吧！"雪如说完，就喊道："秦妈！走了！"

"是！"秦妈就扶着雪如，严肃地去了。

雪如和秦妈一走，兰馨就像打了个败仗，跌坐在坐榻上，气得脸色发青：

"什么为子孙积德，我这样被冰在这儿，子孙从哪儿来？"喊道，"崔谕娘！你看这是怎么回事？"

"公主！这两个丫头太不简单了！"崔谕娘说道，"整个将军府，都藏着秘密，而且护着她们两个！公主也别急，日子长着呢！过两天，再把她们要来，奴婢有办法对付她们！只有从她们身上下手，才能知道真相！"

兰馨点头，眼睛里闪着惊疑与愤怒的光芒。

皓祯回家面对的事，寄南和灵儿一点也不知道。寄南也是四更左右，回到宰相府的。灵儿看到他就一肚子气，挥舞着流星锤，恨不得把他痛打一顿。他却满脸的兴奋，把灵儿拉进厢房，关好窗子，开始对灵儿诉说抢金大战的经过，这场战役本来就精彩，寄南当然说得更加夸张，手舞足蹈外加眉飞色舞，听得灵儿一愣一愣的。等到寄南说完，灵儿敬佩得五体投地，嚷着：

"你们就这样抢了皇后和乐蓉公主的黄金？"

"可不是吗？现在就等下回分解了！看看伍家要怎样向皇上交代！"

灵儿忽然一拳头打在寄南的鼻子上，寄南猝不及防，捂着鼻子跳脚，喊道：

"裘儿，你这是干什么？我的鼻子出血了！你怎么可以打你的主子？"

灵儿气冲冲，瞪着寄南说道：

"这么轰轰烈烈的大事，你居然不带我去！你这个臭屁王爷，太不够意思了！从今以后，我不当你的小厮了！"

"咦！谁稀罕你当我的小厮？"寄南说，"这件大事，怎能告诉你？万一我们失手了，不知情的你才能保住小命！我窦寄南真是好心没好报，收了你这个小厮，简直是收了一个'风火球'！"

"风火球是什么东西？"灵儿问。

"本王爷也不知道是什么东西？是个就像你的东西！一会儿是风，一会儿是火，一会儿是到处滚动的球！没有片刻安静，滚过的地方就变成狂风过境、大火烧过一样！这就是你！风火球！"

灵儿歪着头想了想说：

"风火球挺好听的！像那个'玉面郎君冷烈'，名字就取得好，我就当风火球吧！以后你别叫我裘儿了，直接叫风火球！"

正说着，房门被拍得噼里啪啦响。灵儿打开房门，看到汉阳严肃紧张地站在门外。

"寄南！快快快！皇上传令，要你、我和我爹都赶紧进宫去！昨天皇后丢了万两黄金，据荣王称，是你、皓祯、太子一起犯案，他已拿到证据！"

寄南一惊，叫：

"什么？证据？"

不到一个时辰，在皇宫偏殿上，太子、皓祯、寄南三人到齐，用眼神互相稳定情绪。汉阳、皇上、皇后、方世廷、乐蓉公主、伍震荣、伍项麒、伍项魁等齐聚殿上，各有忧虑、各有心思、各怀鬼胎。

皇上脸孔严肃，手里端详着伍项魁捡到的玉带钩，威严地说道：

"刚刚皇宫里的玉匠，证实这个玉带钩是太子所有，太子有何说辞？"

太子坚定毅然地看着皇上，回答：

"父皇，这玉带钩确实是儿臣所有，但是，这只玉带钩早已在太子府遗失多日，儿臣也非常疑惑，为何今日会被送到父皇跟前，还直指儿臣与盗匪有关，这真是太可恶的栽赃手法！"

"在窃案发生的场地，出现太子的随身物品，这真是无巧不成书啊！"伍震荣咄咄逼人地说，"常言道太多的巧合就不是巧合，太子还是坦白从宽为好，或许皇上还是会网开一面的！"

寄南气不过插嘴：

"荣王不要含血喷人，怎么不说是你偷了太子的玉带钩，想嫁祸给太子！"

"放肆！"皇后喊，"窦寄南！皇上还没有审到你呢！你和皓祯、太子三人昨日巳时都到哪里去了，你们交代得清楚吗？"

"我们三人一直聚在靖威王府下棋！"皓祯说，"午时还打了一顿牙祭，要不要交代我们都吃了些什么？接着聊天到晚上，又喝了一点小酒，闹到半夜三更才散！"

"这一听不都是串通好的吗？"伍项魁气呼呼地说，"若问人证，该不会全都是你们靖威王府全家上下吧？这有何公信可言？"

"那么区区一只玉带钩，何以证明本王与太子牵涉了黄金窃

228

案？这就不牵强吗？"寄南针锋相对。

皓祯对皇上行礼，郑重地说道：

"陛下，这个证物太过薄弱，而且太子已经声明遗失多日，这恐怕是有人故意上演一出假抢劫真栽赃的戏码，目的就是要破坏太子的名声和威信，请皇上明察！"

乐蓉公主喊道：

"父皇，太子他们三人显然都已经套好招了，怎么问也是在打迷糊账！"悲从中来，哭道，"黄金失窃现场，女儿和项麒都亲眼目睹盗匪之蛮横凶狠，还有一个暗器高手在帮助他们！"

"是！那人出神入化，恐怕是个巫师之类！"伍项麒说道，"与盗贼打斗之时，还听他们彼此大喊，声音非常熟悉，就是太子、皓祯、寄南三人的声音！"

太子正色地问：

"用声音举证？是谁听到本太子的声音？还听到皓祯与寄南的声音？汉阳，你办案以来，这种'声音熟悉'的证据，能成立吗？"

汉阳为难却正直地说：

"回太子，这种证据下官还没办过！"

伍震荣怒瞪汉阳一眼，大声说道：

"陛下！那些羽林军可以做证，身手也是他们三个，现在人证物证都有，恳请皇上严办此案！"

"且慢！"汉阳一针见血地说道，"荣王说有人证和物证，但是赃物呢？那失窃的万两黄金现在到底在何处？就算太子、皓祯、寄南是荣王口中的盗匪，但他们的动机是什么呢？一个太子，一个高官，一个厚爵，生活无虞为何要去抢劫呢？何况是抢自家人的黄金？办案必须起出赃物，才算是罪证确凿！就像杀人案要有尸体一样！"

方世廷当机立断，有力地接口：

"那就恳请陛下立刻下令搜查太子府、将军府、靖威王府！以免万两黄金都被销赃了！"

"对对对！"伍震荣兴奋地说，"右宰相说得有理，要搜，通通要搜！陛下，请您快速下旨！"

皇上起身，大怒说道：

"你们个个是不是脑袋都出问题了！胆敢抢劫皇家的人，还会笨到把黄金藏在你们怀疑的地方吗？你们真是胡闹！这场闹剧，你们个个都有嫌疑，不是要恶斗太子，就是要劫财嫁祸！"

"皇上，您可要是非分明啊！"皇后喊，"没有人要恶斗太子，实在是太子、皓祯、寄南三人的行踪交代不清啊！"

"交代不清，那顶多是嫌疑人罢了，何以定罪？现在朝廷上的官员众多，难道每个都能交代昨日的行踪？只要对行踪怀疑，就能定罪吗？"皇上不悦地说。

"陛下，据荣王说，抢匪个个武功高强，"皓祯振振有词地禀道，"荣王府、宰相府、卢侍郎府、驸马府……里面都养着大批卫士，这些卫士身手不凡，对押送黄金路线熟悉，会不会是这些卫士干的？"

"对呀！"皇上被提醒了，拍着额头说道，"皓祯说得对！这事一定有内贼！这条运金路线，谁最熟悉？以前也不是太子在管建造别府！那些卫士调查过吗？有没有让他们交代行踪？"

皇后和伍震荣气得脸色铁青。皇后也忘了要忌讳，对皇上愤慨说道：

"皇上！你这不是明明偏袒太子吗？留下证据的是太子，你却要我们伍家、卢家、驸马家……去做内部调查？"

"皇后！真心想抢劫的人，不会在现场留下证据！有了证据，更加可疑！这点办案常识，朕还明白！汉阳，是不是如此？"

"陛下英明！"汉阳赶紧回答，"这事确实疑点重重，要深入调查！"

"皇上……"皇后怒冲冲喊着。

"不要说了！"皇上打断，"皇后！昨天还有两个现场证人，你忘了吗？就是朕和皇后！是谁让朕去现场看抢劫的？难道荣王预先就知道有抢劫？朕看到羽林军和老百姓打成一团，可没听到太子、皓祯和寄南的声音……"皇上突然气得头昏，身子站不住，曹安赶紧上前，扶着皇上坐下。曹安担心地看着皇上问：

"陛下又头痛了吗？"大声吩咐："来人啊！快拿药来！"

皇上抚着头，难受地下令：

"今天到此为止！朕也不偏袒，太子听令，在事情真相未明之前，你和皓祯、寄南三人必须配合大理寺的调查。汉阳，这案子你直接对朕负责！别忘了皓祯和朕说的那些卫士！尽速查清回报！"

皇上一说完就身体瘫软，昏倒在坐榻里，大家顿时乱成一团。曹安连声喊太医，太子奔向皇上身边，着急喊：

"父皇！父皇！"

皇上晕倒，案子也就暂时搁下，太医们出出入入，诊治着皇上。皇上一度苏醒，服了太医的药，回到寝宫，又昏昏睡去。等到睁眼时，已经入夜了，太子在他身边喊着：

"父皇、父皇！你醒了？"

皇上抚着头，艰难起身，看着太子问道：

"这夜色已晚，你怎么还在这儿？"

"儿臣担心父皇的身体，但一直被母后挡在门外，直到刚刚母后回寝宫去了，儿臣才能偷溜进来看看父皇，现在父皇好点了吗？"

皇上看看曹安，说道：

"曹安你到外面去守着，任何人都不准进来！"

"是！陛下！"曹安退下了。

皇上见四下无人，坐直身子，突然精神大好，笑着说道：

"其实这头痛昏倒也是一出戏，朕怎么能演输你们呢？"

"什么？父皇不是被我们气得昏倒的？"太子惊问。

"气当然气了！启望你老实说，黄金是被你抢走的对吧？"皇上瞪着太子。

太子立刻匍匐跪下认罪：

"请父皇恕罪！儿臣情非得已，要不是被逼得咽不下这口气，实在不会做出如此罪大滔天的事情。与其让皇后亏空国库，还不如劫富济贫！"

"四王已经来向朕请罪了，铸金房的事情朕都知道了，想必你也是有苦难言，才会出此下策。"一想生气，"但是皓祯和寄南怎么没有阻止你，跟着你胡闹干起抢匪了呢？还帮着你撒谎，气得荣王快炸了！"

"他们是无辜的！他们不但劝过我，还拼命反对我！"太子笑着说，"但儿臣仗势欺人，逼迫他们就范的！"

"唉！"皇上叹气，"你怎么可以这么鲁莽呢？真解决不了，难道不能跟父皇商量吗？"

"儿臣阻止了……"太子委屈地说，"找尽理由不想拨款给皇后，但是她说要卖首饰衣裳的，父皇不就全答应她了吗？"

"你把事情闹得这么大，现在还责怪起朕？"又叹气瞪眼，"你做事真不利落，和羽林军大战一场，怎么会落了个玉带钩给人当把柄呢？真是一点也不机灵啊！也难怪会中了别人设的局。"

"父皇还有心思取笑儿臣，可见父皇身体真是无恙了。"太子欣喜安慰，解释道，"就因为是和羽林军打，孩儿怎能不手下留情？哪有羽林军和太子对打的事？"一笑，"不过儿臣必须禀报父皇，那一万两黄金已由孩儿的亲信，分别送往漳州、太仓、山阴、番禺去赈灾了，会有赈灾详情回报，请父皇放心，一分钱都没有浪费。"

"朕信得过你！"皇上一笑，"虽然这两天过得风起云涌，但终归是办了一件好事，就是方法太不规矩、太激进！下不为例！夜深了，太子也别回去，就陪朕睡一宿吧！咱父子好久没有这样闲话家常了！"

"真的？儿臣无罪了？那调查……"

"调查免不了，你总得做做几天样子吧！要不然朕如何杜绝悠悠之口？记住！不管汉阳如何审问，你硬赖到底就对了！就说是荣王府的卫士干的吧！"

太子赶紧在床边磕头：

"谢谢父皇英明！"说完，一溜烟地钻进被窝里，打哈欠，"这两天闹得我可困了！"搂着皇上说："父皇也快睡吧！"

皇上满足地笑着，为太子拉好被子。心里着实骄傲，看着他逐渐入睡的英俊面貌，深深地想着：

"他会成为一个爱民如子的好皇帝，比朕有胆识有魄力！也没朕对皇后的那种软弱，对荣王那种迁就，朕幸好有他！"

三十五

这天，皓祯和寄南一起来到太子府，青萝带着皓祯和寄南，走进绿荫深处，再走进一间大花房。青萝低声说道：

"太子那间书房，隔音不是很好，最近奴婢和太子妃，帮太子弄了这间密室，藏在花房之中，只有奴婢、太子妃和邓勇才知道！如果王爷和少将军，要和太子说知心话，这儿比大厅和书房都好！"

"太子府早就应该有这么一间能谈话的房间了！"皓祯看着青萝说。

"可是，是谁盖的这间密室呢？"寄南问。

"是邓勇带来的兄弟！"

皓祯和寄南放心地点了点头，两人神色都是沉重的。

青萝拨开一片藤蔓绿叶，密室房门出现。青萝说道：

"太子在里面，奴婢就不进去打扰了！"

两人赶紧进房，太子看到两人神色不佳，疑惑地说：

"劫金案还有问题吗？父皇已经心里有数，你们也别太着急……"

"不是劫金案……"皓祯说，"启望要节哀，祝之同一家十口，在咸阳全部被盗匪毒死了！"

太子大震抬头。

"什么？祝之同一家十口全部被盗匪毒死？"立即悲愤跺脚，"当初父皇一句'解甲归田'，我实在不服气，有功无罪的好官，居然被罢黜！但是，想到伍震荣的心狠手辣，生怕他会为本太子送命，这才勉强让他回咸阳！结果，却把他害得更惨！这分明是针对我而来！"气到双手握拳，浑身发抖："我和伍震荣已经势不两立！"

"太子老哥，这事是谁干的，还完全不知道！"寄南急忙劝道，"我从汉阳那儿打听到的消息，是强盗案！"

"这会是强盗案吗？强盗会连五岁的孩子都杀掉吗？"太子怒吼，大声喊道，"这是灭门！伍震荣最拿手的好戏，'不留活口'！"

"这事发生在黄金劫案的前一天！"皓祯分析着，"伍震荣以为我们会立刻得到消息，一定愤恨至极，劫黄金在怒火攻心之下，会忙中有错！谁知我们都没得到消息，照样劫走了黄金！他也吃了大亏！"

"现在，有黄金劫案，有祝府灭门案，不知汉阳先办哪一件？"寄南说。

太子悲痛地倒在坐榻中，伤心不已，惨然说道：

"黄金劫案虽然胜了，和十条人命比起来，就太渺小了！"

"想想那一万两黄金可以救活多少百姓吧！"皓祯安慰太子，

"四个灾区的灾民都能温饱，可能是上万条人命！"

"至于汉阳，我猜他会先办祝之同案！启望，你放心，这次我会盯着汉阳，跟着他去咸阳办案，绝对不会让他草草结案！务必弄个真相大白，为祝大人讨回公道！伍震荣坏事做尽，他逃得掉一件两件，也逃不掉千件万件！"

"汉阳会让你跟去办案吗？"皓祯问寄南。

"本王要跟他去，他只能让我去，他不让我去，我也照样去！"寄南坚决地说，"何况还有灵儿，她对这案子可有兴趣了，只要牵涉到伍家，她就恨不得抓到把柄，让伍家全家的人，都人头落地！她也会闹着汉阳，带她去的！"

"那么，本太子命令你们，务必让汉阳规规矩矩办案，别让方世廷又来妨碍他，把案子给草草结案！不抓出真凶，我死不瞑目！"太子悲愤说道。

寄南就拍拍太子的肩，郑重地说道：

"寄南遵命！祝大人在天之灵，会辅佐太子，太子务必节哀！"

为了要跟汉阳一起去咸阳，灵儿和寄南守在宰相府庭院里，总算堵到行色匆匆的汉阳。寄南往前一迈步，拦住汉阳说：

"汉阳，你在忙什么？"

汉阳不耐地对寄南一瞪眼：

"办你的抢劫案都来不及，又要出远门！"

"出远门？去哪儿？"寄南明知故问。

"去咸阳！办祝大人的案子！"汉阳却诚实地，带着满脸遗憾和沉痛地回答。

"祝大人明明是个清官，居然全家被毒死！"寄南拉住汉阳说，"我和太子熟，跟祝大人也有几面之缘，这事我也挺难过的，既然你要去办案，那我也和你一起去，至少于情于理，本王也应该去吊唁祝大人！"

"我家主子要去哪儿，小的我，当然也要跟到哪儿！"灵儿拼命点头。

"你们要吊唁祝大人也好，要跟着我办案也好，都是你们的自由！"汉阳说，"我猜我说不行也没用，因为你们两个显然是跟我跟定了！"

"哈哈！汉阳大人真是神算！"灵儿嘻嘻哈哈说道，"怎么知道我们跟定了？"

"如果不是想在院子里堵我，你们两个会乖乖待在宰相府吗？"汉阳说，"堵我的目的，不就是要跟我去咸阳吗？去就去吧！就是别给我闯祸！"

"汉阳别小看我和裘儿，我们别的本事没有，让你在办案时有个伴，也是好事一桩！何况，我们两人也有点才气，带着我们准没错！"寄南说。

"才气？"汉阳疑惑地看看二人，"那就让本官看看你们的才气吧！明儿一早就出发！"

于是，寄南和灵儿，就跟着汉阳出发了。这天，汉阳、寄南、灵儿骑着马，带着一队骑兵，风尘仆仆进入了咸阳城。寄南、灵儿都没料到，这方汉阳居然马不停蹄，一口气直奔咸阳，连吃饭都在马背上解决，几块干粮就了事，简直像在苦行军。好不容易进了城，灵儿口渴，说道：

"大人，咱们进了咸阳城了，要不要先找个地方休息？好渴啊！"

"是啊是啊！"寄南附和，"本王又饿又渴，最糟糕的是内急了！"

"谁让你们跟着来了？现在，先到祝大人家里看看，办案要紧！其他事不重要！走！"汉阳一丝不苟。

灵儿和寄南彼此互视，苦着脸。寄南憋着内急，对汉阳喊：

"哎哎哎！你这人，怎么都不能商量的呀？太不人道了吧！"检视四周环境，"哪儿可以让本王先解解手的呀？"

灵儿骑马靠近寄南，嘲笑着：

"男儿本色，不是一堆草丛或是墙角都可以解决的吗？哈哈哈！走啰！"

灵儿嘲笑完，不理寄南便骑向汉阳身边套近乎。寄南瞪着灵儿背影，又急又气：

"什么墙角？本王又不是小狗！你这没上没下的小厮……简直气死我了！"

寄南憋得脸红脖子粗，捂着肚子，无奈地继续跟着汉阳人马大队前行。

寄南和灵儿出发了，皓祯也即将远行，因为木鸢有秘密任务交给他。这天，吟霜和皓祯在小小斋吃午膳，香绮和小乐侍候着。皓祯看着吟霜笑。

"这两天，你总算休养好了！也胖了点！"

"每天被你这样喂，一定变成小胖猪！"

"我喜欢小胖猪！"皓祯笑。

吟霜脸色一正，问：

"寄南和灵儿都出发了吧？"

"是，他们跟着汉阳，等于监视了他！希望灵儿别自作聪明出问题！"

"你放心，灵儿很机警的！那么，你过一段日子也要出发了？木鸢给了你差事？"

"是！那差事很重要，关系我们天元通宝一员大将的生命！不过我和鲁超已经安排好，这个小小斋日夜都有人守卫，你不用害怕！"

"但是，你娘已经通知我，明天起，要去公主院当班！"

皓祯一惊，跳起身子，反射般地脱口而出：

"我反对！"

"要不要听我几句？你别反对！"吟霜就语重心长地说道，"你也太冷淡公主了！如果你常常去公主院，即使不和她洞房，也可以和她聊聊天、玩玩双陆棋什么的，如果你把她当亲人待，她可能不会充满了暴戾之气，我的日子也会好过很多！"

皓祯深深看着吟霜，沉思地说：

"嗯，你说得也有理！明天我下了朝，就到公主院来看你！如果她再欺负你，趁我没出门，让我给她一点警告！"

第二天，吟霜和香绮就回到公主院当丫头，努力地擦着家具和桌上的摆设。

崔谕娘拉着兰馨，在屋内一角说悄悄话：

"公主，这两天你就忍着点，就让她们两个当丫头，在夫人面前，还要摆出宽大贤惠的样子来，等过几天，大家都没防备了，咱们再动手！"

"嗯，我要你去宫里拿的东西，都拿来了吧？"兰馨深沉地问。

"当然！都准备着呢！"

外面，传来宫女的通报声：

"驸马爷到！"

"他来了？"兰馨一惊，低问崔谕娘，"是为我来的，还是为那两个丫头来的？"

"当然是为公主来的！好不容易来，别一见面就吵！"崔谕娘堆着笑脸。

只见皓祯拿着两把木剑，大踏步进门。

"哎哟！稀客稀客！"兰馨就喊道，"吟霜，快给驸马爷沏茶！"故意地说，"是喝龙井、香片、绿茶、普洱……还是……吟霜，你知道吧？"

吟霜和香绮都停止了工作，吟霜就急忙行礼：

"吟霜见过驸马爷，不知道驸马想喝什么茶？奴婢这就去沏！"

香绮也赶快行礼：

"香绮也见过驸马爷！"

皓祯很快地扫视了两人一眼，见两人服装钗环都整齐，稍稍放心。但是吟霜那卑微的态度和奴婢二字，仍然刺痛了他的心，眉头微微地皱了皱。

皓祯忽然笑着，丢给兰馨一把木剑：

"接着！"

"木剑？"兰馨本能地一把接住，惊愕地问。

"别小看这两把木剑，还是我以前学剑时爹为我特别定制的，木头里面包着真剑，所以和真剑的重量一样，但是木剑不锋利，练剑时不会造成误伤！"皓祯说。

"哦！你练剑用的？你要干吗？教我剑法吗？"

"不错！"皓祯笑着说，"兰馨，记得宫里选驸马那天吗？你被抱住就无法脱身，连汉阳那个没有武功的人，抱住你不放，你也没辙！你的功夫实在太烂了！既然喜欢武术，我没事就来陪你玩玩！一定把你调教成武功高手！"

兰馨真的被挑起了兴趣。

"哦！你说我的武功烂？你也太小看我了！这剑法我也学过！"

"那就到院子里来！我们来比画比画！"皓祯说着，顺便对吟霜说道，"茶也不用了！"

到了院子里，皓祯和兰馨真的比起剑来。两支木剑上上下下，你来我往。崔谕娘和宫女们都在围观。吟霜和香绮一面擦着门窗，一面不时回头观望着。

"来来来！"皓祯鼓励地喊，"对着我刺！要杀敌人就要又狠又准，看，我的胸口在这儿……"张开双臂："来！刺我！"

"如果刺死了你怎么办？"兰馨一招"迎风挥扇"，剑锋上撩、平扫，半途中剑身忽顿，陡然向皓祯左胸刺去。

"我帮你算过命，你不是寡妇命！"皓祯笑着，一招"猛虎转身"，身形轻巧斜移，反身用剑上架斜拨，轻松地挡住了这剑。

"那……我是弃妇命？"兰馨再使出一招"嫦娥刺虎"，剑锋划了个半圆，如影随形地指着皓祯左胸，狠狠地再刺去。

"不……你是贵妇命！"皓祯一招"鲤鱼摆尾"，身形再闪，同时架剑，又从容地挡过那剑。

紧接着，皓祯再使出"青龙回首"，进身上步，用剑一绞一挑，就把兰馨的剑击飞了。宫女们赶紧去拾起，交给兰馨。

"再接再厉！手腕用点劲儿……"皓祯笑着示范，"这样上下左右！知道吗？"

"知道了！"

兰馨说着，突然使出一招"乳燕归巢"，欺身剑步上前，剑尖连点，迅雷不及掩耳地连番凌厉地刺了过来。皓祯从容应招，赞美道：

"一点就通！聪明！"皓祯青龙再度回首，右旋上挑，兰馨的剑又飞了。

"再来再来！"皓祯在院子里跳着。

宫女们看得好兴奋，不由自主地喊着：

"公主好身手！公主好身手！驸马好功夫！驸马好功夫！"

一次又一次，翻飞的剑花和兰馨被挑飞的剑。兰馨已经香汗涔涔，皓祯依旧从容不迫。兰馨眼见打不过皓祯，忽然发难，一招"风摆杨柳"，猛然回身，剑尖直刺向正在观战的吟霜胸口。

皓祯大惊，急忙一蹿上前，挑飞了那把剑。兰馨笑着说：

"一把木剑，伤不了人，也让驸马吓出满身冷汗吗？"

"即使是木剑，也有剑锋，不能随便伤人，是学武的基本原则！好了，公主要这样玩，我就玩给公主看！让我再教你一个小游戏吧！"

皓祯就拿着剑，在兰馨胸前连点三下，兰馨要闪，居然没闪开，皓祯再用剑在兰馨身上左比画右比画，兰馨怎么都闪不开。

就这样，皓祯不断在兰馨身上点到为止地东点西点，左一划，右一划。兰馨不断地闪避，却闪不开。

皓祯收了剑，站住说道：

"我这几下叫作'一点一点分一点，一点一点合一点，一点一点留一点，一点一点少一点！'你去好好练习，这是刺和闪的要点，同时，这剑诀也是谜语，不妨一面练剑，一面猜谜语！等你猜出了，我明天再教你别的！"

兰馨兴趣盎然地念叨：

"什么一点一点地……"拿着宫女送来的剑，比画着，思索着。

"公主慢慢玩吧！我出去了！"

皓祯说着，飞快地给了吟霜一个眼光，两人交换了一个眼神。兰馨还在跟那儿"一点一点"作战，却完全没有疏忽这个眼神。

皓祯转身出门去了。

这时，汉阳正带着寄南、灵儿，在咸阳官员陪同下，视察祝家现场。众人在各房间走着、看着、听着，汉阳忽然站住，一惊问道：

"不是说全家毒死了吗？原来还有活口？"

官员恭敬地回答：

"是！当时是用完晚膳，过了一个多时辰，祝大人和夫人公子们就都陆续毒发死亡了，但是，两个女仆和两个男仆没用晚膳，所以都没遇害！"

另外一个官员接口：

"还有祝家的小姐祝雅容，刚好跟奶娘去婶婶家做客，逃过了一劫！”

“想必，你们的司法狱，已经把食物都检验过了，是什么毒？放在什么菜肴里？”

“好像是‘断肠草’！”一个官员没把握地说。

“不对不对！好像是‘雷公藤’！”另一个官员说。

“你们连是什么毒物，都没查出来吗？”汉阳变色。

两个官员慌乱，你看我，我看你，说：

“也可能是‘砒霜’！”

寄南忍不住一怒，大声说道：

“你们大概把所有致命的毒物都说出来了，到底查了还是没查？算了算了，有什么毒物残余和证据赶紧送过来，方大人会派人飞骑送回大理寺检验！”

“这个已经确定了！是放在米饭里，所以，吃了米饭的，一个都没逃掉！可怜的祝大人，除了小姐，十口人，全部遇害了！”

寄南又忍不住插嘴：

“这些逃过夺命晚膳的男仆、女仆、奶娘和那位小姐，现在在什么地方？这事，方大人一定要亲自问过活口，才能查明真相！”

汉阳惊看寄南，点头：

“正是！窦王爷说得不错！活口在哪儿？”

“就在这儿，现在都聚集在书房里，等着方大人一个个传唤呢！”

灵儿就大声说道：

“咱们方大人办案，一向简单明快，哪儿需要一个个传唤？

让他们全体到大厅来，方大人一次解决！"

汉阳又惊看灵儿：

"啊？一次解决？"扫了两人一眼，心想："到底是你们两个在办案，还是本官在办案？"

无可奈何，既然灵儿代汉阳吹了牛，汉阳只得硬起头皮，一次解决。在大厅里，汉阳和两位官员，席地坐在大厅的矮方桌前。灵儿、寄南站在后面，衙役站在两旁。

矮方桌对面，仆妇二人、仆人二人、奶娘都跪坐着，独缺祝雅容。汉阳眼光一扫：

"少了一个人！"

"回大人！"奶娘磕头说道，"我家小姐全家遇害，伤心得不得了，现在病倒在床，恐怕没有力气过来！"

"你是家里什么人？"汉阳看着奶娘。

"奴婢是小姐的奶娘，把她从小带大的！"

"出事那晚，是你陪小姐出门看她婶婶？"汉阳问。

"是！"奶娘说，"祝家婶婶生病，小姐送她最爱吃的面饼过去，我陪着！等到回家，就发现全家人都东倒西歪，惨叫的惨叫，死掉的死掉，个个口吐鲜血，惨啊！"痛哭起来："青天大老爷，方大人，请为我们大人申冤，找出凶手！"不断磕头。

男仆女仆就一起磕头，喊道：

"青天大老爷！一定要为我们祝家找到凶手！青天大老爷！"个个哭着磕头。

汉阳忽然正色喊道：

"不要哭了！全体把头抬起来！让本官瞧瞧！"

仆人们慌慌张张，个个抬头擦泪。汉阳起身，一个一个仔细地看过去。

灵儿莫名其妙地看看寄南，悄声问他：

"汉阳大人在他们脸上找什么？难道嫌犯就在这些人里面？难道脸上还刻了'我是凶手'的字样？"

寄南也低语：

"本王爷也看不懂汉阳办案的道理，莫测高深！"

就在这时，忽然一个人影从室内飞扑出来，手里握着一把匕首，直接扑向汉阳，身手不凡地、迅速地就从汉阳身后抱住汉阳，用匕首横在汉阳的喉头。变生仓促，汉阳又不会武功，灵儿、寄南正在交头接耳，谁都没有防备，汉阳已经被来人挟持了，不能动弹。灵儿这才惊呼：

"不得了！这儿还藏了刺客！汉阳大人，我来救你！"蹿上前去想救人。

寄南一把拉下灵儿，紧张地喊道：

"不要动！那匕首在汉阳喉咙口，只要一用力，汉阳大人就没命了！"

官员衙役惊呼，全部跳起身子：

"什么人？还不赶快放下匕首！"

只见来人竟是个十八九岁的美貌姑娘，满脸悲愤。奶娘脱口惊喊：

"雅容小姐！千万千万不要呀！这不是杀害你爹娘的人，这是从长安赶来办案的方大人！方宰相的公子呀！你别犯糊涂呀……"

汉阳在匕首胁迫下，仍然从容镇定，自有一股气势，说道：

"你是祝雅容？放下你的匕首，我们好好谈！本官一定抓到杀害你爹的凶手！"

雅容瞪着汉阳，悲愤已极，铿锵有力地说道：

"方汉阳！你来办案？你来帮我爹娘抓凶手？当初不也是你，把我们全家大小抓去大理寺关起来吗？关了三天，又把我们家眷放出来，留下我爹在牢里，接着，皇上命令解甲归田，然后，我们全家就都一命呜呼！方汉阳，你不认为这太巧了吗？"

汉阳有力地、生气地说：

"事实就是这样！本官调查结果，妻儿无罪先释放，祝大人再经调查，也无罪，可是皇上下旨解甲归田，那是本官无法控制的事！现在本官来帮你调查凶手，你居然挟持本官，恩将仇报！"

雅容眼中燃烧着怒火，大声说道：

"这件案子，还需要调查吗？放在这儿，明明白白，就是伍震荣要我们全家死！你爹右宰相方世廷，不是伍震荣的同谋吗？让你来抓凶手，等于是让帮凶来抓凶手！你不要在这儿装模作样，你们这些伍家的走狗！不要以为祝家都是文人好欺负，我要你的命！"

雅容说话中，匕首已经更加往汉阳肉里切入。

寄南忽然喊道：

"祝小姐，本王是靖威王窦寄南，和祝大人也有数面之缘，让我告诉你一个关于这案子的秘密……"

雅容听说有秘密，不禁看向寄南。寄南利用这空隙，飞跃过去，一招"双风贯耳"，右掌擒拿、左掌斜劈，打在雅容持刀的手腕上。雅容被寄南这样一打，持刀的手已远离了汉阳的咽喉，匕首也脱手飞出去，插在门框上。灵儿更是奋不顾身，趁机飞蹿上去，就把汉阳一扑，扑倒在地。自己也收势不住，扑在汉阳身上。

一场惊心动魄，两个官员和衙役都脸色大变。这时才赶紧上前抓住了雅容。

灵儿面对汉阳，两人眼睛对着眼睛，鼻子对着鼻子，灵儿睁大眼问：

"汉阳大人，你还好吧？"

汉阳迎视着灵儿的眼光，说道：

"如果……你不趴在我身上，我想我很好！"

寄南上前，一把拉起了灵儿，抓起桌上的卷轴，打了灵儿的头，粗声地喊：

"风火球！赶紧站好！虽然是紧急关头，也不能把汉阳大人压在地上呀！你就是没脑子，笨笨笨！"

灵儿瞪着寄南，气呼呼，见一屋子人，只好压抑着。

汉阳已经在官员衙役扶持下起身。他走到雅容面前，正色地看着雅容说道：

"祝小姐，你刺杀朝廷大臣，就是死罪一条！本官念在你全家被害，你在悲愤填膺之中，一切都不追究！"想了想，忽然问："你那晚送面饼给你婶婶，是早就计划的，还是临时起意的？"

"是临时起意的，奶娘说，婶婶病了，刚好做了芝麻面饼，就给送去！"雅容见汉阳彬彬有礼，也不追究她的刺杀行为，就开始配合办案。

汉阳点头，立刻走到奶娘面前，声色俱厉地说道：

"奶娘！你收了多少钱，来下毒害死祝大人全家？是谁收买你的？你给我从实招来！"回头对官员和衙役命令道："立刻把奶娘抓起来！连夜押送到长安大理寺去，等待本官仔细调查幕后的凶手！"

雅容大惊，扑上去抱住奶娘。奶娘也惊吓地哭喊：

"青天大老爷！冤枉呀！奴婢怎会杀害祝大人？冤枉冤枉啊！不是我，不是我！"

汉阳大声接着说：

"不是你？你在砂锅鱼头里下毒不说，还在米饭里下毒，毒死了全家！"

奶娘睁大眼睛，冲口而出：

"砂锅鱼头？我没有在砂锅鱼头里下毒！我没有！"

汉阳眼神锐利，直逼奶娘：

"那在哪儿下毒？说！汤里？饭里？还不快说？！自己招了还可减刑！"威吓着，"等本官拿出证据来，你全家都是死路一条！"

奶娘一怔，脱口惊呼：

"你有证据？！"顿时一捂嘴。

"来人哪！"汉阳大喊，"把这恶婆娘全家都抓来，这是株连九族的大罪！她不招，九族都是杀无赦！"

"我招！我招！"奶娘吓得扑通一跪，支吾着，"饭……饭里……大老爷饶命啊！只有米饭里，砂锅鱼头里不是我放的！"

雅容眼泪一掉：

"奶娘？真的是你？真的是你？"

汉阳一叹，说道：

"哼！总算你还有一点天良，不忍连从小带大的小姐一起杀了！"看着祝雅容，"祝小姐，有人要你们全家死！你这个漏网之鱼，赶紧离开咸阳，另找栖身之地，如果没有，本官会帮你安排！"

衙役给奶娘上了手铐。

咸阳官员又惊又佩地看着汉阳。灵儿简直崇拜他，寄南也不禁对他刮目相看，这才知道，他这个"大理寺丞"不是靠方世廷的力量混来的。

三十六

白天办完了案子，汉阳不喜欢被咸阳官方招待，晚上大家都投宿在咸阳客栈。寄南、汉阳、灵儿三人围着桌子坐着，正在用晚膳。茶水菜肴送来，灵儿热心地给汉阳倒茶，又热心地给汉阳添饭搛菜，崇拜地看着他，兴奋地说道：

"今天这场办案，真是紧张刺激，有惊有险，而且，汉阳大人不愧长安第一神算，简单明快、明察秋毫，立刻抓出了凶手！汉阳大人，小的佩服得五体投地！"

"原来办案还要用点诈术！汉阳大人真有证据在手？"寄南也一笑问道。

"所有犯罪的人都有心病！那奶娘也一样！"汉阳解释，"一般的仆人，知道自己是嫌疑犯，就吓得发抖了！她又哭又说，头头是道！一看就是个厉害的角色！当然，办案也要有感觉，临时诈她一下，算是歪打正着吧！"

"汉阳！"寄南郑重地说，"你办案的确不简单！但是，这个

252

案子就像那位祝小姐说的，明摆着有幕后的指使者！"盯着汉阳，"朝廷里有个大恶人，连太子都不放过！黄金劫案也是一样！这人已经到了无恶不作，无法无天的地步！你可要看清楚！"

"你不必语带双关，你这个黄金劫案的嫌疑犯，并不会因为跟着我办案，就洗刷了嫌疑！本官还是会秉公办理的！"汉阳一板一眼地说。

"呵呵！"寄南一笑，"那黄金劫案确实离奇！听说乐蓉公主坐了一辆马车，另外还有辆'运金车'，那些抢劫的好汉，居然抢对了乐蓉的车子！如果抢走了空的运金车，乐蓉就可以吞下万两黄金，大喊被抢了！这故布疑阵，难道是栽在自己人手里？真正想独吞黄金的，恐怕是乐蓉公主和驸马吧！"

汉阳惊看寄南：

"你怎么知道得这么清楚？"

"你不是说我是'嫌疑犯'吗？嫌疑犯一向知道很多事！"

汉阳突然一本正经，四面看看：

"公共场合，不谈案子！"顿了顿，"不过你那个诈术也不差，什么这案子的秘密，把本官从匕首下解救出来！你和裘儿，今天也算建了大功！"

"是吗？"灵儿立刻欢天喜地地说道，"汉阳大人！小的觉得今天笨笨的，有没有把大人压伤呀？"

"压伤？"汉阳一笑，"你这么一点点重量，想压伤我也不容易！"

"总算这趟咸阳没有白来！凶手抓到了，大人也有惊无险，我们可以轻松一下了！哈哈哈！"灵儿傻笑。

寄南继续大口吃菜喝酒：

"嗯嗯！就是就是！这一路吹了不少风沙，累死我这把骨头了！"喊着："小二，你们这哪里有澡堂，可以泡泡澡的？"

"有有有！"小二热心介绍，"就在对面街上有一家澡堂，客官可以去香汤沐浴！"

"汉阳，等下吃过饭，咱们去泡一泡，舒服舒服，让头脑清醒了，也能帮你理清思路，快快找到主谋！这凶手要伏法，主谋也要伏法才对！等到主谋伏法，黄金劫案也会水落石出的！"寄南说。

"行啊！要泡澡，裘儿也一起去吧！"汉阳爽快地说。

灵儿一听，吓了一跳，吃饭呛到：

"喀喀喀！泡澡？我们三个？"小声地，"能不去吗？"

"怎么能不去？"寄南故意欺负灵儿，嚷道，"你全身臭死了都不知道吗？你再不洗澡，本王打算让你今夜去睡猪圈了！"

灵儿气得牙痒痒，在桌底下猛踢寄南，寄南却吃得更开心，大口豪爽地喝酒。

用完晚膳，三人都去了澡堂，在澡堂的暗处，灵儿火冒三丈，趁四下无人，揪着寄南的耳朵开骂：

"窦寄南，我平时敬你是一条汉子，可你今天居然用这一招，你是存心要害我的吗？你真是下流！"

寄南痛得甩开灵儿的手，说：

"本王爷哪里害你了？洗澡、泡澡天经地义的事情，算什么下流啊？"

"你还装蒜啊？"灵儿生气地踢寄南，压低声音，"本姑娘还是一名闺女呀！能和你们一起泡澡吗？"

"哎哟！"寄南窃笑，"看你紧张成这样，你好像想多了喔！要你一起来，又不是要你一起泡澡。"敲灵儿的头，"你想得美啊！你是小厮，是来帮本王擦背的！小伙子！哈哈哈！"

寄南大笑，潇洒地一转身，脱下了外袍，灵儿赶紧捂着眼睛不敢看寄南脱衣。平时虽然同睡一间卧室，寄南也没在灵儿面前裸身过。灵儿捂着眼又看不见，只能撑开一只手指，从指缝里偷偷看向澡池。只见寄南和汉阳光着上身已经在池子里了。

灵儿惊魂甫定，抚着胸口，感觉逃过一劫，松了一口气。

寄南对灵儿大喊：

"裘儿，你磨蹭什么呀？快来帮本王擦背呀！"

灵儿气得牙痒痒！无可奈何，一边走向寄南，一边随手拿走擦背布巾，低声念叨：

"窦寄南，你还真把我当小厮使唤，擦背？好！我就好好地侍候你！"

在寄南身边不远的汉阳，怡然自得地在池子里，盖着脸部在享受泡澡。

寄南泡在池子里，灵儿在池子外帮寄南擦背，看着寄南壮硕的男性身材，灵儿还是很不自在，强忍着害羞，手拿着白巾帮寄南擦，脸却看向另一边。

"嗯！真舒服！有人侍候就是好。"寄南很享受地说。

灵儿心有不甘，舒服？我就让你更舒服！越搓越用力，心想，我搓搓搓！搓死你！

寄南被搓得痛喊：

"疼死我了，你是想扒了我的皮不成？好啦好啦！侍候得不情不愿，就别搓背了！"又安详地泡进水里享受着，片刻后，忽然想到什么说："唉！皓祯现在不知道忙什么去了？"

灵儿没心机地直言不讳：

"还能忙什么？肯定又是为了那个不情不愿的婚姻，与兰馨公主吵闹不休啰！"

汉阳一听到灵儿提到兰馨，骤然抓下自己脸上的布巾，镇定着情绪。心里飞快地想着，不情不愿？与兰馨吵闹不休？怎么回事？难道皓祯和兰馨的婚姻，并不幸福？汉阳下身围着一块大白巾，起身坐在灵儿身边，把寄南挤开了：

"裘儿，你和寄南常常去将军府，公主和皓祯之间有问题吗？"

灵儿突然被问，傻眼，不知该如何回答，嚷道：

"啊？大人，你这是哪壶不开提哪壶，你脑子不休息，还在办案啊？人家夫妻间的事，总不归你大理寺管吧？"

汉阳一愣。

寄南看到汉阳半裸靠着灵儿，突然大为光火，大叫：

"裘儿，赶快去给本王爷拿杯热茶来！"

"你泡在澡堂里还要喝茶？"灵儿惊异回头。

"对！你这小厮听不听话？快去！我渴死了！渴得不得了，我马上要喝茶！"

灵儿气嘟嘟起身，对寄南喊：

"你那么渴，就喝澡堂里的水吧！"

寄南拿起白巾，绞成一条，扔在灵儿身上。灵儿一气，抓住那白巾，再扔向寄南。寄南闪开，白巾落水，溅起水花，淋了汉阳一头一脸。

汉阳睁大眼睛看着这主仆二人，喃喃说道：

"主人不像主人，仆人不像仆人，这也是一桩疑案！"

寄南总算泡完澡，穿上衣服。寄南看看澡堂四周没人，对灵儿说道：

"喂！汉阳也走了，现在澡堂里都没人了，换你去泡个澡吧！"装大方，干咳两声，"喀喀！别说我这主子待你不好，本王去门口帮你把风。"

"算你还有点良心！"灵儿正中下怀，心中窃喜说，"本姑娘还真想好好地洗个澡，你快出去吧！有人来，给我个暗号！"

"知道知道啦！你动作快点啊！本王困死了！"寄南吊儿郎当地打着哈欠，走到门外去把风。

灵儿放下了头发，整个人泡在烟雾蒙蒙的池水里了。恢复女儿身，泡在池中的灵儿，得意满足地戏着水，两颊被热气蒸红了，更显娇媚动人。门外的寄南，果然守信地在门口守候把风。但放荡不羁的他，难抵男人本性，居然想从门缝偷窥澡堂里的动静，一边偷窥，一边喃喃自语：

"这烟雾蒙蒙的，什么也看不到！真煞风景！"

就在寄南偷窥之时，突然汉阳又返回澡堂，看到寄南鬼鬼祟祟，拿起门口一个舀水的木勺，敲着寄南的头，纠举着：

"你这是在干吗？偷窥贼啊！"

"你不是回客栈去了？怎么又回来了？"寄南大惊转头。

"我落了一件衣服在澡堂里，我进去拿！"汉阳边说边想走进澡堂。

寄南急着挡住汉阳说：

"里面烟雾蒙蒙，路又滑，我去帮你拿，你在这儿等等啊！"说完立刻冲进澡堂。

寄南冲到池子边，突然看到灵儿裸露的背部，因为几缕头发掉下来了，灵儿正反手去绾住头发，用发簪簪住。这个动作，让灵儿背部的身姿、手臂的弧度和身材的曲线，都半隐半现。尤其在蒸腾的雾气下，如真如幻。真是"手如柔荑，肤如凝脂"，简直像一幅画。寄南不禁看得脸红心跳，站在那儿忘了要干吗。灵儿一回头，寄南蓦地醒觉，赶紧拿起汉阳落下的衣服，转身正想离开，谁知汉阳已经跟在身后。寄南立刻挡住汉阳视线，大喊：

"汉阳！你怎么进来了？"

"我怕你找不到，我自己进来找啊！"视线转到灵儿方向，"裘儿人呢？"

寄南拼命挡着汉阳前进，把衣服塞进汉阳手里，急匆匆说道："你的衣服在这儿！"推着汉阳，"好了，你可以回去了！"

池子里的灵儿大惊失色，又不能上岸，又不谙水性，慌张低语：

"糟了！怎么办？完了完了！"

汉阳感觉寄南神色有异，疑惑不解地说：

"你到底在耍什么花样啊？你干吗一直挡着我？"一眼看到池子里有人，"池子里的人是谁？"

寄南眼见灵儿女儿身快曝光，情急脱下外衣，又跳入水池用身子整个挡住了灵儿。汉阳愣着，寄南用手向他泼着水说道：

"哎！汉阳啊！我就说你真是不解风情，我和裘儿想独享一下澡堂，你回来凑什么热闹呀！你不久前还说过非礼勿视呢！你你你快转过身去，回客栈去吧！"

"你们俩真是无药可救了！"汉阳摇头叽咕，"两个大男人也怕我看？还这么神神秘秘的？这是奇案！"说着，拿着自己的衣服，离开了澡堂，"我在外面等你们！"

千钧一发，灵儿逃过女儿身被拆穿的命运，惊险地喘息着。眼见汉阳离开，寄南转身望着羞涩的灵儿，灵儿赶紧用布巾遮住自己的胸部。两人情不自禁地彼此凝望着。

灵儿就用女儿原声，温柔地说：

"谢谢你……"

寄南费了好大的力量，才让自己不去看她的身子，只看她的脸庞，觉得此生混在女儿圈已久，还没有像现在这样，脸红心跳，不敢直视。

"我……我……"他很有风度地拿起旁边刚刚脱下的外衣，包住灵儿裸露的肩颈，歉疚地说，"下次咱们还是不要泡澡好了！"

两人眼里都冒着小火花，有种微妙的情愫产生。只是，两人的个性，都是迷迷糊糊，大而化之，惘然不觉得。

洗完澡，寄南、汉阳、灵儿穿戴整齐地回到客栈门口。

咸阳官员早已在客栈门口焦虑等待多时，一见汉阳回来，立刻趋前禀报：

"方大人你可回来了，祝家的奶娘在牢里畏罪自尽了！"

"什么？"汉阳一怔，"那么临死之前有招供出幕后的主谋吗？"

"没有！她什么遗言都没有留下，线索就在这奶娘身上断了！"

寄南扼腕，跺脚大叹：

"看来这幕后真凶来头很大，大到奶娘连死了都不肯招供，想必是奶娘想保她自己一家人的活口！"

"这么说……咱们还是白忙一场啰？"灵儿恨恨地问。

汉阳背脊挺直，满脸的愤怒和决心，咬牙说道：

"到本官手里的案子，绝对没有白忙的，本官会继续追查奶娘身后的真凶！目前，要保护那位祝小姐更重要！"

当寄南和灵儿在咸阳时，将军府里的皓祯、吟霜和兰馨三个，也是好戏不断。

足足有两天，兰馨没有找吟霜的麻烦，因为她被皓祯留下的"一点一点"搅昏了，猜不出来太没面子！好胜的兰馨，怎能败在这谜题上？她每日拿着木剑，一点一点分一点，一点一点合一点……比画个不停。

到了黄昏时分，吟霜带着香绮来到兰馨面前，恭恭敬敬地说道：

"公主，奴婢和香绮回将军府，明早再来。"

兰馨正在那儿苦思皓祯留下的谜题，挥挥手，不耐地说：

"走吧！这两天可没打你，别乱告状！"

"吟霜从来不曾告状！"

兰馨不语，吟霜就带着香绮退到门口。兰馨忽然喊道：

"吟霜，回来！"

"公主！"吟霜赶紧回去站好。

"本公主问你，那一点一点分一点，一点一点合一点……是个什么东西？你知道吗？解得出来吗？"

"吟霜没什么学问，解不出来！"吟霜吞吞吐吐地说。

"谅你也解不出来！"兰馨轻蔑地说，忽然大发现般跳了起来，"我知道了！这是四个字嘛！汾，洽，溜，沙！哈哈！原来是字谜！"看到还站在一边的吟霜，挥手道："去吧！去吧！如果见到驸马，告诉他，我解出来了！"

吟霜赶紧带着香绮退下。

这晚，在小小斋中，皓祯拉着吟霜的手。

"她解出来了？"一笑，"其实她也很聪明的！"再看吟霜，"她没为难你吧？"

"她忙着要解开你的谜题，顾不得为难我！"

"我这两天表现得不错吧？"

"是！如果能维持下去，说不定大家都会平安地过日子！"

"我是为了你，才去公主院！"皓祯一叹，"为了你，才去跟她做亲人！"

"我知道！我都知道！"吟霜深深地看着他，"那就继续为了我，好好待公主吧！或者，把圆房那事，也完成……"

皓祯立刻把食指竖在吟霜嘴上，阻止了她要说的话。

吟霜就转变了话题："不知道灵儿和寄南，有没有办法让汉阳走回正途，不然，祝家的十条人命，就丢得太冤枉！那黄金劫案，虽然太子老神在在，你们三个还是嫌犯！伍家会这么便宜地放掉你们吗？"

"走着瞧吧！现在最重要的，还是在我出门前，把兰馨导入正途，让她不会找你麻烦要紧！否则，我连出门都不会安心！"

于是，这天兰馨和皓祯，又拿了木剑在院子里斗剑。两人你来我往，已经斗了大半天。这天很热闹，雪如、柏凯带着秦妈也在观战，个个看得兴致益然。皓祥和翩翩也来了，站在一旁冷眼旁观。

香绮和吟霜依旧在忙着，两人提着水桶，擦拭门窗。宫女们和崔谕娘，都围观皓祯和兰馨比剑。唯独她们两人，却不敢偷懒，努力工作着。

皓祯边打边说：

"再教你一个剑诀！这是'一横一横又一横，一竖一竖又一竖，一撇一撇又一撇，一捺一捺又一捺'！你慢慢去体会，多多去练习！今天就到此为止！下次再来教你别的！"

皓祯丢下木剑，柏凯过来，拍拍他的肩说道：

"听说公主院这一阵子，成了练武场了！不愧是将军府呀，娶个媳妇也是练武的料！皓祯，你的武功底子，都来自祖宗的血液！真该谢谢我们袁家祖先！"

雪如脸色微微一变，和秦妈交换了短暂的一瞥。兰馨好脾气地说：

"爹！你也不管管皓祯，总是给我一堆难题，我又要练剑，还要猜谜，八成他想把我训练成文武全才，才要对我好！"

"他对你不好吗？他这个人，如果对你不好，就不会天天来陪你练武了！"柏凯直率地说道，"知子莫若父！"

兰馨就看向皓祯，不料，却一眼看到皓祯的眼光，直勾勾地看着吟霜。吟霜提着好重的一桶水，要提到大门边去。吟霜力气小，提得非常吃力，脚下一个踉跄，差点连水桶带人摔倒。皓祯想也没想，直接地一个箭步蹿过去，一式"凭窗望月"，右掌提起水桶，左手扶住吟霜。问吟霜：

"水桶要提到哪儿去？"

众目睽睽下，吟霜忙着要抢回水桶，低语：

"公子，让我来！我提得动！"

香绮急忙过来帮忙，和吟霜一起抓住水桶的把手：

"公子，我们两个提！不重！"

皓祯放手，眼睁睁看着吟霜和香绮提着沉重的水桶去工作。

小乐不知从何处冒出来，飞奔上前，抢过吟霜和香绮的水桶，笑嘻嘻地说：

"这生活在将军府，都是咱们小厮的工作！我来！"

皓祯依旧看着吟霜的方向。忽然间，木剑一剑直刺到皓祯的面门前，兰馨喊着：

"也给你一个谜题！'一眼一眼又一眼，一剑一剑又一剑'！"

皓祯一愣，急忙闪开。木剑差之毫厘，就刺进了他的眼睛。

雪如和秦妈忧虑地互视了一眼。柏凯却全然不进入情况，开心地鼓掌说道：

"刺得好，攻其不备！闪得好，千钧一发！"

皓祥把翩翩拉向一隅，低声说道：

"看出什么名堂没有？这两个新来的丫头够邪门！"

翩翩点点头，眼光也落在吟霜身上。

终于，皓祯要出门了，吟霜和皓祯两人，都是担心的、害怕的、心有隐忧的。为的不是自己，而是对方。

　　天才蒙蒙亮，晨雾迷蒙中。吟霜、香绮和小乐三人，送皓祯和鲁超到大门口，鲁超拉着两匹马。皓祯拉着吟霜的手叮咛：

　　"你那小小斋，我已经派了好多人，十二个时辰护卫，所以你不要害怕，公主那边的人，一个也不会靠近！"

　　吟霜拼命点头说道：

　　"你不要担心我，我知道你这趟差事很危险，寄南他们又不能帮你，出门要照顾好自己！你知道的，猛儿可能会跟着你，请随时跟我报平安！"

　　"吟霜姑娘！"鲁超接口，"你放心，鲁超会用生命保护公子！小乐、香绮，你们也要用生命保护吟霜姑娘！"

　　"是是是！一定的！"香绮和小乐异口同声回答。

　　皓祯一笑说道：

　　"不过是小别几天，干吗弄得这么严重？我一定会完成任务，平安归来！"就仔细看吟霜，不放心地说，"虽然最近公主都没发脾气，你还是要小心她！身上要随时带着你爹的保命药丸，止痛药丸，各种药丸都带着！到了时辰就回去，别在那儿耽搁！我娘说了，你在公主院工作的时候，她会过去看看的！"

　　"我知道！我知道！你们快走吧！"吟霜说。

　　皓祯就依依不舍地放开吟霜的手，两人的手指都慢慢地、慢慢地滑过对方的手指。

　　皓祯就和鲁超跨上马背，一拉马缰，疾驰而去了。

　　这门口送别的一幕，完全落在窥视的崔谕娘眼中。皓祯才出门，兰馨就知道了，她犀利的眼光，敏锐地看着崔谕娘问：

"驸马爷一清早就出门了？吟霜送到大门口，还和驸马说了很久的话？"

"是！两人还手拉手地告别！"

兰馨恨极的眼光，让人不寒而栗。

因此，这天吟霜和香绮来到公主院时，发现要到后院去工作。两人到了后院，就一眼看到兰馨好整以暇地坐在一张露天的坐榻上，手里玩弄着她的鞭子。

后院里有一口井，井边，已经排列着十几个装满水的水桶。崔谕娘在一边说：

"公主，吟霜和香绮来上工了！"

兰馨冷冷地看着吟霜，挑着眉毛说：

"吟霜，水桶很重，你根本提不动，是不是？"

吟霜看看那阵势，知道又惨了，小心地回答：

"公主！奴婢提得动！提得动！"

"好！那你就把那十几桶水，从井边提到左边的花台那儿！"

香绮急忙说道：

"公主，香绮一起提，可以快一点！"

兰馨一鞭子就抽向香绮，立刻在香绮脸上留下一条鞭痕。兰馨厉声说道：

"本公主有让你插手吗？你站在一边看！这工作是给吟霜的，让吟霜独自完成！"

吟霜赶紧推开香绮，说道：

"吟霜遵命！"

吟霜就吃力地提着一桶水，往花台走去，走了几步，才发现必须从兰馨面前经过。她经过兰馨面前时，兰馨伸脚一绊，吟霜连水带人一起摔倒。

"哎哟……"吟霜扑进水里，同时，水也溅湿了兰馨的衣服。

兰馨跳起身子，怒骂：

"连一桶水都提不好！"踢了吟霜一脚，大叫，"再去提！"

吟霜爬起来，赶紧再去提第二桶水。兰馨一伸脚，又绊了吟霜一个筋斗。

"再去提！你弱不禁风，提不动水桶，差点摔跤是不是？要在驸马爷面前表演是不是？我今天就让你演得过瘾！"

"公主，奴婢没有表演……"吟霜想解释。

兰馨一鞭子抽过去，抽在吟霜的腰际，吟霜刚爬起来，又跌倒了。

"一个站都站不稳的丫头，居然敢勾引驸马！"兰馨大声喊，"再去提水！"

吟霜满身是水，摔得七荤八素，膝盖手肘都在剧痛，不敢说话，又去提了水桶过来。兰馨再度把她绊倒。就这样，吟霜一次一次地提水，兰馨一次一次地绊倒她。吟霜努力地支撑，神情却越来越狼狈。香绮看得心惊胆战。崔谕娘在一边若无其事地看着。

不知道是第几桶水，吟霜又摔倒了，这次，连水桶都裂开了，吟霜跌在一堆木片中间，满脸满身的水，无法起身。兰馨的鞭子，又抽在吟霜背上，威严地喊：

"起来！再去提！提完了水，本公主还有别的活儿等着你们呢！"

所谓"别的活儿"，居然是"挨打"！公主院有一间"练武房"，吟霜和香绮被带进了那间房间里。两人趴在一块地毯上，背上被绑着一层薄薄的沙袋。

兰馨手拿着鞭子，在地上抽得噼里啪啦响，蹲着怒视吟霜：

"本来想客气善意地对待你，但是你好像一点都不领情，那好！本公主也就不跟你讲仁义道德了，你受什么苦，香绮就和你一起受苦！"起身，命令道，"崔谕娘！让宫女们上！"

一排宫女，每人手里都拿着一根沉沉的木棍，崔谕娘一声令下：

"上去！狠狠地打！"

宫女们拿着木棍，对着吟霜、香绮背负的沙袋猛打。即使隔着沙袋，吟霜和香绮挨着一下又一下的重击，痛苦难耐！兰馨对吟霜从容说道：

"隔着沙袋，不是直接让你们皮开肉绽，也算是本公主的慈悲了！即使夫人再要检查，也找不到伤痕的，你就别去费力告状了！"

"吟霜，这样打肯定会打成内伤，你要撑着点！"香绮痛得流泪。

吟霜一边被打，一边歉疚地对香绮说：

"每次都是我拖累你，你实在不应该和我一起来的！我提水桶已经用尽力气了……现在……"痛极，叫着，"哎哟……我没法招架……"

"你们两个还聊起天来了！不给点颜色是不行的！"崔谕娘对宫女们说，"用力往死里打！"

宫女们棍棒齐飞，香绮再也忍受不住，胃里一阵翻腾，就呕吐起来，刚好喷了崔谕娘一身。崔谕娘气极了，怒骂：

"可恶的丫头，还喷了我一身！"大喊："再用力给我打！"

吟霜被打得天昏地暗，胸口被压得透不过气来。兰馨蹲下身子，捏着吟霜的脸颊，看着吟霜那对逆来顺受的眼睛说：

"嗯！很漂亮的一张脸蛋！红颜祸水这句话你听过吗？猜想你也没听过！你就是用你这脸蛋在勾引驸马的吧？啊？"

吟霜一边被打一边说：

"公主，不管您用什么方法，吟霜还是那句话，奴婢是袁家的丫头，对袁家忠心耿耿，驸马的事，无论我怎么说，公主也不会信！"

"本公主相信啊，是相信你和驸马有问题！否则夫人为何要如此地包庇你？最近驸马到公主院的次数不少，看来都要拜你所赐！你身上的疑点太多了！"兰馨大声命令："打！打到她说实话为止！"

宫女们继续用力打。

吟霜和香绮痛苦地哀鸣。两人都快晕倒了。

三十七

到了下工的时辰，雪如派了卫士前去公主院接人，兰馨见吟霜已经不支，就大方地放了人，还不忘叮咛道：

"如果你们去夫人面前告状，明天还有更厉害的等着你们！赶紧回房把自己弄干净，这个狼狈样子，万一让将军府的人看到，还以为本公主欺负了你们呢！"

"将军府问起来……"崔谕娘接口，"就说你们自己摔到荷花池里好了！"

吟霜和香绮什么话都不敢说，彼此扶持着，匆匆回到小小斋，已经是掌灯时分了。两人先忙着梳洗，换上干净的衣服，梳好散乱的头发，同时也检查着彼此的伤势。吟霜找出所有跌打损伤的药，瓶瓶罐罐放了整个桌子。

大致弄干净了，吟霜就拿了一罐药膏，给香绮擦着药，并试着用治病气功为她止痛。但是，所有的功夫都使不出来。吟霜说道：

"对不起，香绮，我今晚的推拿止痛方法都没用，我想我恐怕受了内伤。但是不要紧，你知道我是神医，我会治好你，也治好我自己！"

"小姐，别再跟我说对不起了！我都不知道怎样帮你，看你提那么多桶水又摔那么多跤，还要垫着沙袋打，怎么会有那么坏的公主？"

"别说了，治伤要紧！"吟霜庆幸地说，"还好皓祯出门，没看到我们的情况，不然他一定会和公主大闹！现在，我要用我爹的方子，配一些药，药材我们都有，只要熬了喝几帖，我们就会好！"

吟霜就忙着为两人配药，边配药边说道：

"香绮，你知道我们在公主院的情形，不能告诉夫人，不能告诉任何人，我们只能瞒着大家，要不然这个家就垮了！我不能真的成为袁家的红颜祸水！"

香绮拼命点头，又担忧地问：

"公子什么时候回来？公子回来我们就不会挨打了！现在我们的伤都没好，明天还要去公主院吗？如果再这样来一次，我们……"害怕地说，"会不会被弄死呀？"

有人敲门，两人住了口。小乐进门，哭丧着脸说：

"吟霜姑娘，这两天公主院门口都有卫士守着，不让我进去，你们有没有吃苦？"看两人神色，再看桌上药罐，立刻给了自己一巴掌，"明明就有！怎么办？"

"闭紧你的嘴巴！"吟霜说，"你什么都没看到，我们很好，你能不能赶紧把这几帖药拿去熬？我们吃了药就会恢复体力的！"

"是是是！"小乐拿着药包急急而去，一边叽咕着："公子啊！你快点回来吧！"

皓祯此时，正在一个名叫"唐兴"的小镇上。镇上仅有的一家酒楼名叫"迎宾楼"，这是晚膳时刻，宾客来来去去，十分热闹，小二奔前奔后，忙着招呼着。皓祯和鲁超穿着不起眼的平民服装，从外面走进酒楼。两人神色敏锐，眼观六路，耳听八方。皓祯眼光扫过整个大厅，看到有桌宾客只有两人，已喝得半醉，一个是胖子，一个是瘦子，两人鬼鬼祟祟地私语着。皓祯立刻警觉起来，对鲁超低语：

"就是他们两个！我拿到的指示中有'燕瘦环肥'四个字，没错！"

两人就在胖子和瘦子邻桌坐了下来，叫了两碗面，竖着耳朵听隔壁的对话。

"伍大爷要的东西你带来了吗？"瘦子问胖子。

胖子从身上掏出一封信函说：

"带了带了……"看看四周，小心谨慎地说，"这个地图就是巴伦的藏身之地，不过……那个山上，太隐秘了，并不好走，伍大爷那边要多些准备。"

瘦子收下信封放进怀里，掏出一串钱给胖子：

"这是伍大爷给我们的奖赏，等事成了，还会再给！我现在就把这地图带去给伍大爷！你慢慢喝！"

胖子收了钱，贪婪地笑着说：

"好咧！你快去快去，有啥好处，千万不要忘了我这兄弟啊！"继续喝酒吃菜。

瘦子带着些许醉意，便离开了酒楼。

皓祯与鲁超互视一眼，从容地将手上的茶水一口饮尽，跟着离开了酒楼。

瘦子略有几分醉意，摇晃着身子走在街道，并唱着小曲。皓祯与鲁超在后面不远不近地跟踪着。皓祯一边跟踪，一边对鲁超小声说话：

"不知道他们是不是把巴伦的部署都画了图，一定要想办法把地图掉包！"

"据说伍项伟带着大批的官兵前来，我们怕是寡不敌众！"鲁超有点担心。

"我们的行动哪一次是靠人多取胜？不都靠我们智取吗？先逮了这个奸细再说！"

瘦子走着走着，转入一个暗巷。皓祯与鲁超快速地跟进了巷子里。四处无人，皓祯和鲁超就用布巾围住口鼻。

瘦子喝多了内急，拉开衣服就想就地小解，皓祯见时机成熟，以迅雷不及掩耳之势冲上去，反手抓着来不及应变的瘦子，往墙上重重一撞。鲁超把风。

瘦子惊慌地以为遇到抢匪，背对着皓祯说道：

"哎哎！这位兄弟轻一点、轻一点，好痛啊！你们要钱，我给你们就是，别杀我呀！"

皓祯继续制伏瘦子，把他压在墙上，在他耳边威胁：

"我们不要钱！就要跟你交换一样东西！"

瘦子惊呆，想转头看皓祯却看不到：

"啊？不是抢劫？那……那你们要什么？"

"把你身上的地图交出来！"皓祯说。

"啊！这……这不行呀！这我得拿去交差的呀！"

鲁超拔出匕首，架在瘦子的脖子上。鲁超威胁：

"你不行也得行！你就住在仙鹤村吧？你家里八十岁的老母，三岁的儿子就靠你一句话了！"

"什么？"瘦子吓傻了，"你们都知道我上有老母下有幼子？"求饶，"好好好！你们要什么我都依你们，请你不要伤害我的家人！"

皓祯松手，与瘦子面对面，皓祯从自己身上拿出另一封信函。

"我就用这封，交换你身上的那张地图，你把这拿去交差吧！"

瘦子赶紧掏出身上的信函，与皓祯交换。鲁超继续拿刀威胁：

"记住，去交差就安安静静地交差，不要多说一句话，否则明年，你就等着去给你老母亲上坟吧！"

瘦子吓呆了，一迭连声地低喊：

"不说！不说！小的绝对不说，两位大爷，千万饶了我们全家老小啊！"

"我们会盯着你把事情办完，快滚！"皓祯有力地说。

瘦子吓得屁滚尿流，逃命似的赶紧跑开暗巷。皓祯望着远方的夜色，对鲁超说：

"我们接下来就等着'瓮中捉鳖'了！"

皓祯在唐兴为朝廷卖命，力保李氏江山。但是他的吟霜，却在将军府受难。折磨她的，正是李氏王朝的公主兰馨！世间事，往往没有公平两字可言。

第二天一早，兰馨故意在将军府后花园散步，看看吟霜带伤回去，有没有造成任何麻烦。崔谕娘随侍在侧，不知兰馨在想什么，问道：

"公主，咱们离宫那么久了，是不是也应该回宫去向皇上和皇后请安呢？"

"再说吧！现在我还没有把驸马的事情搞定，怎么回去啊？要回去，本公主也要把驸马收拾得服服帖帖，带着驸马一起回去，才有面子！"兰馨若有所思地说。

"是是！公主想得周到！"崔谕娘拼命点头。

皓祥迎面走来，见到兰馨毫无回避之意，大方地行礼。

"公主金安！"皓祥说完便准备离开。

兰馨看着皓祥的背影，忽然叫住：

"皓祥，怎么请安一句就走了呢？"

"公主不是一直觉得我和我娘，只会阿谀奉承吗？那么见到公主，我只好识趣一点，少开口为妙。"皓祥镇定地说道。

"好啦！今天本公主，就准你多开金口行吗？我有事问你！"

"既然如此，公主就请问吧！"皓祥正中下怀地一笑。

兰馨单刀直入地一问：

"你老实告诉我，皓祯身上到底有没有'恐女症'这个病？夫人说他十四岁的时候就害了这个病，真有其事？"

"哈哈哈！"皓祥大笑，"大娘真的这么跟公主说？那真是天大的谎言啊！皓祯从小练武，身强体健，哪有什么病！"

兰馨脸色一变，悻悻然接口：

"这么说，这是夫人和皓祯母子，联手对付本公主的把戏？"

"是不是把戏，我不清楚，不过皓祯一向最喜欢装腔作势、与众不同，今儿个搞出个什么'恐女症'的新鲜名词，我一点也不奇怪！因为他从小就喜欢标新立异！就像'抓白狐，放白狐'，就是皓祯想在皇上面前出风头的花招！"

兰馨被提醒了，点头：

"嗯！他这个'抓白狐，放白狐'的故事我听说过。"

"明明就是去打猎，抓了白狐还放走了它，这分明就是矫情！"皓祥气愤地说，看看兰馨不悦的神色，继续说道，"爹回家还赏了他祖传的玉佩，吊着那串狐毛，他随身带着这'狐毛玉佩'，到处炫耀！"

"狐毛玉佩？本公主从来没有看到过！"兰馨疑惑。

"他随身的宝贝，就在他腰带上！"皓祥不解地说，"怎么会有人把狐狸毛挂在身上当宝贝？只有与众不同的袁皓祯！"

兰馨深思和愤恨的眼神，盯着将军府皓祯卧室的方向，心里在默念着：

"皓祯啊！袁皓祯！你有多少秘密我不知道，你一直在耍我，我明白了！"心中起誓："我绝对不会原谅你！"

兰馨从将军府回到公主院，没有多久，吟霜就带着香绮来上工了。兰馨已经准备就绪，崔谕娘把两人直接带进了兰馨的书房，禀告道：

"公主，吟霜和香绮来了！"

"奴婢叩见公主，公主金安！"吟霜和香绮行礼。

兰馨高傲地抬起双眸，看到吟霜和香绮没有病容，不禁惊奇。把崔谕娘拉到一边，不解地低问：

"昨天咱们不是把她们弄得半死不活的吗？就算是什么女神医，有天大本领，也不可能还这么有精神，没什么病容？"

"公主，昨天没有病容，今天再给她们就行了！"崔谕娘低语。

兰馨点点头，就对吟霜、香绮大声说道：

"粗活你们显然做不了！今天就给你们一点轻松的活干吧！你们来给本公主磨墨！"盯着吟霜，"磨墨！你总会吧！"

"是，公主！"

吟霜和香绮两人便顺从地跪在低矮书桌前准备磨墨。崔谕娘拿出两个大碗，搁在吟霜和香绮两人面前，吩咐道：

"公主画画需要用的墨水多，你们两个磨好的墨水，就倒进这两个大碗里，听明白了没有？"

"明白了！"吟霜和香绮异口同声回答。

于是，两人各拿着一个大砚台，在大砚台上开始磨着。

兰馨看了吟霜一眼，便开始作画。吟霜和香绮努力地磨墨，将磨好的墨水倒进大碗里。两个大碗，墨水越积越多。兰馨和崔谕娘狡猾地互视着。经过一段时间，两个大碗都装满了墨汁。吟霜恭敬地说道：

"公主，两大碗的墨汁已经完成，奴婢还需要为公主做些什么？请公主吩咐！"

兰馨不疾不徐地放下毛笔，看着吟霜说道：

"你和香绮各自把你们眼前的这一碗墨水，给喝了吧！"

吟霜和香绮两人震惊，瞪大眼睛，不安地手拉着手。屋里的宫女有的不忍，有的看戏，有的惊讶着。崔谕娘见吟霜迟疑，板起脸问：

"怎么？公主的命令，还不快点执行！"

香绮着急磕头，哭丧着脸说：

"公主，您让奴婢洗衣擦地，做什么粗活都可以，千万不要让奴婢喝墨水呀！"

兰馨毫不客气地给香绮一个巴掌，骂道：

"大胆！小小丫头，还敢跟本公主讨价还价？本公主要你们喝！你们就喝！"

"公主，请您息怒，奴婢可否知道……为何一定要奴婢喝这墨水？"吟霜问。

"没有为何！"兰馨高傲地回答，"本公主就是想试一下，想知道墨汁喝到肚子里之后，会变成什么样？"一凶："你们喝，还是不喝？"

"公主只是为了试一下？也对，奴婢的爹在世的时候，为寻百药，也是自己当试验品，尝着百草！"吟霜思索着，想不出怎样才能解套。

"嗯！既然你道理都明白了，那么就快喝吧！本公主没什么耐性！"

"那么可否请求公主，就让奴婢一个人喝，放过香绮好吗？"

香绮着急阻止吟霜：

"那黑不溜秋的墨水，绝对不可以喝啊！"

"这又不是要人命的砒霜，你还要护着她，好吧！"兰馨一

277

笑，"你们谁喝都一样，快喝！"

吟霜拿起碗，准备喝下，香绮着急地哭了。兰馨、崔谕娘等着看好戏。吟霜忐忑地看着兰馨，也迟疑地望着墨水。皱着眉，最后无奈憋着气，勇敢地喝了一口墨水。吟霜口含着墨水咽着，一时忍不住呛到喷出来，墨水直接喷在兰馨身上和脸上。

兰馨被喷到墨水大惊，看着满身的黑渍怒不可遏，扬起手来就给了吟霜两记耳光，扯着吟霜大吼：

"你竟敢弄脏了皇上赐给本公主的衣服，我今天就要你死得难看！"

兰馨恶狠狠地将吟霜摔在地上，眼露凶光，对吟霜一阵拳打脚踢。崔谕娘也跟着兰馨对吟霜猛打一顿。吟霜挣扎哀号着，此时，外面传来宫女大声的通报：

"将军夫人到！"

兰馨正弄得满身墨水，一身狼狈，大惊地说：

"将军夫人？难道是为了这两个丫头来？崔谕娘，你赶快让她们换件衣裳，收拾干净……"警告地对吟霜和香绮说道："见了夫人什么话都不许说！如果你们两个敢告状，我可有更厉害的方式对付你们！听到了吗？"

吟霜和香绮拼命点头。兰馨看看自己的衣服：

"气死了！一身墨汁，连本公主都得换衣服！"

在公主院的大厅里，雪如不安地坐在椅榻上等待，换好衣服的兰馨殷殷奉茶。秦妈站在一边侍候。兰馨笑容满面地说：

"婆婆突然过来，不是为了那两个丫头吧？"

"皓祯不在家，过来看看你！"雪如掩饰地说，"那两个丫头还行吗？没让兰馨生气吧？如果侍候不好，我带回去调教！"

"行行行！"兰馨不住点头，"将军府的丫头怎会不好，又会医术，当然行！"

说着，崔谕娘带着已经收拾干净的吟霜和香绮过来。雪如立刻关心地看向两人，只见两人干干净净，不禁暗中松了口气。两人赶紧向雪如行礼：

"吟霜、香绮叩见夫人！"

雪如关心地凝视吟霜：

"吟霜，公主的差遣，你还胜任吗？"

吟霜诚挚地面对雪如，说道：

"吟霜正在学习各种规矩，公主宽宏大量，吟霜受教不少！就是犯点小错，公主也会包容吟霜！"

香绮把握机会想求救，急忙接口：

"夫人，公主院的工作……"

吟霜私下捏了香绮的手一下，阻止她发言。兰馨也立刻打断了香绮：

"婆婆！宫里送来几匹上好的衣料，兰馨正想送去给婆婆挑几件做衣裳，要不要随兰馨来看一看？"

"哦？挑衣料？"雪如再看了吟霜一眼，吟霜微笑示意，雪如就放心了，"那么，我跟你去看看吧！"大家就起身要去挑衣料。

香绮猛对秦妈递眼色，秦妈却没有看到，跟着雪如等人而去。

等到雪如挑完衣料离开了公主院，吟霜和香绮立刻就被带到练武室。兰馨让吟霜贴着墙站着，手里握着皓祯送她的木剑，走向吟霜，在吟霜面前站定。

突然间，兰馨发难，一招"玉女穿梭"，木剑剑尖对着吟霜脸孔直刺而来。

吟霜眼见闪不过，大惊。兰馨却在剑尖碰到吟霜面孔时停住，盯着吟霜说道：

"将军夫人居然亲自来查看你的情形，为了这个我也不能饶你！现在我们继续'工作'！这是驸马送来的木剑！记得吗，一眼一眼又一眼，一剑一剑又一剑！这是我给驸马的谜语！现在我来揭开谜底了！"

香绮魂飞魄散，嘣咚一声跪下，磕头痛喊：

"公主饶命呀！"

"香绮，今天我的对象不是你，你就看着吟霜如何接招吧！"

兰馨说着，一个漂亮的姿势，收了剑，阴森森地看着吟霜。

"驸马说这木剑伤不了人，所以不会要你的命！我今天，就要给你三剑，为了驸马不该看你的那三眼！这三剑，两剑直刺你这对会勾人的眼睛，一剑要划伤你这美丽的脸蛋！毁了你的美貌，看看驸马还喜欢你什么？"

香绮大骇，痛哭：

"公主不要！不要！求求公主开恩啊！"

吟霜一听，也吓坏了，急呼：

"公主！请高抬贵手！千万不要这样，夫人看到奴婢受伤，一定会跟公主不愉快，公主为什么一定要毁掉奴婢，让夫人生气呢？"

"夫人！夫人！口口声声地夫人！夫人会为你受伤而生气，

驸马会帮你提水桶,你到底是何方神圣还是勾人的妖精?现在!看招!"

兰馨一剑飞快地直刺向吟霜左眼。吟霜大骇,紧急趴下地。

兰馨一剑落空,大怒,喊道:

"崔谕娘!叫人把她拉起来,抓住她,让她不能动!"

崔谕娘对宫女挥手道:

"大家还不动手?"

宫女个个有不忍之色,却无人敢违背兰馨和崔谕娘,便将吟霜拉了起来,再度让她贴着墙站着,两边数人压着她的肩膀和手臂,让她无法动弹。崔谕娘更将她的头发拉到紧贴着墙壁,让她的头抬起。

兰馨拿着剑欣赏了一下,说道:

"好剑!驸马送的,当然精致!虽然是木头的,里面还是包着铁,而且这剑锋也挺锋利的!"忽然大叫:"看剑!"

木剑直刺向吟霜的左眼。吟霜退无可退,逃无可逃,只得睁大眼睛,看着那剑尖直逼她的眼珠。她眼中盈盈含泪,眼神明亮有如黑夜的天际星辰。剑尖直抵眼球,香绮、崔谕娘和众宫女都发出惊呼。吟霜喃喃念着:

"心安理得,郁结乃通。正心诚意,趋吉避凶……"

吟霜那充满悲悯的眼神,直视着兰馨,等待着这一刺。剑尖已到吟霜的眼球,却忽然停住了。兰馨被吟霜的眼神震慑住,木剑刺不下去。她被这突然而来的恻隐惊吓,嘴里胡乱喊着:

"怎么刺不下去?你这狐媚的眼睛有魔力吗?我不相信!"大叫:"再来一次!"

兰馨收剑再刺，依然到了眼球就停住了手。

兰馨对自己心软不可思议，乱找借口喊道：

"给我把另外那把木剑拿来！"

崔谕娘递上另外一把。兰馨已经大怒，拿着剑疯狂地刺向吟霜：

"先把你的脸划花了再说！"

剑尖划过吟霜的下巴，立刻留下一道血痕。吟霜落泪痛喊：

"公主！驸马送木剑来，带着温暖和善良的心，苍天有好生之德，不会让这两把木剑蒙羞，请公主收下木剑，放过奴婢吧！"

兰馨被吟霜的眼神和言语动摇，怒瞪着吟霜。抛下木剑，她转身冲进了自己的卧室，崔谕娘赶紧跟了进来，关上房门，兰馨就狠狠给自己两个耳光，痛骂道：

"可恶！我居然对一个卑贱的奴婢心软？我还是赫赫有名的兰馨公主吗？我是不是中邪了？崔谕娘，你看，她们会不会根本不是人？对她们大伤小伤不断，居然还能挺到现在？难道是妖怪不成？"

崔谕娘也百思不解，说道：

"是不是人，恐怕还要再试一试更狠的手段！如果她们什么都能对付，那就肯定有问题！"忽然一惊说道："皓祥公子说起白狐，吟霜会不会是那只被驸马放生的狐狸精，现在缠上驸马了！驸马的魂……恐怕被她收了！"

兰馨恐惧着，为自己没刺瞎吟霜找到借口：

"是呀！难怪我看到她那对狐狸眼睛就像中了邪一样，居然下不了手！那要怎么办才好？"

崔谕娘咽了口气说：

"别怕！别怕！不管她是狐是鬼，你是公主，什么都镇得住！咱们就用一点更狠的方法，逼出她们的原形吧！要动手，还得趁早！驸马回来，就会护着她，公主就投鼠忌器，什么都施展不开了！"

三十八

清河渡口，四野无人，一阵阵的清风，徐徐地吹着；吹拂着天边的乱云、吹动了平野树上的绿叶，吹低了岸旁茂密的芦花；虽然溪流潺潺，看来却荒凉而萧瑟。

渡口有一个正冒着热气的茶棚，茶棚边上有个旗杆，上面挂着一个"茶"字的旗子，随风飘扬。同时摊子上有蒸笼和热锅，卖着包子和茶叶蛋。

伍项伟带着一批随扈，跋山涉水，终于走到渡口来。

随扈拿着那张被皓祯掉包的假地图，说道：

"大人，过了这条河，大概就是巴伦瞒着朝廷私自练兵、屯军的基地了！"

"私自屯军分明就是想谋反叛乱，今日伍家人就代皇上取下巴伦的首级！"伍项伟阴沉地说道。

"是！遵命！"随扈看向茶棚，"大人，您应该也口渴了，要不要先到茶棚休息一下，我去打听几时有船过来！"

伍项伟点头，一行人便走向茶棚休息。

皓祯满脸涂成日晒的黝黑色，贴着花白胡须，乔装成老爷爷在茶摊上忙碌着。这乔装术还是灵儿教的，惟妙惟肖。他心里暗喜，想着："果然被我的假地图带到这儿来了！巴伦将军还能让你们发现吗？"便用老人的声音说道：

"唉！我说卤蛋呀，咱爷俩每天一大早做包子、送包子，到底挣了多少钱呀？"打开冒着热烟的蒸笼，"今天别再让人赊账了，日子不好过呀！"

鲁超也乔装市井小民，阻止皓祯掀盖：

"哎呀！爷爷，你别打开啊！这是要送去给对面军爷吃的，等会儿包子凉了，那军爷又要嫌弃咱的包子了！"

伍项伟走近皓祯身边，看到热腾腾的包子和茶叶蛋，突然感觉饥肠辘辘，问道：

"你们这包子怎么卖呀？有多少，我们通通买了！"对随扈卫士们喊："弟兄们都饿了吧！"

皓祯对项伟赔笑脸：

"这位大爷，不好意思啊！俺这包子不能卖，已经有人订了！我们爷俩正等船过来，把包子送过去呢！"

随扈拿出一串钱丢给皓祯，凶恶地说：

"管你什么人订了，这些通通我们买下了！"手一伸，不客气地拿起包子递给项伟："大人，请慢用！"

鲁超一把抢回包子。

"大爷，这真的不能给您吃啊！对面的军爷，要是少了一个包子会打死人的！"

伍项伟抢回鲁超的包子，立即塞到嘴里大口地吃，大吼：

"本大爷就要了这些包子，少废话！"用力推开鲁超："滚！什么军爷？他们还得给老子磕头呢！"

皓祯恐惧地拉着鲁超说：

"卤蛋，算了！"拿着随扈给的钱，"咱现在至少还拿了点钱，他们爱吃就给他们吃吧！"两人默契地相视一眼。

伍项伟这群人按图索骥，绕了许多山路，个个又饿又累又渴，全部拥上茶棚吃包子和茶叶蛋。乔装的皓祯和鲁超两人，善意地向伍项伟等人倒茶水。皓祯到处招呼倒茶：

"大爷，别噎着了！喝点茶！喝茶！喝茶！"

伍项伟一行人，有的吃包子或茶叶蛋，有的喝茶，甚是满意。眼见伍项伟等人都吃喝得差不多，皓祯和鲁超使了眼色，吹了一声口哨，突然间四面八方拥出了穿着黑衣劲装、蒙面的"天元通宝"兄弟。皓祯立刻发难，抽出预藏的双剑向伍项伟一行人杀去。伍项伟见状大惊，丢下茶杯，大喊：

"有埋伏！有埋伏！"

随扈和卫士立刻起身，拿出武器与皓祯、黑衣人对打，两方兵器碰兵器，叮叮哐哐，打得如火如荼。鲁超和皓祯身手矫捷，两人三剑、摆开鸳鸯阵势，一招"金蛇穿柳"，一个对穿，剑锋横扫上抽下撩，剑尖到处，瞬间毙数名随扈于剑下，用脚顺势一扫，踢尸体入水中，水花四溅。不久，项伟的随扈和卫士，有的突然身手软弱无力，抚着肚子根本无法迎敌，有的继续顽强战斗。皓祯锐不可当，连续出招变招，"玉带围腰""黑熊探路""青蛇吐芯"，连环使出、一气呵成，招招见血，刺倒数名敌人，但听得惨叫哀号之声四起。剑锋所过之处，开出一条血路，直逼伍项伟，保护项伟的两名卫士，想抵抗却突然口吐白沫，不支倒地。

伍项伟见卫士倒地，大吃一惊，喊道：

"你们……你们下了毒？竟敢伤害朝廷大臣，你们不要命了吗？"长剑一指，一招"清风拂柳"，剑尖直刺向皓祯，放手一搏，"本官跟你们拼了！"

伍项伟武功了得，接连出招，"大蟒缠身""猛虎出柙""犀牛望月"……招招勇猛地攻向皓祯，逼得皓祯倒地应战，伍项伟势如拼命，使出狠招，招式一变，出招"拨草寻蛇"，持剑对地上翻滚的皓祯疯狂刺杀。就在危急之际，鲁超跃起，取下"茶"字的旗杆，一招枪法"横扫千军"，横着向伍项伟一扫，立即把伍项伟打倒在地，皓祯脱离危险，一跃而起。伍项伟眼见不敌，起身向河边飞跑而去。

茶棚被打得东倒西歪，轰然一声崩塌，布幔倒在火炉上，立即着火燃烧，整个茶棚变成一片熊熊烈火！

鲁超和皓祯双双奔向伍项伟，鲁超身形一矮，一个扫堂腿，绊倒了伍项伟，再一式左擒拿，制伏了伍项伟，抓着他面对皓祯。

皓祯撕下了胡子，怒视项伟，恢复自己的声音：

"伍项伟，你们伍家到处贪赃枉法、陷害忠臣！"大吼："今天我要帮那些死难的忠臣和百姓报仇！我要拿你的血来祭祀那些无辜忠良！"

皓祯说完，双剑一刺，立刻刺进了伍项伟的腹部。皓祯拔剑出来，再补上两剑在伍项伟的双臂上，喊着：

"我还要拿你们伍家的血，来祭祀祝大人一家十口！"再第三次，直刺心脏，痛心大吼："这两剑，是为了神医白胜龄！"

伍项伟全身血迹倒在河岸，奄奄一息地说：

"原来是你……袁皓祯……你逃不掉……荣王……会为本官报仇的……"

皓祯不待伍项伟说完，再补上最后一剑，项伟断气。

皓祯杀了伍项伟，想到牺牲的兄弟，想到伍家的种种残暴，依旧义愤填膺。一番血战后，他回身检查战果，满脸正气地面对天元通宝的兄弟们。一个兄弟上前说道：

"少将军，任务完成，没有一个活口！"

皓祯点头，对所有兄弟说话：

"今日我们诱敌成功，保住了巴伦将军，也斩了作恶多端的伍项伟，真是万幸！兄弟们辛苦了！"

众黑衣弟兄异口同声：

"少将军英勇！"

鲁超对皓祯提醒：

"茶棚和所有行动的证物已烧毁，此地不宜久留，咱们快走！"

皓祯长剑高举一挥，带领全部天元通宝的兄弟，速速离开了清河渡口。当兄弟们各自散去后，皓祯对鲁超说道：

"鲁超！巴伦将军驻扎的地方，已经曝光，要赶快去通知他们转移！我们是不是先赶到巴伦将军的营地去？"

"是！"鲁超应道，"这件事办妥，才能回去！"

"走吧！"皓祯快马加鞭，向前疾驰。鲁超紧随于后。

当皓祯赶去巴伦将军那儿时，寄南、灵儿和汉阳已经回到长安。他们都没想到，吟霜会在公主院水深火热，而且，太子这儿也惊天动地。

这天，皇上皇后带着伍震荣、乐蓉、项麒、项魁、汉阳及各府卫士，浩浩荡荡进了太子府院落。汉阳风尘仆仆，刚刚才从咸阳赶回长安，就被世廷紧急带进宫，再带到太子府来，几乎连休息的时辰都没有。大家进了院落，曹安大声喊道：

"皇上皇后驾到！"

太子带着太子妃，急忙奔出，一看这等架势，都有些惊怔。

太子和太子妃赶紧对皇上皇后行大礼：

"父皇母后万福金安！"

"太子和太子妃不必行礼，平身！"皇上说道，"今天来这儿，是带着刚刚出差回长安的汉阳，来审理上次的黄金劫案！只怕案子拖久了，又有变化！"对太子使眼色。

皇后却口气严厉地说道：

"太子牵涉到打劫本宫，是以下犯上，罪不可赦！上次宫中太子理由多多，又有皓祯、寄南帮腔！现在，本宫把所有人证带齐，在汉阳审理下，希望真相水落石出！太子务必配合办案，不可狡赖脱罪！"

太子挺直背脊，正视皇后说：

"既然希望案子水落石出，又说启望不可'狡赖脱罪'，"看汉阳问道，"汉阳，本太子已经被定罪了吗？"

汉阳急忙说道：

"当然没有！现在是查案！太子依旧是'嫌疑犯'！"

伍震荣不耐地、很有气势地喊道：

"既然查案，就到大厅里去查吧！让陛下和皇后站在院落里成何体统？"

于是，大家浩浩荡荡进了大厅。太子府见到皇上皇后亲自来到，个个惊怔惶恐着。进了大厅，皇上皇后坐在前面，众人皆依礼数跪坐于前，卫士衙役等人两边侍立。皇上有点不耐地说道：

"汉阳，你就开始审案吧！不要耽误大家的时间！朕在这儿听着！"

"遵旨！"汉阳就取出玉带钩，看着太子说道，"太子！这次到太子府，主要就是要查明太子这个玉带钩！据太子说，这玉带钩在半月以前就失窃了，不知是否事实？"

"不止半月了，总有二十天以上了！的确是事实！"太子一口咬定，"就是莫名其妙地不见了！"

"请问太子妃，太子这玉带钩，是否为太子珍爱之物？"汉阳一丝不苟地转向太子妃，"是不是从来不离身之物？"

太子妃战战兢兢地回答：

"是的！太子最珍爱这一个，总是戴着这个！"

"那么，当这玉带钩遗失之时，一定闹得天翻地覆，有没有盘问下人？有没有追查它的下落？"汉阳犀利地问。

太子急忙回答：

"本太子怎会为了一个玉带钩，去闹到天翻地覆？丢了也就丢了！玉带钩还有的是！如果是下人偷了，一定因为下人贫穷，就算本太子送给他了！如果当时本太子知道这玉带钩会成为犯罪现场的证据，当然会穷追不舍！就是不知道，才被人利用了！"

皇上点头说道：

"太子之言甚是！"

伍震荣怒气冲冲插嘴：

"太子妃！不知太子是哪一日遗失了这玉带钩？依本王判断，一定是数日前，在红树林那儿遗失的！"

乐蓉立刻呼应：

"就是！一定是！太子妃不要包庇太子，当心和太子一起坐牢！"

项魁更是大声嚷嚷：

"本官就是那天在红树林中捡到的！绝无错误！"

项麒斯文地接口：

"乐蓉公主不要生气，汉阳大人办案神准！刚刚破了祝之同的案子，破得漂亮！不愧是方宰相的公子，一定会秉公处理的！"

"祝之同的案子算是破了吗？"太子冷笑一声，"你们也别把方宰相拉扯进来，这好像在威胁汉阳！汉阳，有什么问题你就问，反正我那玉带钩是早就丢了！"

汉阳却看太子妃：

"请问太子妃，这太子平日的服饰，都是太子妃亲手打理吗？"

"不是！"太子妃一愣，坦白地回答，"最近都是青萝在打理的！"

"青萝是谁？还不快传青萝问话！"皇后立刻尖锐地喊道。

伍震荣和项麒交换了一个暗喜的眼神，跟着皇后，一迭连声喊道：

"传青萝！快传青萝！"

立刻，青萝被衙役带到皇上等人面前，惊慌地看着本朝最有声势的人，竟然人人到齐。这等阵势，一生难见。青萝赶紧行大礼，匍匐于地说道：

"奴婢青萝叩见皇上，叩见皇后！叩见各位大人……"眼光扫到荣王，行礼如仪，"叩见荣王，叩见驸马……"

皇后威严地喊：

"够了够了！不用叩见了！汉阳赶紧审案要紧！"

汉阳急忙问道：

"青萝！你是太子的什么人？"

太子不安地看着青萝，汉阳这一招完全出乎他意料之外，青萝是伍震荣送进太子府的，虽然伶俐讨喜，但立场不可尽信。太子的眼光，从青萝脸上，转到伍震荣脸上，只见伍震荣面带得意，几乎是喜形于色。

"奴婢青萝，只是太子的婢女……"青萝谦卑地说道，"平日服侍太子和太子妃，也服侍皇太孙佩儿！"

汉阳出示玉带钩：

"青萝，你看过这个玉带钩吗？"

"是！奴婢看过！是太子珍爱的玉带钩！"

伍震荣走向青萝，在青萝面前兜了一圈，有力地插嘴：

"那你最后一次看到这玉带钩是什么时候？"背向青萝，面向皇上汉阳等人，手在背后比着五。

青萝看了荣王那手势一眼，又看向汉阳，从容而清楚地回答：

"这玉带钩在大约二十天以前就遗失了！"

伍震荣、项麒、乐蓉同时惊呼：

“什么？青萝你说什么？”

青萝清脆而坚定地禀道：

“大约二十天前，玉带钩不见了！奴婢向太子说过，太子说，或者这个玉带钩，可以养活几个吃不饱的百姓，丢了就丢了！要奴婢不要声张！”

伍震荣大怒的眼神，狠狠地射向青萝，青萝只当没看见。

汉阳看向皇上皇后，问道：

“今日查案，是不是可以告一段落？玉带钩疑案，总算还了太子清白！是谁偷的，容下官再来调查！”

青萝却语不惊人死不休地说道：

“青萝知道是谁偷的！”

太子大惊，看向青萝问道：

“是谁偷的？”

青萝看向伍震荣，镇定地说道：

“就是和青萝一起进太子府的那三个，她们已经把玉带钩交给荣王手下了！”

这一下，伍震荣怒不可遏，大吼说道：

“青萝你不要胡言乱语！你简直是吃里扒外，本王要杀了你！”

伍震荣一面说，一面从卫士身上，拔剑就对青萝直刺而去。事发仓促，青萝起身想躲，哪儿躲得开，只见剑锋刺向青萝肩头，立刻溅血。世廷惊呼：

“荣王息怒！荣王！荣王！”

太子大惊，喊道：

“青萝！”

伍震荣怒发如狂，抖了一个剑花，一招"蛟龙分水"，持剑再对青萝刺去。只见太子拔身而起，飞跃过来，一式"双龙抱珠"，立刻矮身抱起倒地的青萝，双手忙着，脚也没有休息，站起身子，就一个回旋踢，踢向伍震荣的剑。太子改用单手抱着青萝，使出空手入白刃的功夫，和伍震荣徒手大打起来。邓勇想护太子却无从插入。邓勇凌空抛了一柄剑给太子，他利落地接住。就一手抱着青萝，一手挥舞着长剑和伍震荣过招。两人剑出如风、迅若闪电、剑影森森、招招致命，两剑相交，火花四溅。转眼之间，双方已各攻防十余招。伍震荣边打边喊：

"我要杀了那丫头！我要她的命！"追着太子挥剑。

众人惊愕至极。太子边打边跑边喊：

"父皇！青萝手无寸铁，弱女子一个，荣王是到太子府来行凶的吗？"

皇上震声怒吼：

"荣王！住手！你要杀人灭证吗？当着朕的面，你就胆敢在太子府行凶！这样刺杀婢女……你你……"气得发抖，"真的被朕纵容到如此地步！今天朕总算亲眼看到了！"起身，大喊："气煞朕也，回宫！"回身就走。

伍震荣这才惊觉失态，赶紧跳开收剑。

太子怒冲冲瞪着伍震荣。

皇后、世廷等人急忙跟着皇上出门。汉阳深深看了太子和还在滴血的青萝一眼，然后跟着皇上而去。

太子这才惊魂未定地对皇上说道：

"父皇母后，孩儿治疗青萝要紧，恕孩儿不送！"

青萝受伤不轻，太子把她抱进自己的寝宫，放在卧榻上，御医立刻围绕，经过治疗，将青萝左臂的伤口包扎好。御医对太子说道：

"别担心，虽然流血不少，幸好没伤到筋骨，只要好好保养，臣天天换药，过个十天半月，就会痊愈的！臣告辞！"

御医和闲杂人等退出了，太子妃拍着胸脯说：

"还好还好！"看着脸色苍白的青萝，由衷地感激无比："青萝，难为你了！你保住了我们太子府，以后不能把你当婢女看待了！"

太子在卧榻前坐下，深深看着青萝问：

"你怎么知道要说玉带钩二十天前失去了？你怎么会把枫红她们三个都拉扯进来？伍震荣那脾气你还不知道？你宁可为我被刺死吗？这么大的风险，你为什么要冒险？"

青萝凝视太子，坦白地说：

"我们四个，都是被训练过的！太子府里的大事小事，除非我们不要管，要不然，我们都会知道。玉带钩也是这样的！"

"你不知道，你差点送命！"太子感动，"要不是我手脚快，你已经身首异处！"

"奴婢要谢谢太子，救了奴婢一命！"青萝诚恳地说，"那伍震荣是奴婢杀父仇人，只要能扳倒他，奴婢不在乎生死！救太子，更有我一片知遇报恩之心！"

就在这时，枫红、白羽、蓝翎一拥而入。枫红急切地扑到卧榻前说：

"青萝，你把我们三个都出卖了，我们哪有偷玉带钩？"

青萝勉强支起身子，去握住枫红、白羽的手，情真意切地说：

"我不是出卖你们，是给了我们四个一条新的路去走！从此，让我们效忠太子吧！我们当初在荣王府，哪一个没有吃尽苦头？但是，太子府让我们觉得像个家！我们就把这儿当家了，好吗？"

三个女子眼泪汪汪，太子妃就拥住了她们，真挚地说：

"欢迎加入我们这个家！"

青萝抬头看太子，眼里带着恳求。太子也动容地看着她，对她深深地点了点头。

"从此，你们四个，就是本太子的家人了！"太子说，看着太子妃手中的四个姑娘。心想，伍震荣大概做梦也没想到，送进太子府的奸细，居然全部背叛了他！

皓祯离家第三天。

吟霜两手被绑在公主院长廊的木柱上。宫女在吟霜的腰部缠上两圈长布条，接着左右两边的宫女分头拉紧布条，勒紧吟霜腰胸之间，让吟霜呼吸困难。宫女在崔谕娘示意下，下手越来越狠，吟霜无法呼吸，痛苦得直冒汗。

兰馨面对着吟霜，坐在坐榻上喝茶，慢悠悠地说：

"本公主算是佛心来的，这会儿也没把你的好姊妹香绮召进来，省得她吃苦，这点你可要感谢本公主！"

吟霜痛苦已极，哀声问道：

"公主……奴婢到底是……犯了什么错？您何苦……要这么做呢？"

"犯了什么错？就等你告诉本公主呀！"兰馨大声地问，"你和驸马之间，是不是有什么不可告人的秘密？你自己呢？有没有不可告人的秘密？"

"没有！完全没有！公主，你真的误会了！请相信驸马！"

"你再嘴硬，就是自讨苦吃！"崔谕娘对宫女下令："再用力拉紧！"

"不要！求求你们，不要！"吟霜哀号。

兰馨走到吟霜面前，抓着吟霜头发往后拉：

"本公主相信自己的眼睛，也懒得天天想法子对付你，你要是想好好活着，少吃点苦头，你就从实招来！"

"公主，我已经全招了，真的没有，求求公主，放了奴婢！"

"放了你？那么谁来放过本公主？从嫁入了将军府到今天，皓祯千方百计逃避本公主，对你这个丫头，却亲热得很！"用力再拉扯吟霜的头发。

吟霜又被扯头发，又被勒着腰，痛苦万分，不禁挣扎。兰馨喊：

"拉紧！再拉紧！"

吟霜受不了，眼神凝聚，拼命用力来抵抗痛苦。痛楚地念着：

"心安理得，郁结乃通。治病止痛，辅以气功。正心诚意，趋吉避凶。心存善念，百病不容！"

随着口诀，吟霜不由自主地用了气功，勒紧吟霜的布条忽然像散花一样爆裂开来，绑住的双手布条同时散开。吟霜顿时不支地跌落地，狐毛玉佩就从吟霜衣裳里掉落出来，滑到老远。兰馨大震，喊道：

"狐毛玉佩！原来这传言中的狐毛玉佩在你的身上！"

崔谕娘也震惊无比，对兰馨低语：

"听说狐妖会附身在某一件物品上！"

吟霜看到玉佩滑出去了，就支撑着身子，爬到玉佩边，用手去抓那玉佩。兰馨一脚就踢开了玉佩，怒极地喊：

"崔谕娘！去拿一根大铁锤来！我们去后院！砸碎这块玉佩！"

吟霜惨烈地叫：

"不要啊……不要啊……"

不管吟霜叫得如何惨烈，依旧被宫女卫士拉到了后院。只见狐毛玉佩放在一块大石头上。吟霜面无人色地被几个宫女压制着，在一边观看。

崔谕娘把大铁锤递给兰馨。兰馨举起大铁锤，对着那玉佩就砸了下去。同时吟霜闪电般挣脱宫女，扑上来用右手去压住玉佩。铁锤这重重一砸，就砸在吟霜右手背上。

吟霜大痛！仰头向天，惨叫：

"啊……"

吟霜的手背，立刻出血，惨不忍睹。兰馨冷冷说道：

"看来你这个来路不明的女神医，也不是金刚不坏之身嘛！"对宫女们喊："拉开她的手！"

宫女们拉开吟霜的手，吟霜已经脸色惨白，额汗涔涔，快要晕倒了。

兰馨拿起铁锤，再重击玉佩，玉佩顿时四分五裂。吟霜看着，满眼泪水，她的心也跟着四分五裂了。兰馨再举起铁锤，不断砸在玉佩上，直到玉佩粉身碎骨。

兰馨气喘吁吁，力气用尽了。

"好了！本公主累了，要休息一下！"

崔谕娘对宫女喊道：

"还不赶快来收拾这些碎片！"

"这些没用的破烂东西，有人居然把它当宝贝！"兰馨接口，"赶快清理一下，丢到废弃堆里去吧！"兰馨就带着崔谕娘和宫女们离去。

宫女们上来清理玉佩的残骸。吟霜含着满眼的泪，看着玉佩被扫进簸箕。又眼睁睁地看着玉佩的残骸被带走，她的心跟着玉佩粉身碎骨，再也支撑不住，瘫倒在地。

三十九

皓祯和鲁超正在赶路。天空中，矛隼盘旋哀鸣着。皓祯一惊：

"猛儿！这一路都没看到它，也没办法向吟霜报平安！现在它怎么来了？"就抬头喊道："猛儿！你有消息带给我吗？"

只见猛儿哀鸣着，没有飞下来，却向长安城的方向飞去了。

不祥预兆，顿时涌上皓祯心头，喊道：

"不好！猛儿不肯停，直接飞到长安去了！鲁超，我现在心惊肉跳，我们必须快马加鞭回家去！"一拉马缰："驾！"

皓祯的马，如箭离弦般冲了出去。鲁超也一拉马缰，跟着冲了出去。

两匹快马，在路上飞驰。

将军府里，吟霜的惨状还没人知道。兰馨和崔谕娘捧着点心盘子，送到将军府来，兰馨笑着对雪如和柏凯说道：

"爹，娘！兰馨亲手做了几样小点心，送过来孝敬两位！不合口味别骂兰馨哟，还在学习阶段！爹娘知道，在宫里兰馨是不动手的！"

"哦！"柏凯惊喜，"兰馨太有心了！放下吧！让本将军尝尝！"

崔谕娘和兰馨就放下点心。皓祥立刻拿了一块放进嘴里，点头赞美：

"唔！一定是宫里送来的材料，好吃！"再拿一块送到柏凯面前："爹尝尝！"

柏凯吃着点心，不断点头，称赞地说：

"好吃好吃！兰馨跟名字一样，蕙质兰心！"

"字不同！兰馨能够得到爹的赞美，实在太高兴了！"

雪如也吃着点心，却有点心事地问道：

"不知道吟霜和香绮那两个丫头，在公主院的表现如何？假若不能达到公主的满意，就让她们早点回来吧！"

"很好很好！这点心还是吟霜帮忙做的！娘，兰馨特别喜欢吟霜，如果娘不是那么需要她，就让兰馨留她在公主院过夜吧！"兰馨说。

"这两天我都没看到她，她还好吧？"雪如犹豫。

"她昨晚不是还回到将军府吗？"兰馨惊讶地问，"难道她抱怨了什么？"

雪如赶紧回答：

"没有没有！她怎会抱怨什么？公主待她好，她感激都来不及！"

柏凯吃着点心，愉快地说：

"公主要个丫头，小事一件！不用跟婆婆报备，照准！"

"谢谢爹！"兰馨一笑。

雪如不安地看了兰馨一眼，见兰馨笑脸迎人，就不疑有他了。万一有什么事，兰馨还能如此镇定，做点心送来吗？

这时的灵儿和寄南，骑着马，慢悠悠地在街道上踢踢踏踏走着。灵儿说：

"这次跟着汉阳办案，有很多收获，那个汉阳，的确是一个人才！"忽然好奇地问寄南："你说，汉阳长得俊，学问好，年纪轻轻就当了大理寺丞，怎么到现在还没结婚呢？他房里，也没收房丫头，难道男人除了皓祯，也有洁身自好的人？"

"喂！"寄南生气，"你是我的小厮，不要跟着汉阳出去走一趟，就满嘴汉阳这个、汉阳那个！你也想想你的主人好不好？"

"你？"灵儿瞪眼，"你还真以为你是我主子？少做梦了！你有什么好想？你学问没人家好，长得没人家俊，人品没人家好，就是生来是个王爷，全靠你姑姑……"

灵儿话没说完，寄南的马鞭作势要对她抽来。

"你再对本王爷出言不逊，我就抽你几鞭！"

"你敢？"灵儿也挥舞马鞭，"看看我们谁比谁强……"

灵儿话没说完，猛儿的哀鸣声忽然急切地传来。两人立刻休战，不约而同地抬头。只见猛儿在两人头顶盘旋，又飞向将军府去。灵儿大叫：

"不好！一定是吟霜有难！皓祯出门，铁定还没赶回来！我们快去将军府看看！"

两人急忙一拉马缰，在街道上疾驰。

吟霜确实有难，她在那间练武房，贴着墙坐着，脸色惨白，被砸的右手血痕未干，心里在自语：

"公主还要怎么对付我？我的药丸都被她们搜走了，如果不回小小斋，我也没法为自己疗伤，怎么办？皓祯！对不起，我没把自己保护好！还毁掉了你给我的玉佩！"

房门一开，兰馨带着崔谕娘进来。

"你坐在这儿，有没有闭门思过？"兰馨问，"我呢？越想越气，驸马的玉佩居然在你身上，你就是我的敌人，对付敌人，宫里有许多做法，这些年来，我看着看着也学了不少！为了惩罚你什么都不说，我要用'肉刷子'侍候你！"

吟霜恐惧地问：

"什么肉刷子？"

"你马上就会知道什么叫'肉刷子'了！"崔谕娘阴森森地说。

宫女们就上前，把吟霜架了起来，又把吟霜拉到后院去了。

只见后院里，有个小火炉，里面燃烧着熊熊烈火。小火炉上有一壶热腾腾滚开冒烟的水壶。火炉旁放着一张矮桌，桌面上固定着一个像手铐的装置。桌上也放着一个刑具盒，盒内装有数个名为"肉刷子"的刑具。吟霜恐惧地看着那刑具，只见是几个像发刷般的圆形铁器，上面像刺猬般长满了尖锐的刺。

吟霜被拖上前，跪在桌前地上。兰馨端着刑具盒到吟霜面前，阴森地说道：

"你知道这套刑具叫什么吗？"拿起一根肉刷子在吟霜面前晃，"这叫作肉刷子，上面一根根细细的是尖锐的铁钉，想必你也不知道这'肉刷子'的用法吧？"大喊："崔谕娘，把吟霜的双手抓出来！"

兰馨一脚踢向吟霜，让她跪趴在矮桌上。崔谕娘和宫女将吟霜的双手手腕，锁进了固定在桌面的手铐上。吟霜一只手还是血肉模糊的。兰馨说道：

"你右手已经受伤了，我们就侍候你的左手臂吧！"把吟霜的袖子拉高，将肉刷子轻轻地在吟霜的手臂上刮着，"这肉刷子就是这个用途，但是你以为这是在搔痒是吗？那你就错了！"兰馨对吟霜笑笑，激烈地继续说着，"首先，本公主会用开水把你这洁白的手臂烫一烫，烫熟了之后，再用这个满是铁钉的肉刷子，刮得你血肉模糊，接着呢……"抓起桌上备着的一把盐，撒在吟霜的手臂上，"在你的伤口上撒满盐巴，然后，再烫第二次，刷第二次……这样一次一次地刷，直到看到骨头为止！你觉得这个刑具，是不是很有趣呢？"

吟霜听得惊心动魄。兰馨看到吟霜受伤的右手，就抓了一把盐，撒在伤口上，说：

"先拿你右手这个伤来试试盐的功用！"

吟霜痛彻心扉，惨叫：

"啊……不要啊！"

"盐的功用明白了！就上菜吧！那盐只是调调味道而已！"

吟霜知道大难临头，不禁哀恳地看着公主，求饶地说：

"公主，不要！不要这样！公主求求你！奴婢知错了！原谅奴婢吧！"

兰馨大喊：

"崔谕娘，把开水拿过来！"

崔谕娘兴奋地去提水壶，拿来冒着烟的滚开水交给兰馨。兰馨对吟霜说：

"你谁不好惹，居然惹上本公主，那就怪你不长眼！"

兰馨眼睛眨也不眨，就对着吟霜的左手臂淋上开水。吟霜哀鸣痛喊，哀鸣声几乎传到了九霄云外。后门口，小乐已经徘徊了一阵，此时，吟霜的痛喊声惊动了他，也惊动了守卫，小乐再也不管了，用力推开也被哀叫声惊动的守卫，直冲进后院。

小乐一看，吟霜被滚水烫得痛喊，吓得魂飞魄散，掉头又向外跑，边往外跑边喊：

"不好了！不好了！这回得找公子回来才行呀！要命啊！可怜的吟霜姑娘呀！你要撑着点啊！哎哟！"

小乐奔出了将军府的大门，正巧就撞上了寄南和灵儿。寄南惊问：

"小乐！你干什么这么慌张？出了什么事情了？"

"我……我得去找公子回来！人命关天，别拦我！"小乐继续往外跑。

灵儿抓住小乐：

"什么人命关天？是不是吟霜出事了？你要到哪儿去找公子呀？"

"那个……"小乐慌乱，"公主对……对吟霜用刑！我得去搬救兵呀！"

"什么？对吟霜用刑？可恶的公主！我就是救兵！"灵儿大震喊道。

灵儿说完就飞也似的奔进了将军府，又奔向了公主院。寄南拉回小乐：

"别找皓祯了，我们先进去救人要紧！"转身向灵儿大喊："裘儿，别冲动！等我呀！"

寄南和小乐追进将军府，向公主院飞奔。

后院里，早已惨不忍睹。

吟霜的左手袖子卷得高高的，整只手臂已经红通通的一大片，吟霜痛得脸色惨白，微弱地呼吸着。兰馨并没有想收手的意思，拿着"肉刷子"就对着吟霜被烫伤的左手臂，用力地刷下去。吟霜的手臂随着刮痕立刻出血。吟霜再次哀鸣痛喊：

"啊……啊……请住手……请停止……"

灵儿才跨进后院，就见到肉刷子刷下去的惨状，听到吟霜的痛喊。灵儿急怒攻心，就在兰馨第二次刮着吟霜之时，拿出飞镖射飞了"肉刷子"，接着就飞跃到兰馨面前，将她推倒在地。灵儿压住兰馨痛打，喊道：

"你这个恶魔公主，居然敢对奴婢用刑！管你是什么来头，我今天绝不饶你！"

灵儿突然冒出，兰馨虽然一时措手不及，但也反应灵敏，一招"翻花舞袖"，突然一个打挺，就踢飞了灵儿，跃起身，抽出身上的鞭子迎战，嘴里大喊：

"来者是谁？好大的胆子，竟敢对本公主动武！"

"我是正义使者！专门来收拾你这个坏心肠的恶魔公主！"灵儿嚷道。

"正义使者？没听过！报上你的名号来！"兰馨挥着鞭子。

灵儿连翻几个筋斗躲避鞭子，气势汹汹地喊道：

"什么名号听不懂！本人是靖威王窦寄南的小厮，外号叫作'风火球'，怎么样！"灵儿到处乱蹦乱跳，躲着兰馨的鞭子。

兰馨追着灵儿打，怒喊：

"小小仆从，口气不小！"突然停住脚步，终于明白："喔！你就是窦寄南的小厮，也就是和窦寄南搞什么断袖之癖的小厮！既然是窦寄南的人，也就是自己人，本公主就看在窦寄南的分上，今天饶你不死！"

"你想饶我，我裘儿可不饶你！"灵儿跳上石桌，再跃下飞扑兰馨，抢下她的鞭子，用鞭子缠住兰馨的身子，让她动弹不得，"你以为当公主了不起！用刑欺负下人，你连当人都不配！"

这时小乐和寄南匆匆赶到后院，见到灵儿压倒公主，大惊。皓祥和翩翩也闻声赶到，震惊地看着这场混乱。寄南制止大喊：

"裘儿！快放了公主，你这样对待公主，会杀头的！"

灵儿怒不可遏地喊道：

"你看这个公主干了什么事，对奴婢用刑啊！"向寄南使眼色。

寄南转眼看到吟霜惨不忍睹的双手，眼睛都不敢多看，心痛极了。小乐着急喊：

"窦王爷，快救救吟霜吧！"

寄南怒视着崔谕娘，大吼：

"还不把吟霜的手铐解开！"

崔谕娘迟疑，看向被压倒在地的兰馨。

兰馨趁灵儿不备，用后脚跟往后一踢，灵儿一痛松手，兰馨骤然起身，对寄南喊：

"寄南，本公主在教训丫头，你少插手！"

"这个丫头犯了什么错？有必要用上刑具吗？你是不是当公主，当到晕头了！"寄南气极，忍不住对兰馨大骂。

"你纵容你的小厮对本公主无礼，现在你还敢教训本公主！你这个小小靖威王才是昏头了！当心我要你的命！"兰馨大怒，对寄南吼了回去。

"趁我现在还有理智的时候，你快放了吟霜，否则我也一样教训你！"

"一个卑贱的丫头，还值得你拿性命来顶撞！本公主今天就是不放人！看你敢把我怎么办？"

兰馨的鞭子早就落在灵儿手上，见兰馨蛮横，灵儿又对着兰馨挥鞭。兰馨一闪，没被打到。灵儿跳脚大骂：

"什么卑贱的丫头，你才是一个混账魔头！"

"可恶！把鞭子还来！"

"有本事欺负奴婢，没本事抢回鞭子，你这个傲慢公主，真是个笑话！"

公主院的这场大闹，惊动了将军府，柏凯和雪如走到院子里，只见仆人和丫头们纷纷奔向公主院。柏凯急忙喊：

"袁忠！什么事情闹哄哄的？"

"将军，听说窦王爷和他的小厮，跟公主打起来了！"袁忠回答。

"什么？窦王爷什么时候来的？我们赶快去看！怎会打起来呢？"雪如惊问。

"听说因为公主对吟霜丫头用刑的缘故！"

"吟霜？用刑？"雪如大惊失色，"我们快去！在哪儿用刑？"

"在后院里！"

雪如、柏凯、秦妈、袁忠急急赶到后院，雪如一眼看到吟霜的伤痕，看到吟霜气若游丝的痛苦模样，又看到刑具，顿感锥心之痛，无法言喻，大喊：

"通通住手！"怒瞪崔谕娘，"快放了吟霜！"

兰馨、灵儿停手，崔谕娘识相地赶紧打开手铐。吟霜立刻瘫倒在地。

柏凯不可思议地看着刑具，再看兰馨：

"肉刷子！在我们将军府，居然有这种刑具？谁告诉我，这是怎么一回事？"

"先救吟霜要紧！"雪如着急，"秦妈，小乐！赶快把吟霜带回去请大夫医治！"

"我来！我来！"寄南热心地说，"这种紧急时候，也不管男女之别了！"

寄南抱起吟霜，小乐跟在后面，快速地离开公主院。灵儿还拿着兰馨的鞭子，跟着寄南离开。兰馨气得牙痒痒。雪如这才缓过气来，义愤填膺地对兰馨说道：

"将军今天才夸你蕙质兰心！难道送完点心，你马上再来虐待丫头？这就是你要留下她过夜的原因？你要把她弄成怎样才满意？你好歹是个公主，为什么这样折磨一个丫头？"

"在我袁柏凯的家里，从来没有对任何下人用刑！"柏凯更是严厉，"兰馨公主，你开了我们袁家的先例！本将军看在皇上皇后的面子上，对你轻不得、重不得！但是你已经是袁家的儿媳妇！所作所为，没有公主的风范，也该有袁家的气度！"

兰馨被雪如和柏凯骂得怒极，大声喊道：

"公公婆婆，你们不要一人一句指着我骂，那个丫头，身上有皓祯的狐毛玉佩！你们能不能告诉我，她到底是什么来历？"

"狐毛玉佩？"柏凯一惊。

雪如还来不及开口，灵儿拿着兰馨的鞭子折回来，把鞭子丢还给兰馨。听到兰馨的问题，就忍不住接口了：

"你想知道吟霜是谁吗？她是你绝对不能碰、绝对不能伤害的一个人，她是窦王爷、少将军和我们许多许多人眼里的女神医！女英雄！你把她折磨到这个地步，你成了我们大家眼里的魔鬼！你想要少将军恨你，恭喜你，你成功了！"

灵儿说完，转身而去。

雪如一拉柏凯：

"走吧！"对兰馨正色说道："别把这公主院，变成一个充满血腥暴力的地方！这两个丫头，再也不会来公主院当差了！"

柏凯有着满腹狐疑，却再也不想看到那行刑现场，跟雪如一起离开了。

皓祥一直在旁边看热闹，意犹未尽地说：

"一场好戏，就这样没啦！"

翩翩想向公主套近乎，又怕挨骂，看看兰馨脸色，还是决定放弃：

"我这二夫人还是少开口好了，公主多保重！"翩翩和皓祥匆匆离开。

转眼间，人都散了，兰馨陷进极度的挫折和震撼中。

回到了小小斋，吟霜半躺半靠地坐在床榻上，盖着棉被，受伤的双手放在棉被上。香绮、灵儿、雪如、秦妈都围绕着她。香绮拿着药丸和水：

"小姐！这止痛药丸先吃下去！小乐已经去熬药和煮参汤了！"

秦妈扶着吟霜的头，吟霜衰弱地吃了药。雪如心痛地说：

"伤得这么重，怎么办？吟霜，娘答应了皓祯，要好好照顾你，结果把你照顾成这样，娘被兰馨骗了！她送点心来，笑容满面，我真没想到她会这样狠！"

吟霜不安地在床榻上对雪如行礼：

"夫人，千万别这么说！先回去休息吧，只是一点外伤，没有关系的！"

"吟霜……"灵儿着急地说，"你这次的伤，比上次缝伤口的伤要复杂多了，而且两只手伤得不一样，现在还得你来教教我们，怎么帮你治伤才行？从哪一只手开始呀？"

寄南伸头进来看了看，胆战心惊地说：

"还是去请一个大夫来吧！"

吟霜急忙说道：

"不要！让我再休息一下，我自己来治！"喘口气说："香绮，我右手手背上，被那个公主撒了很多盐，你必须帮我清洗干净！要小心，很痛！"

"已经血肉模糊了，还撒盐？这怎么清洗呀？"雪如惊喊。

"夫人……"吟霜对雪如说道，"将军现在一定在大发脾气，千万不要把我和皓祯的事跟他说，他会对皓祯很生气，对我也不谅解的！请夫人回去吧！窦王爷他们会照顾我的！请回去吧！"

"唉！"雪如心痛至极，"你说得也是，我先去安抚一下将军，你们需要什么，就来找我！或者找秦妈！"

"是是是！夫人慢走！"

雪如摇着头，秦妈扶着她离去。雪如嘴里一直喃喃地说着：

"惨啊惨啊……可怜啊……"

雪如主仆离去，寄南就急忙喊道：

"小乐！赶快弄几盆清水来！哦，小乐去熬药了！我来吧！清水在哪儿？这儿有井吗？应该要用清水先把伤口洗干净吧？吟霜，你有力气教我们吗？"

吟霜吸了口气，振作了一下，吩咐道：

"寄南和灵儿，你们帮忙剪白布条，这伤口治疗完要包扎起来才行！香绮，清水要烧开再待冷，就是冷开水，要准备很多冷开水！越多越好！还要准备清洗的棉布，剪成小块，清洗完一个地方，马上丢掉换新的，所以要很多很多小块的棉布……"

于是，大家急忙工作，剪布条的剪布条，剪布块的剪布块，提水的提水，烧水的烧水。寄南痛惜地说：

"吟霜，你这双手，怎么这么多灾多难呀！一次比一次惨烈，看来你现在也不能用治病气功给自己止痛了？你忍忍啊！"

吟霜脆弱苍白，冷汗涔涔，连回答的力气都没有了。

冷开水来了，香绮洗干净了手，就用小棉布块打湿，试着轻轻去擦拭那伤口上的血块，吟霜立刻痛到哀叫：

"慢一点！慢一点！哎哟，痛死我了！"

香绮张开双手，不敢动了。

就在这时，皓祯回家了，他带着鲁超，风尘仆仆地飞赶回来。两人进了院子，先向小小斋奔去，忽然看到小乐正拉着袁忠帮忙。小乐喊着：

"清水！要很多清水，越多越好！赶快去井边提水，送到吟霜姑娘那儿去！我还要去厨房拿熬好的药和参汤，忙不过来了！"

"是是是！我去提水，刚刚秦妈还问，要不要她去吟霜姑娘那儿帮忙？"袁忠问。

皓祯脸色一下子雪白，急喊：

"小乐！吟霜怎样了？为什么你们这么慌张？"

小乐一看到皓祯，立刻悲从中来，放声痛哭喊道：

"公子！吟霜姑娘被公主用了刑，肉刷子……肉刷子……好惨好惨啊！"

皓祯大惊：

"用刑？肉刷子？"

皓祯对着小小斋就狂奔而去。鲁超一把抓住袁忠：

"提水？我去提！袁忠你陪小乐去拿药和参汤！"

皓祯冲进小小斋的院子，就喊着：

"吟霜！吟霜！"

卧室里的吟霜，一听到皓祯的声音，就赶紧把剪好的布条要盖在手上，奈何两手都受伤，不知盖哪一只好。吟霜着急地说：

"不好！皓祯回来了，灵儿、寄南，你们出去拦着他，不能让他看到我这样子！快点去拦着他！"

灵儿想也不想，就急忙冲出去，在院子里拦住了皓祯。

"不能进去！不能进去！"

"为什么不能进去？"皓祯看灵儿神色，有点明白，大急，"她怎样了？你让开！别拦着我！"

灵儿伸长了手，左挡右挡：

"不能进去！吟霜不要你看到她现在的样子，你在这儿坐一下，等我们帮她包扎好了，你再进去！"

皓祯一听大急，把灵儿重重一推，灵儿哪儿经得起他的大力气，往后飞跌出去。寄南奔出来，正好接住了灵儿。寄南叹气说：

"灵儿，现在怎么拦得住他呢？皓祯，进去吧！心里有点谱，别吓着，她被用了刑，皮开肉绽，我们正在听她的指挥，如何治疗……"

寄南话没说完，皓祯已经冲到屋里去了。

卧室里，吟霜的双手，都被一块大白布盖着，她的脸色，也和白布差不多。皓祯扑到床前，看看吟霜，看到吟霜下巴上被木剑划出的伤口。皓祯红了眼睛：

"她居然敢弄伤你的脸？用什么东西划伤的？"

吟霜努力挤出一个微笑，软弱地说道：

"脸上没关系，过两天就看不出来了！只是一个小口子！"

皓祯看看那块白布，就去小心地揭开白布。吟霜惨不忍睹的右手和左手臂，就完全暴露在他眼前，皓祯立刻抽了一口冷气，转开头不忍看，喘了一下，再鼓起勇气去看那两只手。皓祯没抬头，哑声问：

"这左手臂怎么都是血水泡……"顿住，又问："右手怎么弄的？"

吟霜伤心起来，泪水盈眶：

"是我不好，没把玉佩收藏好……一不小心让玉佩掉出来了……公主……用铁锤打碎玉佩……我想去抢救……皓祯，那块玉佩……毁了……"眼泪落下来。

"所以，右手是被铁锤打的……"

香绮小小声插嘴：

"伤口上还撒了盐，我们正想办法要把盐洗掉……"

皓祯猝然起身，转身冲出房间，冲到院子里。他靠在墙上，身子顺着墙滑落在地，坐在那儿，用双手抱住头，痛哭失声。寄南奔来，抓着他的肩膀，试图稳定他。

"你这样痛苦，吟霜不是更痛了？我们现在要赶快帮她治疗呀！"

皓祯跳起来，崩溃地挣扎，咬牙嘶吼地说：

"我要去杀了那个公主！"

皓祯挣脱了寄南，就往外冲去。寄南死命抱住他，大喊：

"裘儿来帮忙，绝对不能让他现在去公主院，会出人命！"

灵儿飞奔过来，拦住了皓祯，说道：

"皓祯，你别乱来，现在要先救吟霜！她元气大伤，没办法为自己止痛，如果我们不赶快治好她，她会痛死的！只有你，才是她的'止痛药'啊！"

皓祯被灵儿唤醒了，泪眼看着灵儿，喃喃地说道：

"是！先救吟霜……先救吟霜……"

四十

香绮正在帮吟霜清理伤口，吟霜痛得额上冒冷汗，却咬紧牙关不敢喊痛。皓祯进门，眼眶涨红，吟霜就用哀恳的眼光看着他，婉转地说道：

"皓祯，千万不要再去公主院，灵儿已经跟公主大打出手，惊动了你娘和你爹，现在，不管是公主院还是将军府，都被我闹得乱七八糟，我已经怄死了……"

灵儿端了一盆干净的冷开水进来，把沾血的白布条收去丢掉。皓祯看看吟霜，看看香绮，就去洗手盆那里洗干净手，然后走到香绮身边，简短地说：

"香绮！让我来！"

香绮的手颤抖着，不放心地看着皓祯说：

"公子，你行吗？那些盐都化了，有的都跟血块凝结在一起，要很轻很轻地弄，稍微重一点，血就又流出来了！还要小心，别碰到那只被肉刷子刷过的手……"

皓祯深吸口气，坚定地说：

"你让开！我来！"

香绮退开，皓祯就在香绮的矮凳里坐下，接手香绮的工作。皓祯看着那只右手，再抬眼深深看吟霜，说：

"上次缝伤口，把你缝得晕倒，该怎么弄才能让你不痛，你教我！我会慢慢地、轻轻地弄，如果弄痛了你，请你叫出来！我不要你咬着牙关忍痛！听说，叫出来会比较不痛！"

皓祯说着，就拿了小布块，蘸了水，仔细找着有盐和血块凝固在一起的地方，轻轻地、轻轻地洗着伤口。吟霜看着他专注的、低俯的头，很想伸手抱住他，就微微动了动另外那只手。

皓祯立刻惊跳地喊：

"我弄痛你了！"

吟霜含泪而笑，坦率地说道：

"没有没有！我好多了……"指导着，"看到了吗？那儿有个比较大的血块，要用温水，温水会让盐和血块化开……"

香绮捧来温水：

"公子，这是温水！"

皓祯把沾着血的布片交给灵儿，再用干净的布片浸入温水打湿。他仔细地用温水布片洗着血块，头也不抬地说着：

"以前弟兄受伤了，我也帮他们包扎伤口！从来没有一个伤口，让我觉得这样毛骨悚然！吟霜，你不肯叫痛，但是我知道你有多痛！如果你有力气为自己止痛，请你告诉我一声！但是，你运气的时候，先帮我止痛吧！"

吟霜眼中含着泪，唇边，却带着笑。

"是！如果我有力气了，我一定告诉你！"

接着，小小斋里陷进无比的忙碌。小乐和香绮不断捧来干净水盆，再把浴血的水盆拿去倒掉。皓祯不停地、专心地清理伤口。灵儿和寄南在小厅帮忙剪新的棉布片。鲁超提了水桶到院子里，再把空了的水桶拿去继续盛水。袁忠一会儿送来熬好的药，一会儿送来参汤。皓祯额上冒着汗，灵儿帮他擦汗。终于，灵儿不忍心地说：

"皓祯，你都忙了快一个时辰了！换香绮吧！那个伤口我真的不敢碰！"

"我快弄好了！血块和盐块都清理干净了！你们谁都不要帮忙，她这些伤口都是我带给她的，我要亲自治疗完，帮她包扎好！"皓祯坚决地说。

"该吃药了！香绮，你来喂小姐吃吧！"小乐捧着袁忠送来的药进屋。

皓祯站起身，接过药：

"这也是我的工作！我来！"就认真地对吟霜说："吟霜，等你好了，也教我那个治病气功吧！如果我有了这个绝活，就能在你受伤的时候帮你解痛，不会把你弄得这么惨，痛到伤口都在痉挛，还不敢喊痛！"

吟霜看了皓祯一眼，心痛地问：

"你的工作顺利完成了？是不是经过一番血战？你没休息就连夜赶回家吗？多久没睡觉了？黑眼圈那么重，现在那只手可以包起来了！你先去睡吧！好不好？"

"我的工作……"皓祯痛心回想在清河渡口的大战，痛定思痛，"原来，当我在为这个王朝效忠、拼死血战的时候，你正在被这个王朝的公主，用各种刑罚摧残，这是不是太讽刺了？这李氏王朝，还值得我继续卖命吗？"

"你别一竿子打翻整条船！"抱了许多棉布片和包扎布条的寄南进房，对皓祯正色说道，"这是两码事，一码归一码！吟霜受虐与我们效忠无关，如果没有你、我和天元通宝，多少人会流离失所？多少人会无辜送命？祝大人一家十口就是例子！"看看吟霜，说道："吟霜有句话说对了，你这种心情加上疲乏，还是去休息吧！"

"不好！现在，吃药吧！"皓祯端起药碗，喂着吟霜，"吃完药再治左手！"

"这只手被开水烫过，还要清理那些水疱，比较麻烦……"吟霜喝着药说。

皓祯一个惊跳，放下药碗喊道：

"开水烫过？"

"你不知道'肉刷子'是怎样用的？"寄南说，"先要把皮肤烫熟再用那铁刷子刷！所以那烫伤的水疱里，现在都是血水！"

皓祯一个踉跄，差点站不稳。寄南赶紧扶住他。

"你坚持亲自处理伤口，我只能坦白告诉你！你去休息，这儿换香绮吧！"

"不！我来！"皓祯勉强支撑着自己，坐回矮凳里。

皓祯就端起药碗，一匙一匙地喂着吟霜吃药。

喂完了药，吟霜的右手已经包扎好，开始处理左手臂上的伤口。皓祯看着那手臂，眼光发直，倒抽冷气。吟霜尽量轻描淡写地指导着：

"那些水疱，一定要一个个挑破，你不要怕我痛，香绮已经准备好烧过的针了，挑破了，让里面的血水流出来，然后用棉布吸干……每一个都要挑……每一个都要吸，然后涂上我爹的药膏……最后包扎起来……"

皓祯深吸口气，开始用针挑着水疱，额上冷汗涔涔。灵儿不停地帮皓祯擦汗。皓祯专注地挑着水疱，逐渐眼角含着泪。吟霜痛极，咬牙忍着，逐渐眼角也含着泪。灵儿又忙着为两人擦泪。寄南忙进忙出，东张西望却无法帮忙，跌脚生气地自言自语：

"兰馨也是和我从小一块儿长大的，怎么变成了一个魔鬼？残忍到这个地步？"

皓祯终于弄完，接过香绮的布条，开始包扎。等到包扎完毕，吟霜眼睛一闭，立刻昏睡过去。皓祯筋疲力尽地把头靠在吟霜的床上，脸色比床单还苍白。

房里房外的人，个个都累得东倒西歪了。

第二天一早，兰馨就烦躁地在屋里走来走去，问着崔谕娘：

"听说驸马爷昨晚就回来了？"

"是！好像也没回房睡觉，恐怕直接去了那个丫头房！"

"吟霜的丫头房到底在哪儿？"

"不是在夫人房的隔壁吗？"

"崔谕娘，你去打听一下，现在驸马在哪儿？回家居然也不到我这儿转转……还有，吟霜那丫头，有没有被我弄死？现在怎样了？将军和夫人又怎样了？都去弄清楚，回来告诉我！"

崔谕娘皱着眉回答：

"公主，天一亮奴婢就去打听了！现在，咱们这公主院和将军府之间，等于不通了，所有的通路，都被将军府的卫士守着，说是不让咱们公主院的任何人过去！所以，什么消息都打听不出来！"

"什么？"兰馨大惊，"不让咱们过去？那……你怎么知道驸马回来了？"

"那还是昨晚的消息，今天两边就完全隔绝了！他们可以过来，我们不能过去！"

"这不是把本公主软禁了吗？"兰馨一怒，"我的鞭子呢？我杀过去问问！"

崔谕娘急忙死命拉住兰馨，劝着：

"公主！还是暂时忍一忍吧！昨天那场大闹，可能也闹得太大，吟霜说不定撑不下去死了。如果传出去，公主弄死了丫头，还是公主吃亏，现在先等等，奴婢随时会去打探！有消息再告诉你！"

兰馨愤愤不平地满室兜圈子，想来想去想不通，咬牙说道：

"这个丫头有这么神通广大吗，居然让将军府封锁了本公主的路？太不可思议了！她不是人，一定不是人！"

这个早上，大家都很忙，雪如带着秦妈，一清早就来到小小斋。雪如一边跨进院子，一边说道：

"不知道吟霜怎样了？说真的，看到她那个样子，我实在心痛，这种心痛，就像我亲生的女儿受到虐待一样，痛到心坎里！"

"奴婢也有这种感觉！"秦妈不住点头。

鲁超正在院子中打盹，看到两人，急忙醒神，立刻拦了过来。

"夫人！"鲁超悄声地说道，"公子和窦王爷他们，忙了整整一夜，现在都累得睡着了！最好不要吵醒他们！尤其公子，整夜亲自帮吟霜姑娘清伤口，一路急着赶回家，已经几天几夜没睡了！"

雪如大惊，轻声问道：

"公子什么时候回来的？怎么我都不知道？"

"昨天傍晚一回家，就听说吟霜姑娘受伤了，他直接赶到这儿来，就没去跟夫人和将军请安！夫人别怪他，他可辛苦了！"

雪如怔忡不安地说道：

"不会的，不会怪他的，但是……他看到吟霜的情形了？唉！真不想让他看到！"

雪如说着，和秦妈轻手轻脚走进大厅。只见厅中，寄南、灵儿东倒西歪地在坐榻上睡着了，个个神情憔悴。雪如悄悄地掠过他们身边，走进卧室。只见吟霜双手包扎着，在床上熟睡了。皓祯坐在床前那张为她治伤的矮凳里，趴在床沿，也倦极睡着了。皓祯的手，还轻轻握住吟霜的左手小手指，因为左手只有手臂受伤，手指没伤。

小乐和香绮，东倒西歪地躺在地毯上，都睡着了。

桌上还有沾血的棉布片和一盆带着血色的水。油灯还燃着。

雪如眼神惨淡，心痛如绞，对秦妈低语：

"秦妈，去把我房里的棉被通通抱来！然后帮他们把这儿悄悄收拾干净！"

秦妈点头，立刻转身去拿棉被。接着，秦妈和雪如，忙着为每个人盖被。她们盖得那么轻柔，大家也都太累了，没有一个被惊醒。然后，主仆二人加上鲁超，把房里治伤的水盆和带血的棉布，都拿出去扔了。一切弄干净，雪如回到院子，鲁超再度迎上前来，挺直背脊对雪如报告：

"夫人！鲁超自作主张，把公主院和将军府隔离了！那位公主太危险，不能让她到处跑，再来伤害公子和吟霜姑娘！"

雪如点点头说：

"但是，等到公子醒来，你一定要让他到上房里去，昨天的一场大闹，我已经没办法瞒住将军！他必须亲自跟将军说清楚！"

皓祯保住了巴伦将军，杀了伍项伟，太子立刻得到了好消息。本想去将军府慰问一下皓祯，但是，青萝刚刚受伤，劫金案还没结束，他一时之间，也不敢轻举妄动。这天早上，刚刚起床，太子妃就深深看着他说：

"太子！关于青萝，太子预备怎么奖赏？"

太子愣了一下，说：

"她出自书香门第，也饱读诗书，我就把她收在我的书房里，当个内官吧！"

"内官？不够吧？"太子妃直率地说，"对于一个女子来说，终身才是大事，我看她对太子自始至终尽心尽力，知道枫红她们三个靠不住，还建议我为太子修建密室，这样的女子，对太子已是忠心不贰，太子还是把她封个'良娣'或是'孺子'，收在身边吧！"

太子再度一愣，也直率问道：

"难道太子妃不会吃醋？"

"太子！你迟早要有很多女人的！"太子妃认真地说，"你是太子，必须多子多孙！我生了佩儿以后，就再也没有身孕，就算为了皇太孙想，也该有良娣或是孺子！如果你收了青萝，我等于得到一个贴心助手，反而会非常高兴！太子不要担心我吃醋，这是不可能的事！开枝散叶，才是太子的责任！"

太子深深看着太子妃，由衷地说道：

"你是一个贤惠大度的女子！这事，让我看着办吧！今天还要进宫，关于劫金案，伍震荣还是死咬住我不放！在这案子没有定论之前，我还没心思去想良娣、孺子的事！不过，青萝这女子，我会放在心上的！"

于是，早朝之后，皇上把太子、伍震荣、汉阳都召进书房。

皇上一抬头，眼光严肃地看向伍震荣，责备地说道：

"荣王！你大闹太子府，几乎杀了太子的婢女，你到底在做什么？朕想来想去也不明白！你还是向朕说说清楚！也让汉阳弄弄清楚！"

汉阳不待伍震荣回答，就一步上前，行礼禀道：

"陛下！汉阳昨天离开太子府，已经火速查明了青萝的身份！她原来是荣王的歌伎，和另外三个歌伎一起，被荣王送进太子府的！"

"什么？"皇上一惊，"那个女子，原来是荣王府的人！"

伍震荣怒冲冲答道：

"不错！她本是荣王府的女子！送给太子消遣的，谁知此女竟然贪图皇室地位，不惜出卖本王！捏造事实，混淆视听！本王相信不久之后，她将是太子的孺子或良娣！"

太子也怒冲冲看着荣王说道：

"荣王实在好心，送了四个美女给本太子'消遣'！父皇，那四个女子，包括青萝，启望从来不曾碰过！青萝那番话，也震撼了我！原来荣王送了四个奸细到太子府，明明想置我于死地！万一我真的'消遣'一番，说不定被她们乱刀刺死！"

皇上不禁不寒而栗，疑惑地看着伍震荣问道：

"荣王为何要送美女给太子呢？应该送些古圣先贤的书吧？"

"那些书方宰相不是都送了吗？"伍震荣大声说，怒视太子，"你不要以为买通了青萝，就能摆脱万两黄金大劫案！"锐利地看汉阳："汉阳！如果你被太子耍得团团转，你就根本没有当大理寺丞的资格！"

汉阳不卑不亢地说道：

"玉带钩的案子，汉阳认为已经水落石出！荣王地位崇高，相信也不会嫁祸给太子！到底玉带钩是在红树林发现，还是一直在羽林左监伍项魁手中，这才是荣王应该追究的！再有，就是那万两黄金的下落！说不定那黄金就在布局的人手上！如果始终找不到那笔黄金，这案子总之是个悬案……"

汉阳话没说完，伍震荣毛焦火辣地一转身，伸手就掐住了汉阳的脖子，怒吼：

"你这嘴上无毛的小子，你爹到底有没有教你如何当官？如何查案……"

汉阳顿时被勒得涨红了脸，瞪大了眼睛，眼看就要一命呜呼。太子一看大惊，急忙上前，拉住了伍震荣的手，掰着他有力的手指，惊喊：

"荣王！使不得！杀青萝事小，杀朝臣事大！何况汉阳还是方宰相的公子！更何况……"有力地说道，"是在父皇的面前！"

伍震荣赶紧松手，汉阳抚着脖子，惊魂未定，连退两步，一直咳着。

皇上惊愕地睁大眼睛说：

"荣王！你最近火气真大！如果不是朕如此信任你，肯定以为你不把朕放在眼里！现在，这件黄金大劫案，朕也不想追究了！汉阳，就让它成为悬案，告一段落吧！"

"喀喀……喀！"汉阳咳着，边咳边说，"汉阳……喀喀……汉阳遵旨！"

皇上又说道：

"荣王，朕那'退火消气丸'十分有效！朕让太医给荣王送去！"

伍震荣脸红脖子粗，又气又恨又无可奈何。

皇上悄悄和太子交换了一个"此事已了"的眼神。

太子和皇上父子同心，总算摆平了"黄金劫案"，不但让伍震荣破财，还让他在皇上面前几乎原形毕露。抢来的金子，又救济了许多灾民，太子心中窃喜，进了一趟太府寺，差点命丧铸金房，却换来意料之外的效果。这皇上驾到，荣王失态，青萝受伤……许多事，真想和皓祯、寄南分享。但是，此时的皓祯，却在将军府的书房里，被柏凯严厉审问着。

柏凯盘腿坐在低矮的书案前，一脸的郁怒。皓祯跪坐在柏凯面前，他的神情依旧是憔悴疲倦的，为吟霜治伤，比清河渡口的大战，更加让他心力交瘁。柏凯突然拍了一下案面，厉声问道：

"原来吟霜不是丫头，是你的外室！你明明知道皇上已经看中你当驸马，你还去弄了一个外室？你着魔了吗？你瞒着家人，就证明你心虚！如果你觉得这事是坦荡荡的，你为什么不征求我们的同意？"

"如果我征求你们的同意，你们会同意吗？明知道你们不会同意，征求又有什么用呢？"皓祯振振有词。

"什么话？所以你是明知故犯！你根本不把父母放在眼里，也不把你身上的责任放在眼里。和兰馨的婚姻，关系多少大事，你居然想把它弄砸了！"

皓祯背脊一挺，怒火腾腾地说道：

"请爹不要提兰馨的名字！那名字侮辱了我，侮辱了将军府，侮辱了整个皇室！更侮辱了我为李氏江山效忠卖命的一片心！"

"你为吟霜昏了头吗？"柏凯更怒，"你说的还是人话？你一直是我的骄傲，从来不为美色迷惑，怎会糊涂到这个地步？听说你还赶在大婚前，和吟霜私下弄了一个小婚礼，如果兰馨知道了，会变成怎样？你想过没有？那吟霜从哪儿来的？会不会是伍家派人对你用的美人计？"

皓祯气昏了，眼睛也涨红了，沉痛地说：

"爹！如果你不了解吟霜，也别给她乱加罪名！她为了我，受的苦难道还不够吗？上次为我挡刀受伤，现在躺在那儿不能动，你看过她的伤口吗？整只手臂烫出水疱，每个水疱里都是血水……她已经被折磨得不成人形！你还要偏袒兰馨来责怪她？"

雪如急忙插嘴：

"好了好了！皓祯，你少说两句！一定是觉没睡够，说话这么冲！你爹确实弄不清楚，你就好好说呀！"

"雪如，你别处处护着他！"柏凯转向雪如，"他会变成今天这样，就是因为我们太宠他！皓祯！"大声说，"看你这么没有理智，我也不想再听你的解释！总之一句话，你和兰馨的婚姻，才是真正的婚姻！吟霜顶多是个收房丫头，你不要再糊涂！"

皓祯瞪大眼睛，昂头看着柏凯：

"爹，吟霜不是什么收房丫头，她是我唯一的妻子！你要答案，我就坦白说！我根本不要兰馨，尤其她把肉刷子弄到府里来之后，我跟她连亲人都做不了！"说着，就不可思议地看柏凯，"爹！你看过那刑具没有？你对吟霜没有一点点不忍之心吗？"

"当然有！昨天我已经把兰馨狠狠教训了一顿！现在想想，她会这么做，也是因为你先对不起她的缘故！不管怎样！你要对兰馨负责！那是皇上皇后交给我们的责任！是你必须背负的责任！"

皓祯气冲冲地点头说：

"我明白了！我是为责任而活着的人，吟霜是为责任而牺牲的人，好！我现在就去面对我的责任！"

皓祯说完，掉头就走。雪如着急，追在后面喊：

"你要去哪里？"

"当然是去公主院，给那位伟大的公主负荆请罪！"

皓祯疾步而去。他冲出将军府书房，冲进公主院，再大步冲进大厅，喊道：

"兰馨！你在哪里？出来！"

兰馨带着崔谕娘和宫女们，从房内急急奔来。兰馨看着皓祯的神色，故作轻松：

"哟！驸马昨天回家，今天就来看我了！真是荣幸之至！为什么喊那么大声？吓了我一跳！"

皓祯直直地看着兰馨，喊道：

"你做的好事！你用了多少手段欺负吟霜？你给我从实招来！除了肉刷子之外，你还用过什么东西？你说！"

"驸马！"兰馨背脊一挺，"你对那个丫头，关心也太多了吧？我用什么手段对付她，那是我的事！我用不着跟驸马报告！"

"你让我忍无可忍！"皓祯就一步上前，迅速地抓住一个宫女，问宫女："公主对吟霜用过哪些刑罚，说！如果不说，我马上折断你的胳臂！"

"驸马饶命呀！"宫女吓坏了，"我没看到呀！听说……听说垫着沙袋打，看不到伤痕，用丝绸绑着勒，也看不到伤痕……拉着头发在地上拖，不容易看到伤痕……"

兰馨对宫女喊：

"住口！再说，不是他打断你的胳臂，是本公主打断你的胳臂！"

皓祯放掉宫女，盯着兰馨。

"原来公主只敢做，不敢说？那么，垫着沙袋打过了？绑着丝绸勒过了？"越说越痛，"拉着头发在地上拖过了？既然看不到伤痕，她下巴上的那条伤口是怎么来的？"

兰馨见皓祯气势汹汹，怒上心头，不禁得意地回答：

"那是驸马爷给的礼物！"

"什么我给的礼物？"

"你不是说木剑不会伤人吗？我就用那木剑试一试，谁知道她细皮嫩肉，这么一划，就留了一条口子，所以驸马错了！木剑也会伤人！"

皓祯这一听，简直快要七窍冒烟，吼道：

"你用我送你的木剑去刺伤她？你怎能这么狠？"

"你心痛了吗？"兰馨豁出去了，"我不只用那木剑划伤她的脸，我还想用它去刺瞎她的眼睛，可惜你那木剑有点邪门，居然刺不下去！"

皓祯越听越毛骨悚然：

"如果刺得下去，你就把她刺瞎了？"

"不错！我预备给她三剑的，两个眼睛一张脸，只是没有顺利完成！但是，她再厉害，也挡不了铁锤和肉刷子！"

皓祯凝视兰馨：

"你为什么要这么做？"

兰馨傲岸地抬着头，扬着声音说：

"难道你还不知道原因？要我一条条告诉你？因为你帮她提了水桶，因为你看了她好几眼，因为她会用勾魂眼勾你，因为她身上有你的玉佩，最主要的，因为她根本是个小淫妇！"

"啪"的一声，皓祯飞快地给了兰馨一个耳光。

兰馨完全没有料到，闪避不及，抚着脸惊呆了，不敢相信地看着皓祯。

"你打我？你居然敢打我？"

"你的所作所为，让我不能不打！"

皓祯举起手来，还想打。崔谕娘急忙一步上前，挡在兰馨前面，严肃地喊道：

"驸马请留心，这是公主，冒犯公主会砍头的……"

崔谕娘话没说完，皓祯这巴掌，就赏给了崔谕娘。皓祯对崔谕娘怒目而视：

"崔谕娘！这些虐待的点子，是你想出来的，还是公主想出来的？"

崔谕娘惊吓，却依旧维持着宫中那份尊严：

"是奴婢和公主一起想的！这丫头做错事，本来就该责罚！"

皓祯一反手，就抓住了崔谕娘的胳臂。

"很好！公主不能打！你这个老刁奴就代她挨打吧！不过，我不想打你！我猜那肉刷子，是你去宫里拿来的吧？"大声，"我现在就用肉刷子侍候你！"喊道："鲁超！准备手铐，准备火炉和开水，准备肉刷子！听说这儿的后院是行刑的地方，我们就在后院见！再叫几个高手来帮忙！"

鲁超不知道从哪儿冒出来，大声答道：

"遵命！公子！立刻就准备！"迅速出门去。

崔谕娘脸色惨变，大喊：

"驸马爷饶命呀！公主救命呀！"

兰馨吓住了，急忙上前喊：

"皓祯，手下留情！崔谕娘是把我一手带大的女官！"

"女官做错事，比丫头更该罚！用几十年的虐待经验，对付年纪轻轻的吟霜！今天，我一样样来，先用肉刷子，再用铁锤，然后是沙袋和丝绸！当然我也不会忘记我的木剑！那木剑在我手里，是运用自如的！走！"

皓祯拖着崔谕娘，就往后院走去，越想越痛：

"哦！忘了，还有拉着头发拖在地上走！是吧？发根出血是不容易发现的！现在我知道发根为什么会出血了！"

皓祯一伸手，就打掉了崔谕娘的发髻，拉着她的长发，就在地上拖着走。

崔谕娘吓得魂飞魄散，一路杀猪一样地喊着：

"救命啊！奴婢错了！驸马爷饶命啊……"

兰馨这一吓，骄傲自尊都没了，哭着追在后面跑，喊着：

"皓祯！求求你……求求你……求求你不要这样啊……"

第二册终

（京权）图字：01-2025-0195

图书在版编目（CIP）数据

梅花英雄梦 . 2，英雄有泪 / 琼瑶著 . -- 北京：作家
出版社，2025.1. --（琼瑶作品大全集）. -- ISBN 978-7-
5212-3236-3

Ⅰ. I247.5

中国国家版本馆 CIP 数据核字第 2025HB1004 号

梅花英雄梦 2 英雄有泪（琼瑶作品大全集）

作　　者：琼　瑶
责任编辑：单文怡　刘潇潇
装帧设计：棱角视觉　纸方程·于文妍
责任印制：李大庆　金志宏
出版发行：作家出版社有限公司
社　　址：北京农展馆南里 10 号　　　邮　　编：100125
电话传真：86-10-65067186（发行中心）
　　　　　86-10-65004079（总编室）
E-mail: zuojia@zuojia.net.cn
http://www.zuojiachubanshe.com
印　　刷：河北鹏润印刷有限公司
成品尺寸：142×210
字　　数：225 千
印　　张：10.625
版　　次：2025 年 1 月第 1 版
印　　次：2025 年 1 月第 1 次印刷
ISBN　978-7-5212-3236-3
定　　价：2754.00 元（全 71 册）

品 琼 瑶 经 典

忆 匆 匆 那 年

琼瑶作品大全集